《山西抗日根据地红色文化经典文献大系》
编纂委员会　编

山西抗日根据地红色新闻经典文献

晋冀鲁豫根据地卷（三）

张汉静　主编

山西出版传媒集团　山西人民出版社

山西抗日根据地红色新闻经典文献

晋冀鲁豫根据地卷（三）

韩雅琳　编撰

一九四〇

YI JIU SI LING

《新华日报》华北版

一九四〇

遥祝苏联最高苏维埃第七届大会开幕

在帝国主义强盗们进行着疯狂掠夺与厮杀的血腥氛围中，在全世界无产阶级与广大劳苦群众英勇反战的节日——"八一"，苏联最高苏维埃第七届大会开幕了。处于艰难困苦中的中国抗战军民，对于这个不断援助我国的忠诚友邦之盛举，感到无限的兴奋，并遥致祝贺之忱！

目前是战争与革命的新时代，旧的资本主义社会体系已临到了沉沦毁灭的前夜！资本主义世界呈现出的是这样一幅悲惨黑暗的画面：战争、屠杀、压迫、奴役、饥饿与死亡。然而，在另一个世界——社会主义苏联的国土里，却充满着和平、自由、繁荣、幸福与光明。在今天，苏联成为了更巩固的世界和平堡垒，它如一座光芒万丈的灯塔，在黎明之前，照耀、指引着全世界被压迫人类奋斗的前程！

苏联最高苏维埃，曾于本年三月杪举行了第六届大会，在这四个月的过程中，它继续执行着正确的民族政策与和平外交政策，并不断的获得了新的伟大胜利：为了维护条约的尊严，为了保障自身的安全，为了巩固波罗的海和平，为了解救立陶宛、拉脱维亚与爱沙尼亚的人民，苏联曾于六月中旬，以伟大红军的友爱援助，使立、拉、爱人民得到解放。跟着，比萨拉比亚人民亦得欣然重归祖国怀抱。这些鲜明愉快的史实，不仅记载了立、拉、爱与比萨拉比亚人民的新生，同时，也就是伟大斯大林民族政策与和平外交政策的光辉成果。

苏联最高苏维埃第七届大会的中心课题是：莫洛托夫报告外交政策；讨论比萨拉比亚归入摩尔达维亚自治共和国与立、拉、爱加入苏联。

莫洛托夫的外交政策报告，虽然尚未得见其全文，但据电讯所传，他在演说中已重申苏联保守中立不牵入现行战事之决心，毫无疑义的，苏联将竭力避免卷入帝国主义战争漩涡，继续它底伟大和平政策，为世界永久和平与被压迫人类的解放而奋斗到底。

立、拉、爱与比萨拉比亚代表团，刻已抵达莫斯科，代表广大的人民，要求参加苏联。对于他们这种真诚、热烈的愿望，苏联最高苏维埃一定会张开充满着慈母之爱的胸怀。重归苏联的立、拉、爱与比萨拉比亚人民有福了！

显而易见的，在今天战争与革命的时代中，苏联是人类解放的旗帜，它底生长、壮大与发展，对于国际无产阶级革命与被压迫民族解放运动的胜利，是有莫大裨益的。谁亲近它，谁就会生长、发展；谁敌视它，谁就会没落、灭亡。败亡于德国的波兰与法兰西，可谓"前车之鉴"。我国目前是处在空前投降危险与空前抗战困难的时期，要克服这些危险、困难而争取抗战的最后胜利，必须提高自力更生的信念，必须加强中苏邦交，必须将依赖任何帝国主义的不可靠的外援的幻想完全抛弃。

（原载一九四〇年八月五日《新华日报》华北版第一版社论）

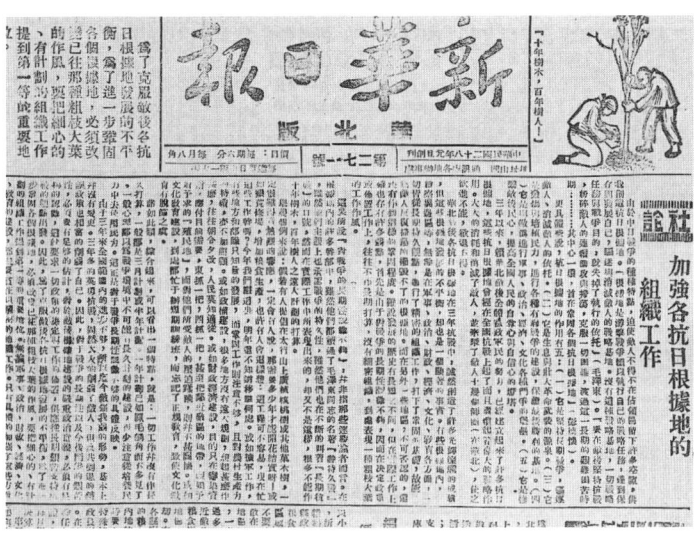

加强各抗日根据地的组织工作

由于中日战争的种种特点，迫使敌人不得不在占领区留下许多空隙，供我创造抗日根据地。"根据地是游击战争赖以执行自己的战略任务，达到保存与发展自己，驱逐与消灭敌人的战略基地。没有这种战略基地，一切战略任务与战争目的，就失掉了执行的依托。"（毛泽东）"要在敌后坚持抗战，粉碎敌人的连续围攻与'扫荡'，克服一切困难，渡过这一长期的艰难困苦时期……其中心一环，首在巩固各个抗日根据地。"（彭德怀）

更具体些说，抗日根据地的作用有五：（一）它是坚持长期战争，驱逐敌人、消灭敌人的依托。（二）它是生息与壮大革命武装的源泉。（三）它是发扬与培植民力，进行各种有利战争的建设，保证最后胜利的基础。（四）它是与敌伪进行军事、政治、经济、文化各种斗争的堡垒。（五）它是维系敌后民心，提高全国人民的自尊心与自信心的灯塔。

三年以来，赖华北敌后全体党政军民的努力，已经建立起来了许多抗日根据地，这些抗日根据地曾经在全国抗战上起了而且继续起着伟大的战略作用。大大的消耗和消灭了敌人，并牵制了敌人十几个师团（在华北），使之欲进不能，欲退不得。

华北敌后各抗日根据地在三年抗战中，诚然创造了许多光辉灿烂的成绩，但这些根据地发展的不平衡，却也是一个显著的事实。有些根据地内，□晋察冀边区等，无论是在军事、政治、财政、经济、文化、教育各方面，一切皆从长期持久观点，进行了精密的组织工作，打下了巩固的基础，故能成为敌人反复"扫荡"所摧毁不了的根据地。而在另外一些地区，不可否认的，还没有作到这样的巩固程度，虽说发展的历史有长短之不同，但在实际工作上确也存有许多弱点，首先是由于对战争的长期性认识不够，因而在决定政策或布置工作上，往往不作长期打算，没有细密组织，到处表现一种粗枝大叶的工作作风。

这里所说"对战争的长期性认识不够"，并非指那些速胜论者而言。在根据地内的许多干部中，虽然他们都读过了毛泽东同志的名著《论持久战》，虽然他们主观上也承认战争的持久性，虽然他们也在不断的叫着"长期抗战"的口号，然而在实际工作中所表现出来的却又不是这样，很多不能作十年树木，百年树人之远大计划的打算。

举几个例来说：假若有人提倡在太行山上广植核桃树或其他果木树，一定很难得着热烈的响应，一定会有人说，那需要多少年才能开花结实呀！或如垦荒修堤，增加粮食生产，也许有人会这样想：这工程可不容易，现在忙这些工作干吗？今年我们驻这里，明年这不知道移驻何处。或如扩军工作，有些地方和部队只知量的发展，而巩固工作则注意不够，且对农村生产力的持续，亦不加照顾。或如政权建设，很多地方没有远大规划，想起甚么作甚么，往往朝令夕改，人民莫知适从。或如财政经济建设，目的只在筹集资产，应付目前需要，东抓一把，西抓一把，甚至把邻近敌区的地带，视如予取予求的"殖民地"，而对他们所受敌人的压迫蹂躏，则并不甚关怀。或如文化教育建设，到处都忙于办短期训练班，而忘记了正规教育，致使文化教育有脱节之虞。

诸如此类，综合起来，可以看出一个特点，就是：一切工作并没有作长久打算，一般都是三月计划或半年计划。一年计划已如凤毛麟角而不多见了。一般心理都以为战争环境中不可能有长久计划的建设，很少注意从培养民力中去使用民力。这正是对于战争长期性认识不够的具体反映。

由于三年来全国范围内的进步不够，所以迄今敌强我弱的形势，基本上并没有变更。三年多的英勇抗战，固然大大的削弱了敌人，但反共倒退的错误政策也相当的削弱了自己。因此，对于战争的长期性以及今后斗争的艰苦性，必须要有足够的估计，对于敌后根据地建设的严重政治意义，必须有足够的认识，这就要求一切政策的决定、工作的布置，俱应从长期艰苦支持抗战的观点出发。因此，为了克服敌后各抗日根据地发展的不平衡，为了进一步巩固各个根据地，必须改变已往那种粗枝大叶的作风，要把细心的、有计划的组织工作提到第一等的重要地位。无论军事、政治、财政、经济、文化、教育的建设，都需要贯注以精密的组织工作。只有具体的加强了这些方面的组织工作，才能真正的巩固抗日根据地。

（原载一九四〇年八月七日《新华日报》华北版第一版社论）

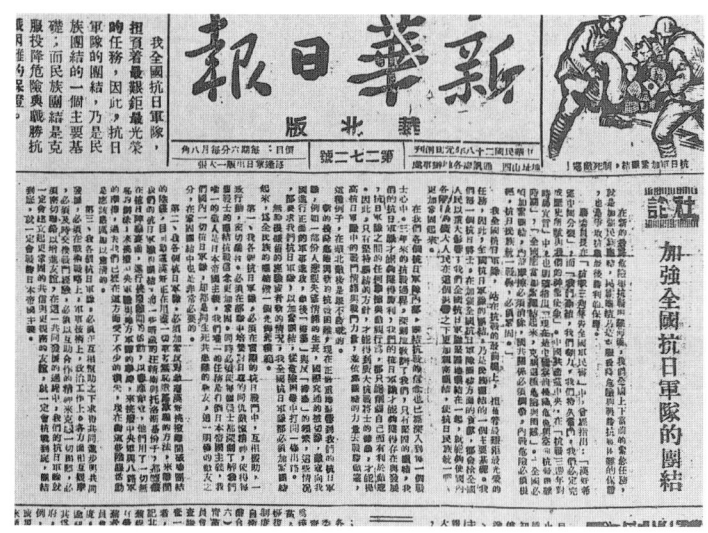

加强全国抗日军队的团结

在新的投降危险与抗战困难前面,我们全国上下当前的紧急任务,就是加强民族团结,民族团结乃是克服投降危险与战胜抗战困难的保证,也是争取抗战最后胜利的保证。

蒋委员长在《抗战三周年告全国军民书》中,曾经指出"汉奸希望中国分裂",而"我们团结,我们努力,我们持久奋斗,我们必定完成历史所赋与我们的神圣使命"。中国共产党中央在《抗战三周年对时局宣言》中,也明确指出"现在是中国空前投降危机与空前抗战困难时期","全国应当加紧团结起来,克服这种危险与困难";"全国必须加紧团结,内部摩擦必须消除,国共关系必须调整,内战危险必须根绝，抗日民族统一战线，必须巩固"。

我全国抗日军队，站在抗战的最前线上，担负着最艰巨最光荣的任务，因此，全国抗日军队的团结，乃是民族团结的一个主要基础。我们每一个抗日将士，在加强全国抗日军队团结方面的贡献，都会给全国人民以重大影响；我们全国抗日军队坚固地团结在一起，就能够使国内各阶级的广大人民在这个影响之下更加亲密团结，使抗日民族统一战线更加巩固起来。

在我们各个抗日军队内部，团结抗战的信念也已经深入到每一个战士心中。三年来的抗战过程，深刻地教训了我们，只有坚固的团结，我们的抗日军队才能够获得胜利，我们的抗日军队才能够获得存在与发展，抗日军队之间的任何摩擦与敌视行为，都只能削弱自己而有利于敌寇。因此，只有坚持团结的方针，才能得到广大抗战将士的拥护，才能提高抗日军队中的战斗情绪与战斗力量，并依靠团结的力量去战胜敌寇，这种例子，在华北敌后是举不胜举的。

新的投降危险与新的抗战困难，现在正严重地影响到我们的抗日军队，例如一部分人悲观失望情绪的生长、国际交通的被切断、敌寇向我国进行正面的军事进攻、敌后"扫荡"与反"扫荡"的频繁，这些情况都要求我们抗日军队以加紧团结，从危险困难中打开一条出路。

无论根据旧的经验或者新的情况，我全国抗日军队都必须加紧团结起来，为全民族的团结做一个光辉的模范。

第一，我各个抗日军队，必须在实际的抗日战斗中互相援助，一致行动，密切联合。必须在部队中培养对日寇的同仇敌忾精神，使得每个战士的团结抗战信念更加巩固。同时必须使每个战士都深刻了解我们唯一的敌人是日本帝国主义，我们唯一的任务是打倒日本帝国主义，我们国内一切抗日军队却都是同生死共患难的战友，这一明确的敌友之分，在巩固团结中也是非常必要的。

第二，我各个抗日军队必须加紧反对敌寇汉奸挑拨离间破坏团结的阴谋，目前敌寇汉奸正在用尽一切卑劣无耻造谣欺骗的方法，来离间我们的抗日军队的团结，而一些暗藏的汪精卫与托洛斯基分子，都隐藏在抗日阵线里面，进行挑拨离间的活动，以响应敌寇，他们用了一切无耻的办法，来挑拨中央军队与地方军队的摩擦，来挑拨中央军与八路军的摩擦，过去我们已经在这方面受了不少的损失，现在对这些阴谋活动是应该严厉加以肃清的。

第三，我各个抗日军队，必须在互相帮助之下求得共同进步与共同发展，必须在战术战略上、军事技术上、政治工作上各方面相互观摩，必须及时交换战斗经验，必须以互助合作的精神来克服一切困难，必须密切联络，以增进友谊，在这一共同发展的过程中，我们的抗日军队就一定会建立起更巩固的共信与更密切的友谊，就一定会抗战到底，团结到底，就一定会战胜日本帝国主义。

（原载一九四〇年八月九日《新华日报》华北版第一版社论）

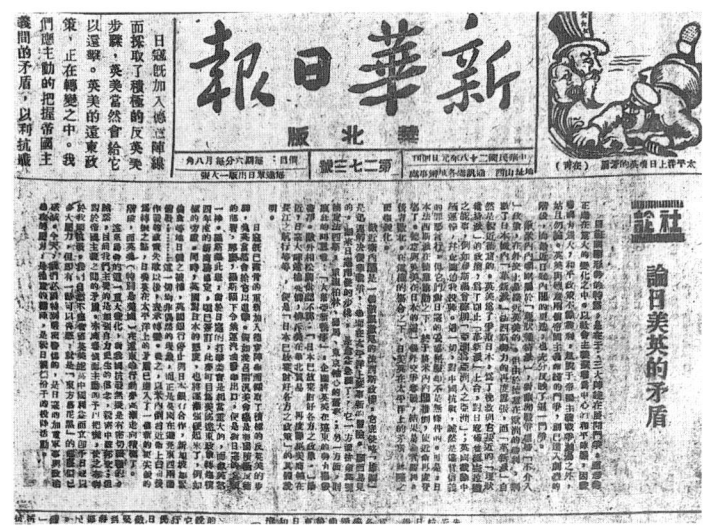

论日美英的矛盾

目前国际形势的特点是在于三大阵线在展开斗争，而形势正处在重大的变化之中。以社会主义苏联为中心的和平阵线，因苏联国力强大，和平政策不能胜利，超脱于帝国主义战争漩涡之外，姑且勿论。英美与德意两个帝国主义阵线的斗争，刻已进入剧烈的阶段，而最近日寇内阁的更迭，也充分反映了这一斗争。

敌米内内阁原属于"现状维持派"，对欧洲战争□□"不介入"政策，在外交上是接近英美的。但由于德意在欧洲的胜利，刺激了日本国内"革新派"法西斯势力的再度嚣张，而"革新派"自然是亲近德意的。英美为了争取日本，为了挽救与它接近的"现状维持派"的政权，为了阻止"革新派"上台,对日寇确曾极尽拉拢之能事,例如罗斯福曾证明"亚洲为亚洲人之亚洲";英国裁□中缅运输,并企图迫我投降。这一切对中国抗战诚然是违背信义的罪恶言行,但它们对日寇的妥协屈服却不是无条件的。可是,日本法西斯派在德意运动之下,终于将米内内阁推倒,使近卫再度登场了。德意与英美在日本的这一个外交争夺战,结果是前者胜利,后者败北。在这样的场合之下,日美英在太平洋上的矛盾问题随之更趋锐化。

敌近卫内阁是一个彻头彻尾的法西斯政权,它底侵略"□□"是迅速解决侵华战争,进而在太平洋上从事新的冒险。显而易见的,迩来日寇南侵的步伐,是愈益□□了。它一方面拼命靠拢德意法西斯,重温柏林、罗马、东京轴心的旧梦;另一方面则疯狂的叫嚣着"大东亚新秩序",企图将英美在远东的劳力攫取尽净。敌外相松阁供认不讳:"日本已放弃讨好各方之政策。"最近,日寇大肆逮捕英侨,排斥美在华北贸易,再度断绝美商轮在长江之航行等等,便是"日本已放弃讨好各方之政策"的具体说明。

日寇既已露骨的重新加入德意阵线而采取了积极的反英美的步骤,美英当然会给它以还拳。假如说召开泛美会议是美国积极反德的部署,那么,罗斯福下令禁运汽油废□出口,便是对日寇的当头一棒。罗斯福此举,对于日寇的打击委实是相当重大的,而苏美第四年度的新商务协定,顷已签订,此亦可目为美国远东政策转趋积极的旁证。同时,英国对日本的态度,也将逐渐强硬起来了,例如伦敦等地日侨之被捕、英国银行停止与日本银行合作、新加坡加紧备战……这一切均非偶然的现象,而正是英国在避免东西两面作战的政策失败以后,表示转变。要之,以米内倒台近卫上台前后为转折之点,日美英在太平洋上的矛盾已进入了一个新的更尖锐的阶段,而英美(特别是美国)在远东的行动亦逐渐走向积极了。

远东局势的这一重大变化,对我国抗战无疑是有密切联系的。诚然,目前我们主要的是加强自力更生的信念,亲密中苏邦交;但对于帝国主义之间的矛盾，亦应□□而主动的予以把握，使之有利于我国抗战，我们自然不应希望英美能为中国利益而立即予日寇以多大压力，但却有一点可以告慰，就是"东方慕尼黑"的阴谋似已破灭。今天，我们必须特别严密警惕的是日寇的加重军事与政治进攻的压力，是德意的劝降，是亲日亲德分子的投降活动。

（原载一九四○年八月十一日《新华日报》华北版第一版社论）

纪念"八一三"

三年前的今天，日本帝国主义还在梦想着不战而亡中国，继芦沟桥事变而后，在上海又投射出侵略的火种，妄图挟其优越的武器，擅夺我第一大都市以威胁我国，图遂其不战而灭亡中国的迷梦。可是，它却万万想不到，便从这一天起，就激起了中华民族为独立自由的神圣的全面抗战，我国政府发表了具有神圣意义的宣言，沉痛而坚决的向全世界宣布："中国政府为日本无止境之侵略所逼迫，兹已不得不实行自卫，抵抗暴力。"三年来，全国军队、人民，在国民政府、蒋委员长领导下，在民族空前坚强团结的基础上，一致为抵抗日寇侵略而流血奋斗。三年血战，使我国在战火中成长起不可战胜的伟大力量，为继续坚持抗战，最后战胜日寇，打下一个强有力的基础，证明了当年"八一三"所确定的抗战到底的国策完全正确。而这也就构成了"八一三"之所以成为最光荣的一个日子。

当兹纪念第三个"八一三"之际，正抗战进入第四个年头，而强暴的日寇已不堪回首当年：国内资源、军需均感缺乏，现金枯竭，通货膨胀，物价飞腾，民生悲惨，壮丁已无可动员，人民士兵又反战高涨。这些不可克服的困难，促使日寇统治阶级内部之矛盾激增；这些困难，使日寇不得不走帝国主义在垂死中必须走的末路——完全法西斯化；从此而国内国外之困难，必然更益增加，更将困死日寇。"中国事件"无法"解决"，而太平洋上与美英之间的矛盾又日趋尖锐，以泥足之日本，而欲在狂风暴雨一般的新的革命与战争时期中挣扎，其前程是不难想见的。

另一方面，我全国同胞则一致表示了同一的心愿、坚强的意志，大家高擎着"抗战到底，团结到底"的旗帜，拥护国共长期合作，拥护蒋委员长与国民政府团结抗战的国策，日益加强了全国的团结与抗战的力量。迩来华北各地，到处传来粉碎敌寇"扫荡"的捷报；东南沿海，我英勇将士，一再用铁拳击破了敌寇侵扰海岸的企图；我空军健儿，更发挥了极大的威力，回击敌寇天空轰炸的残暴行为。这些事实，告诉日寇以及它的下贱工具如汪精卫之流：我们的力量在不断增长，而我全国军民抗战到底、团结到底的意志，是不能摇撼的。

然而，我们必须了解，抗战虽已进入第四年，但空前的投降危险与空前的困难不但还未克服，而且还严重存在。近卫登台，它那以"完全解决中国事件"为第一步的"政策"，正是敌人今后将愈益狂暴地加紧正面的军事进攻、加紧政治经济进攻的表示，而这些给予我国的压力，将使亲日派与投降妥协分子更加悲观失望而走向公开投降的道路。同时，德意的劝降迫降则又可能与日寇的飞机大炮同时并进。因之，当全国纪念"八一三"之时，我们认识今后的危险与困难将来自何方，从而更深刻了解只有加强各阶级、各抗日党派、各抗日军队的团结,加强全民族的团结,发动全国蕴藏着的无限人力与物力,与苏联更加亲密邦交,善于把握帝国主义之间的矛盾,争取可能的外援,迎击敌寇一切的冒险尝试,粉碎一切来自敌人,来自任何一方的阴谋活动,扑灭抗战营垒中的投降危险,才能最后战胜日寇,才能建立起独立自由幸福的新的三民主共和国,才能不愧对上海抗战中烈士们所洒流的鲜血。

(原载一九四○年八月十三日《新华日报》华北版第一版社论)

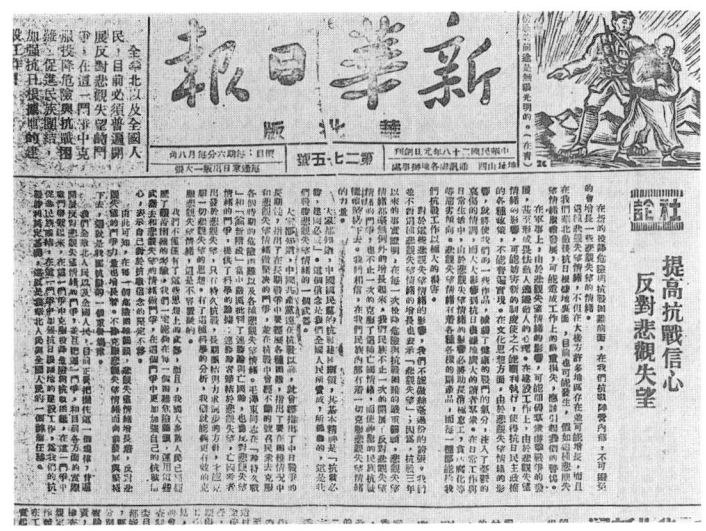

提高抗战信心　反对悲观失望

在新的投降危险与抗战困难前面,在我们抗战阵营内部,不可避免的会增长一些悲观失望的情绪。

这种悲观失望情绪,不但在大后方许多地区存在并可能增长,而且在我们华北敌后抗日根据地里面,目前也可能发生,假如这种悲观失望情绪继续发展,可能造成工作上的严重损失,应该引起我们的警惕。

在军事上,由于悲观失望情绪的影响,可能阻碍群众游击战争的发展,甚至形成畏怯敌人逃避敌人的心理。在建设工作上,由于悲观失望情绪的影响,可能妨害新的制度使之不能顺利执行,使得抗日民主政权的各种政策不能普遍实现。在文化思想方面,由于悲观失望情绪的影响,就将使我们的一些作品，减弱了健康的战斗的气分，注入了忧郁的哀伤的情调，而大大影响到抗日根据地广大的读者群众。在日常工作与日常生活中，由于悲观失望情绪的影响必将助长消极怠工、贪污腐化等等恶劣倾向。悲观失望情绪有着各种各样的副产品，而每一种都能给我们抗战工作以极大的损害。

对于这些悲观失望情绪的影响，我们不能做丝毫过分的夸张。我们并不对这种悲观失望情绪的增长也表示"悲观失望"，因为抗战三年以来的事实证明，在每一次投降危险与抗战困难的严重关头，悲观失望情绪都毫无例外的增长起来，我们民族不止一次的开展了反对悲观失望情绪的斗争，也不止一次的克服了这种亡国情绪，而使神圣的民族抗战继续坚持下去。我们相信，在我们民族内部有着一切克服悲观失望情绪的力量。

大家都知道，中国国民党的抗战建国纲领其基本精神是"抗战必胜，建国必成"。这个信念是我们全国人民所赞成、所拥护的，这是我们战胜悲观失望情绪的一个武器。

大家都知道，中国共产党远在抗战以前，就曾经指出了中日战争的长期性，指出了在长期战争中要经历各种困难，指出了要在困难情况中和悲观失望情绪做坚决的斗争，并在抗战中曾经不断的号召民众去克服各个时期的危险困难以及各种悲观失望情绪。毛泽东同志在《论持久战》和《论新阶段》当中严厉批判了速胜论与亡国论，也为反对悲观失望情绪的斗争提供了科学的论据：速胜论者归结于悲观失望，亡国论者出发于悲观失望，只有持久抗战、长期团结与力求进步的方针，才能克服一切悲观失望的思想。有了这种科学的分析，我们就能够更有效的克服悲观失望情绪，这是不容置疑的。

我们不仅仅有了这些思想上的武器，而且，我国大多数人民已经经历了艰苦困难的考验，我们一定能够在每一个困难危险关头，运用这些武器去和悲观失望的情绪做斗争，在这个斗争中更加加强自己的抗战信心，表示自己对于抗战信念的坚定不移。

由此可知，在每一个危险困难关头，悲观失望情绪增长着，反对悲观失望的斗争力量也增长着，不断克服悲观失望情绪而向前发展与坚持下去，这就是我国抗战的一个重要规律。

我们全华北人民以及全国人民，目前正要把握住这一个规律，普遍开展反对悲观失望情绪的斗争，并且把这一斗争和目前各方面的实际战斗联系起来，在这一斗争中克服投降危险与抗战困难，在这一斗争中促进民族团结，在这一斗争中加强抗日根据地的建设工作，为我们的抗战胜利奠定基础，这就是我华北人民与全国人民的一个神圣任务。

（原载一九四〇年八月十五日《新华日报》华北版第一版社论）

庆祝冀南、太行、太岳行政联合办事处的成立

　　冀南、太行、太岳三区行政联合办事处于八月一日在晋东南正式成立，这显然是一件大事，我们谨代表千百万山西河北人民，向杨、薄、戎正副主任致亲切的敬礼！

　　从办事处主任杨秀峰先生对本报记者的谈话中，我们可以清楚地了解到，联合办事处的产生，正适应着目前愈趋紧张的华北抗战形势，针对着敌寇分裂、封锁、孤立我平原和山地的毒计，适应着目前巩固敌后抗日根据地的迫切任务，可使三个区域内的工作经验互相交流，并进而加强全面的领导工作，更益巩固三个区域内广大人民的团结。因之，联合办事处的诞生，必将充分发挥这三个区域的抗战力量；同时，冀南和晋东南原是华北中坚地区，在这一中枢之内，建立起这样一个行政堡垒，对巩固全华北的抗战阵地亦将起主导作用。

三年来，在坚持敌后抗战过程中，已经证明：由于敌寇控制了若干交通干线，使从前依据自然条件和历史条件而划分的旧行政区域形成割裂，星分棋散，连络难于经常，已不能再在残酷的战斗环境中继续起掌握全面的作用；但坚持敌后抗战，不但要求抗日军队针对着敌寇占领若干交通干线和城市据点的形势，把活动范围放在敌寇点线占领之间的广大空隙，借以围困敌寇；就是政权的建立，也必需符合于这一形势，才能真正发挥坚强的领导力量，团结与发动广大民众，与敌寇进行搏战；更何况敌军"扫荡"更益频繁，企图实现"囚笼政策"，封锁各个抗日根据地，孤立山地和平原的今天，我们要是不能使各个抗日根据地取得进一步的密切联系，统一领导，则敌寇的阴谋，势难打破，而对于敌后抗战的不断发展与准备反功力量，将给予不少困难。——冀南、太行、太岳联合办事处的建立，恰恰是为着克服这些困难的。

太行、太岳之山地，本为坚持平原游击战争的支干，而冀南平原则又为太行太岳山地的屏幛与羽翼，这两个地区的军事、行政如能走上真正的统一，则互相配合，伸缩自如；在物力上可以互相调节，人力上也可以互为补助，使平原和山地军民，齐一步骤，配合动作，不仅敌寇的"囚笼"不难一鼓粉碎，且政治经济亦将融成一片。从此唇齿相依，羽翼相辅，甘苦同尝，生死与共，在太行山畔屹立起颠扑不破的行政堡垒，巩固与发展更大的抗战力量是可以翘首而待的。

联合办事处虽然是三个区域行政机关联合行使职权的形式，但他本身的组织，却不仅仅就是过去三个政权机关的联合，并将聘请各抗日党派、各抗日军队、各界领袖、地方士绅、名流学者等，建立类似行政会议的组织，协助负责者，决定一切行政工作和大计（见杨主任秀峰先生谈话）。这就使"联办"的机构获得了充实的内容和广大军民的支持。在时间、地域、人事上不可能进行普遍民选的时候,这种贤明的措施,说明了这一个政权是统一战线的,是真正民主的。我们深信,在冀南和晋东南各界民众、各抗日党派、各抗日军队、地方士绅及名流学者的和衷共济、同策进行下,定能使这一敌后坚强的行政堡垒发挥充分效能,走向无限的前程,创建下独立、自由、幸福的新三民主义共和国的雏型。

（原载一九四〇年八月十七日《新华日报》华北版第一版社论）

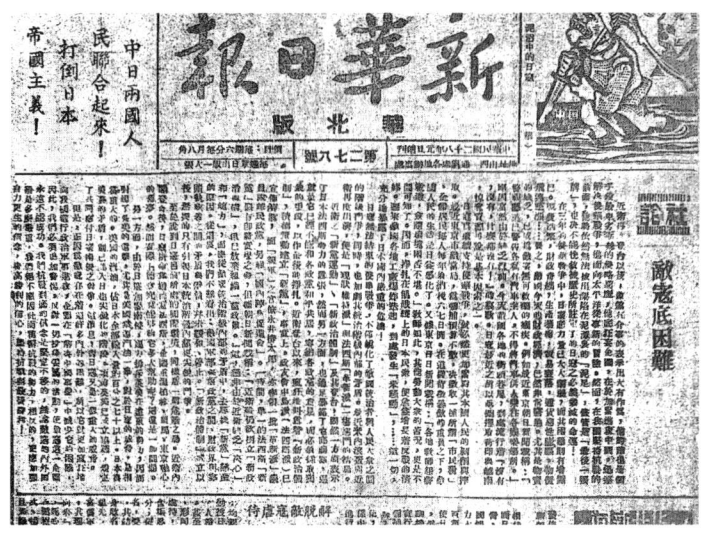

敌寇底困难

　　近卫再次登台以后，像煞有介事的表示出大有作为，他的确也是个手段最卑劣毒辣的侵略恶魔，他底狂妄企图，在于加紧进攻中国，迅速解决侵华战争，进而向太平洋从事新的冒险。然而，在我国坚持抗战的前面，他将依然无法拔出深陷在泥潭里的"泥足"，尽管是"最后一张牌"，也决不能挽救被历史所注定了的日寇之必然毁灭的命运！

　　在三年的侵华战争中，日寇底力量已大大削弱，而其困难则有增无已。战费浩繁，财政奇绌，生产萎缩，贸易衰落，通货恶性膨胀，物价飞速膨涨……要之，敌国今天的财政经济已然非常窘迫，尤其是物资的缺乏，已成为敌寇无可救药的痼疾。例如，最近东京《朝日新闻》载称："警视厅业已警告各私有汽车主人,不得将汽车供人来往各娱乐场所。"原因当然由于缺乏汽油。今天,敌国各地的街头巷尾到处流行着"没有,没有,什么都没有"的哀歌。日寇最近之所以亟图攫取荷印与越南,掠夺资源可说是基本因素之一。

日寇为继续支持侵华战争,就必然更加紧对其本国人民的剥削与榨取。最近东京市敌当局,为弥补预算不敷,决征收一种所谓"市民税",全体居民每人每年须纳税六七日圆。在这样苛征暴敛的重负之下,敌国人民的生活是日益恶化了。又据《东京日日新闻》载称:"各地教师怨声载道,金谓环境困苦不堪。"教师如此,其他劳动大众的苦况更是不问可知了。因而,挣扎在饥饿线上的日本民众,便愈益增长着反战的情绪。迩来敌国各地工厂爆炸迭起,到处发生"米骚动"……这一切,充分地暴露了日本国内严重的危机!

日寇无法结束的侵华战争,不仅锐化了敌国统治者与人民大众之间的阶级斗争,同时,也加剧其统治阶级内部的矛盾。最近米内滚蛋与近卫再度出演,便是"现状维持派"与法西斯"革新派"一场恶斗的结局。

近卫之"新党运动""新政治体制"及其登台,固然一方面表示了日本法西斯势力的嚣张,然而另一方面,也适足暴露了它底弱点,这就是它已经不能和各政党和平共居,容纳各政党的意见,而必须采取独裁的手段,以作最后的挣扎。近卫登台以来,疯狂地叫嚣着"新政治体制",积极策动建立"新党",事实上,政友会中岛派(法西斯派)已宣布解散,而"亲军"之官僚永井柳太郎亦率领一批"革新派"党员脱离民政党,另组"国内阵党促进会"。一时间,单一的法西斯"新党"似有即将实现之势,但据《朝日新闻》载称:"近卫虽仍欲树立'新政治机构',但已放弃组织一党政策。"这绝非由于近卫缺乏"决心"和"魄力",而应从敌寇统治阶级内部的矛盾中去寻找"新党"难产的原因。从这里,我们不难看出:敌国军部与旧政党之间、财政界与寡头执政者之间的矛盾与争执,并未缓和、停止。"新政治体制"成立以后，无疑的只有引起日本统治阶级内部更尖锐的斗争。

至于说到日寇目前所处的国际环境，同样是一个危难之局。近卫内阁登台后，日寇拼命靠拢德意法西斯，企图重温柏林、罗马、东京轴心的旧梦。然而实际上德意究竟能够给它多大帮助呢？这还是一个问题。

另一方面，由于日寇加紧南侵，竭力排斥英美在远东的势力，因而引起了英美的还击，尤其是美国禁运汽油一举，对于日寇的威胁，是相当重大的。美国的汽油，占日本全部输入量的百分之七十以上。日本与美英的矛盾，刻已进入日趋尖锐化的阶段。顷传英美已成立协议，规定了共同应付日寇南侵之对策。这消息，对日寇又是一个重大的威胁。

但是，正因为敌寇存在着这许多的内外的困难，所以它就更加疯狂地向我国进行政治军事进攻，企图在"解决中国事变"中减少它的困难，因此，我们必须更加警惕，反对一切投降妥协的活动，使敌寇这一企图永远不能成功。我们抗战到底的信念是坚定不移的，无论敌寇的内外困难是多么严重，我们绝不应因此而稍懈抗战的努力！相反的，更应加强自力更生的信念，提高胜利的信心，坚持抗战到最后胜利！

（原载一九四〇年八月二十一日《新华日报》华北版第一版社论）

纠正统一战线中的"左""右"倾错误

我党中央在纪念抗战三周年所发表的对时局宣言中，指出我们是处在空前的投降危险与空前困难的新形势下，并号召全国一切抗日党派抗日军民，为抗战到底克服这些危险与困难而斗争。这个宣言所提示的方针，不仅是我们共产党人最近的严重任务，而且也是全国各党各派无党无派人士共同努力的鹄的。

共产党发起了抗日民族统一战线，同时，也坚持了这个统一战线，一切服从统一战线，一切为了团结，共产党不仅过去如此，现在如此，将来仍要如此做。特别是在目前国际国内新的形势下，一切共产党员应该做坚持统一战线的模范、做坚持团结的模范。但为了达到这个目的，必须纠正我党在执行统一战线政策中所有的个别的"左""右"倾向。

毛泽东同志告诉我们:"共产党人不许可同人家建立无原则的统一战线,因此必须反对所谓'溶共''限共''防共''制共'的那一套;必须反对党内的右倾机会主义。但同时,也不许可有任何共产党员,不尊重党的统一战线政策,因此,一切共产党员必须在抗日之原则下,团结一切尚能抗日的人,必须反对党内的'左'倾机会主义。"

"左"的错误倾向,表现在我们过去在反摩擦斗争中。有个别地方,未能坚持自卫的立场去反对摩擦,不了解我们的自卫斗争,是为着争取团结、为着促进顽固派重新觉悟。它表现在把坚决反共投降的顽固分子与非坚决反共投降的人混同起来,都看成顽固分子,不去争取他们,不去团结他们,单纯的只采取斗争;它表现在对非党的群众及干部的过高要求,要求与共产党一样的水准,而又不在平时领导中提高他们;它表现在我们敌后个别地区建立抗日政权时,不认真的进行各阶级联合组织的政权,不正确的接受党中央曾经确定的"三三制"的方针;它表现在某些地区对抗日根据地不作长期打算,不认真保□根据地,耗费人力物力,毫不懂敌后斗争的长期性和艰苦性;它表现在不注意大量组织知识青年与知识分子,使之参加政府工作军队工作及一切民众团体的工作,使他们深入民众,与民众相结合,使他们加入武装斗争、游击战争,与军队相结合,忽视了知识分子在抗日民族统一战线中的作用;它表现在对于与我们进行过军事摩擦的军队,在其停止摩擦之后,不去恢复友好关系,同时个别地方党中,不能坚决执行"不在友军中发展党的组织"的决定,以至我党在个别友军中,不能建立很好的友谊。

这些都是从关门的观点出发,看不到全局的"左"倾错误,表现他是不尊重党的统一战线政策的,如不予严格纠正,对于团结抗战是不利的。

"右"的错误倾向,表现在什么地方呢?表现在我党内一部分人对时局的悲观失望情绪,看不清我们有克服危险、克服困难,争取时局好转的许多有利条件，消极的等待胜利与事变的到来，不去积极地巩固与扩大我党力量，把争取时局好转的可能变为现实；表现在统一战线中无原则的迁就同盟者，抛弃了自己的政治立场，对于同盟者的错误没有采取必要的斗争，放弃了使用批评的武器；表现在对顽固分子的"反共""灭共""限共""制共"等破坏我党的行为，缺乏高度的警惕性，在政治上的麻木不仁，以致个别坏分子混入党内，进行破坏工作；表现在混同三民主义与共产主义原则上的差别；表现在个别党员与个别干部资本主义思想和贪污腐化的增长，在统一战线的环境中，经不起旧的劣习惯的侵袭而同流合污起来，丧失了共产党员"富贵不能移，威武不能屈"的艰苦奋斗的光荣传统；表现在工作中的官僚主义及惧怕自我批评，不愿深入下层群众，不去耐心的说服下级干部和群众，不虚心的接受下级的意见，不真正的在自我批评的原则上，来检查自己的工作，以命令主义来解释教育工作，以一味奉承或一团和气来代替自我批评。这一些都是统一战线中"右"倾错误的表现，如不纠正，便会丧失我党的独立性，对抗战是同样不利的。

既然"左"倾和"右"倾错误，对于抗日民族统一战线都有妨害，就必须都加以纠正！所谓"左"的比"右"的还好些的观念，应该澈底肃清，必须认识"左"倾错误与"右"倾错误都是危害党和革命利益的，只有这样，共产党员才能进一步的作团结的模范，才能进一步的把自己变为团结全国抗日力量的中坚分子，才能明确的执行党中央的政策，达到克服困难克服投降危险，争取时局好转的目的。

（原载一九四〇年八月二十三日《新华日报》华北版第一版社论）

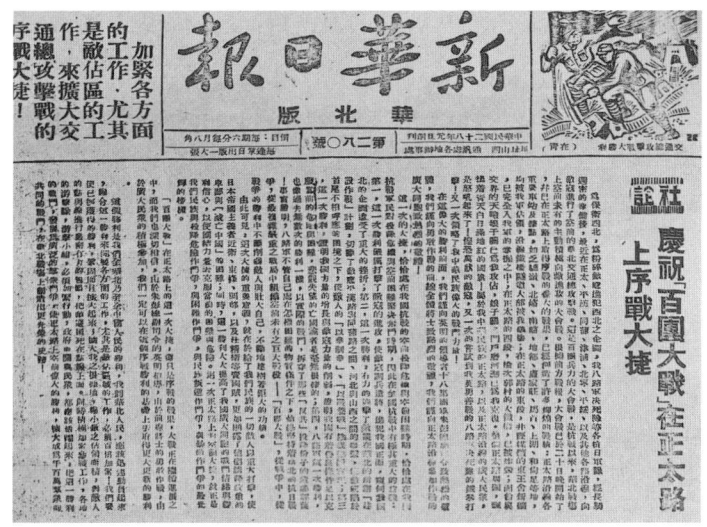

庆祝"百团大战"在正太路上序战大捷

　　为保卫西北、为粉碎敌寇进犯西北之企图，我八路军决死队等各抗日军队，经长期周密的准备后，最近在正太、平汉、同蒲、津浦、北宁、平绥以及其他各路沿线，向敌寇进行了空前的华北交通总攻击战。这是百团兵力的大会战，是抗战以来华北战场上空前未有的主动积极向敌进攻的大会战。根据前方战报，大会战已于二十日晚开始了，并已在正太路上取得序战的伟大的战果，已经创造了许多辉煌的战绩：正太路沿线各重要车站及据点，如乏驴岭、北峪、南峪、地都、卢家庄、马首、上湖、和尚足等地，均被我军占领，沿线铁桥隧道大部被我破坏；在正太路的东段，井陉煤矿的东王舍新矿，已完全入我军的掌握之中；

在正太路的西段、榆次郭村的大铁桥，已被炸毁；而晋冀交界的天险娘子关已为我攻占，娘子关之门户磨河滩已为我克复。整个正太路周围，飘扬着青天白日满地红的国旗！属于我中华民族的正太路以及正太路沿线的广大民众，是怒吼起来了！惶怒万状的敌寇，又一次的尝试到我英勇善战的八路军决死队的铁拳打击！又一次领略了我中华民族伟大的战斗力量！

在这伟大的胜利前面，我们谨向英明的领导者十八集团军朱彭总副司令致热烈的敬礼，我们谨向勇敢作战的前线全体将士致热烈的敬礼，我们谨向正太路沿线参加作战的广大同胞热烈的敬礼！

这一次的大捷，恰恰处在我国抗战的空前投降危机与空前困难时期，恰恰处在我国抗战军民对投降危机与空前困难坚决奋斗时期，因此在全国抗战中有极其重大的意义：第一，这一次胜利严厉打击了敌寇的进攻，使敌寇调兵遣将，进犯我国正面，窥伺我西北的企图遭受了重大的挫折；第二，这一次胜利，有力的迎击了敌寇在华北的所谓"建设作战"计划，切断了敌寇平汉路与同蒲路之间、河北与山西之间的联系，使敌寇陷于首尾不相呼应的困难之下，使敌人的"以华制华""以战养战"阴谋难能实现；第三，这一次胜利，证明我国力量的增长与敌寇力量的削弱，证明我国有着优良条件足以克服当前的危险与困难，悲观失望的亡国论者是毫无根据的；第四，八路军这一次胜利，也像过去无数次的胜利一样，以实际的战斗，拆穿了那些"反共"投降份子的造谣诬蔑！事实证明，八路军不管自己处在怎样困难的物质条件之下，始终坚持着华北的抗日战争，从最复杂严重之战局中组织空前未有之巨大战役——"百团大战"，从战争中、从战争的胜利中不断削弱敌人与壮大自己，不断地建树着巨大的功绩。

由此可见，这次大捷的重要意义，就在于给了我们民族的一切敌人以重大打击，使日本帝国主义者近卫、东条、阿部以及汪精卫等卖国贼，更加显露了他们诱降政策的卑鄙与"灭亡中国"的困难。同时，这一胜利大大提高了我国广大同胞的战斗情绪与胜利信心，以便团结力量去克服当前的困难与危险。这一次正太路上的空前大捷，就正是我们民族与投降危险作斗争、与困难作斗争、与民族叛逆作斗争、与暴敌作斗争的最光辉的榜样。

"百团大战"在正太路上的这一次大捷，还只是序战的战果，大战正在继续进展之中，而我们也深切相信，由于朱彭总副司令的英明指导、由于前线将士的勇敢作战、由于广大民众的积极参加，我们一定可以在这个序战胜利的基础上去取得更大更新的胜利。

这个胜利是我们全华北乃至全中国人民的胜利，我们华北人民，应该迅速动员起来，配合这一胜利来开展各方面的工作。尤其是敌占区域的工作，必须百倍加紧！我们要使已经获得的胜利，巩固而且扩大起来；扩大我之根据地，缩小敌之占领面积，对敌人的点与线进行严密有力的包围，把敌寇困死在点线上面。同时积极加紧参战工作，各地的游击队、游击小组，必须加紧行动，政府机关与民众，都应该活跃起来，把这一胜利的战斗，发展为广泛的群众斗争，使正太路上空前伟大的胜利扩大成为千百万群众的共同的战斗，在华北战场上创造出更光荣的史迹！

（原载一九四〇年八月二十五日《新华日报》华北版第一版社论）

再祝"百团大战"的大胜利

——论华北交通总攻击战

华北交通总攻击战——"百团大战",轰轰烈烈的打开了华北抗战的新的局面,几日来捷报频传,鼓舞了全华北人民的参战热情,引起了全国同胞的兴奋和关切,使敌伪惊惶、寇奸丧胆,不仅在华北抗战史上是最光辉的一页,并且在全国的战略意义上也有其不可磨灭的贡献。

半年以来,日寇对华北是日益在加重其压力,最近更花样翻新,叫嚣其所谓"建设作战",这一险恶计划的全部内容,就是企图以铁路为柱、公路为炼、据点为锁,构成所谓"囚笼",来困死我抗日根据地,逐步消灭我抗日主力军；同时，妄想依靠其线的纵横，来扩大面的占领，加紧政治的建设，扩大汉奸政权，扩大伪军；加紧经济的掠夺——普遍设立"国营公司"，抢劫资源物资。因之敌人用着巨大兵力，进行着全面的修路工作：修筑沧石路的"新计划"、白晋铁路的日夜赶工、塘（沽）大（同）路的建设拟议、石德线的动工等等，而对任何一个抗日根据地，都曾设计着无数个四通八达的公路网计划。倘使这一毒计真能实现，那末，华北抗战将增添难以形容的困难。

然而有共产党领导的英勇善战的八路军存在，有华北一万万广大人民的坚决斗争，敌寇的"漂亮计划"均将立时变成不能想像的幻梦。当三四月间，在华北广大军民之前，就提出了一个具有战略意义的响亮号召：展开交通战，粉碎囚笼政策！这一号召，很快地得到全华北广大军民的有力响应。数月来，在全体军民连续不断的、有计划有组织的行动下，已使交通战真正成为群众性的战斗，创建下惊人的伟绩，数字是这样明确的告诉了我们：一月到三月之间，华北较大的破击战争，总共进行了一百九十一次，破坏公路一千七百余里、铁路三百十四里，收回电线三万一千余斤。至四月以后，动员军民更益广泛，直到七月间，在短短的百余天内，就进行了一千多次破击战，计破坏公路九千六百九十五里、铁路一千零十三里，收回电线十二万斤。每月破击战斗的次数与成绩，顿时增长了二倍至四倍，获得了惊人的发展，这一伟大的力量，使敌人喧腾数月的塘大铁路烟消云散，重筑沧石路的计划不得不再度放弃，白晋路遭到惨重打击，石德线从动员第一天起，就成为尺寸维艰。敌寇是陷在苦恼与困顿之中了！而华北军民，却在不断的胜利中，空前提高了战斗热情，获得了宝贵的经验，更清楚地认识了交通战的重大意义和自己力量的伟大。这许多业绩，乃为今日"百团大战"的伟大行动，准备好了胜利基础。

"百团大战"，的确是华北抗战中一个伟大的大战，它的规模已不再是一个地区、一条线上的破击，而是全华北军民密切配合的一个总破击战；

它的目标已经不再是限于阻碍敌人修筑新路，打断敌人囚笼锁链，而是百万军民一致向正太、平汉、津浦、北宁、同蒲、平绥、石德、白晋、全华北各主要干线进击，切断敌人控制华北的命脉，粉碎敌寇囚笼的支柱和铁框。因之，它的意义已不仅仅是打击敌寇"囚笼政策"，不仅仅是保卫各个抗日根据地，而是积极的以百团精锐，主动出击，直接打击敌寇正面进攻西北的部署，保卫大西北，保卫整个华北；是华北军民抗战到底的坚强意志和伟大力量的表现，是华北军民英勇地克服投降危险与空前困难的有效行动，它以辉耀的模范壮举，鼓舞全国同胞，愈益坚定抗战必胜建国必成的信念！

"百团大战"，还正在继续不断的扩大其胜利，今天还不能立时统计其全部战果，但我们相信，这次战役的伟大成绩，将会使散布在华北各地的敌寇陷入支离混乱的状态，而将更益加深日军反战的斗争，更益激起伪军的反正浪潮，它将震惊平津、摇撼太原，使敌占区同胞欢欣鼓舞，振臂欲起；给予我们瓦解敌军、争取伪军、开展敌占区工作以极顺利的条件，我们要是在这方面不抓紧这一良机，努力争取敌伪，积极开展敌占区工作，那便是不可饶恕的罪过！

但是，我们也决不能因胜利而自满，我们应该警惕到我们空前的胜利将会激起敌寇死命的挣扎，我们应该时刻提防着敌寇随时向各根据地的进攻！因而，加紧一切战斗准备，加紧各方面的抗战工作，广泛地深入的动员民众，动员各个民众武装，为扩大胜利、为谨防敌寇进攻而一致协助军队参加战斗——这便是目前迫切的任务！

（原载一九四〇年八月二十七日《新华日报》华北版第一版社论）

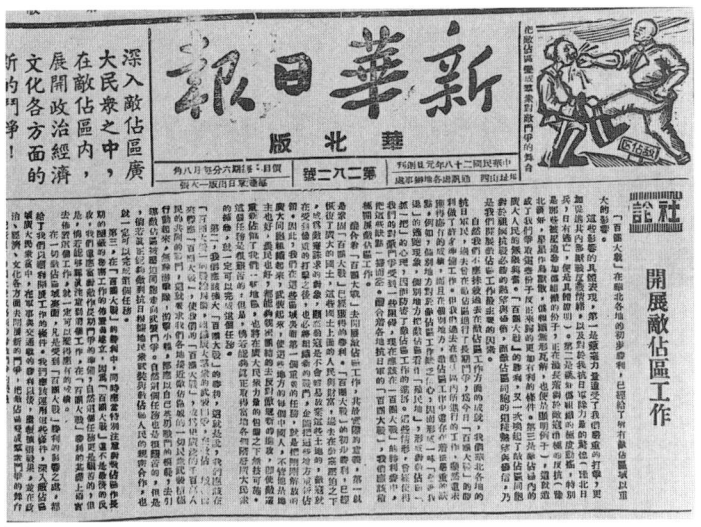

开展敌占区工作

　　"百团大战"在华北各地的初步胜利,已经给了所有敌占区域以重大的影响。

　　这些影响的具体表现,第一是敌寇力量遭受了我们严重的打击,更加促进其内部厌战反战情绪,以及对于我抗日军队力量的惊惶(豫北日兵,日有逃亡,便是具体证明)。第二是汉奸伪组织的极度动摇,特别是那些被压迫参加伪组织的分子,正在滋长着对于敌寇消极的反抗(豫北汉奸星星作鸟兽散、伪组织无形瓦解,也便是显明例子),这就造成了我们争取这些分子反正来归的更加有利的条件。第三是敌占区内的广大人民的无限兴奋。"百团大战"的胜利,又一次唤起了敌占区同胞对于祖国抗战必胜的热望与确信，而敌占区同胞的这种热望与确信，乃是我们开展敌占区工作最主要的因素。

自然我们不应抹杀过去在敌战区工作方面的成就，我们华北各地的抗日军民，过去曾在敌战区进行了长期斗争，为今日"百团大战"的胜利做了许多准备工作。但我们过去在敌占区内所进行的工作，显然还未获得应有的成绩，而且在个别地方，敌占区工作中还存在着很严重的缺点，例如，个别地方对于敌占区工作缺乏信心，因而形成一味"敌进我退"的逃跑现象，个别地方把敌占区看作"殖民地"，形成对敌占区"抓一把"的心理，因而防害了敌占区工作的进展。这些情形，曾经使得我们的对敌斗争受到一些阻碍，现在应该在"百团大战"的胜利声中，把这些缺点一扫而空。配合着各地抗日军的"百团大战"，我们应该积极开展敌占区工作。

配合着"百团大战"去开展敌占区工作，其最实际的意义，第一就是巩固"百团大战"已经获得的胜利。"百团大战"的初步胜利，已经恢复了广大的国土，这些国土上面的人民与财富，过去在敌寇压迫之下，成为敌寇诛求的对象，显然敌寇是不会轻易放弃这些土地的，敌寇就在受到惨重的打击之后，也必然将组织新的战斗，企图把这些地方重新占领。因此，我们在这些区域里面第一个重要的任务，就是把刚刚解放的广大同胞组织起来、武装起来，使这些地方的每个中国人，不管他是地主也好、农民也好，都能够亲密团结的去反对敌寇新的进攻，即使敌寇重新占领了我们一些地区，也将在广大民众力量的包围之下无技可施。这个任务是很艰苦的，但是，倘若能够真正取得当地各个阶层广大民众的拥护，就一定可以完成这个任务。

第二，我们应该扩大"百团大战"的胜利，这就是说，我们应该在"百团大战"的战线周围，组织广大群众的武装斗争，在敌占区域后面来响应"百团大战"，使我们的"百团大战"成为更广泛的千百万人民的共同的战斗，这就要求我们各地接近敌占区域的一切民众武装积极行动起来，无论游击队、游击小组，都应以自己英勇战斗的模范，去引导敌占区被压迫同胞走向武装斗争。自然，这个任务也是很艰苦的，但是，倘若真正能够做到抗日根据地民众武装与敌占区人民的亲密合作，也就一定可以完成这个任务。

第三，在"百团大战"的胜利中，同时应当特别注意对敌占区作长期的隐蔽的秘密工作的布置与建立，因为"百团大战"还不是最后的反攻，我们还应当对敌作长期斗争的准备，自然这个任务更是艰苦的，但是，倘若能够认真注意到这个工作，在"百团大战"胜利的基础上确实去布置这个工作，就一定可以获得应有的成绩。

在一切敌占区域里面，凡是受到"百团大战"胜利的影响之处，都给了我们以顺利开展工作的条件。我们应该运用这些条件，深入敌占区域广大民众当中，在军事与交通战的胜利以后，继续扩张战果，并在政治、经济、文化各方面去开展新的斗争，把敌占区变成群众斗争的舞台，把恢复了的国土变成坚强的对敌斗争的堡垒。

（原载一九四〇年八月二十九日《新华日报》华北版第一版社论）

厉行节约，响应前线大胜利！

很久以前，为了克服我们抗日根据地的困难，保证根据地物资供给的自给自足，本报曾一再号召展开节约运动，反对贪污浪费，这一号召，荷蒙政府机关、抗日军队及各民众全体诚挚接受。两三月来，在人力和物力的节约方面，的确收到了若干成效。财政收支，逐渐统一；预算决算制度、严密的检查制度，都已经建立起初步基础；大批干部均从机关团体中抽出来走上生产战线……这证明军政民对节约已尽了不少努力，证明了敌后每个人民对抗日根据地已倍增爱护，证明了全体抗战军民已经开始为巩固根据地作长期打算。

但是所有这些还只是初步基础，我们还不应该满足于现状、满足于初步基础。而严格说来，我们在节约方面还存在着不少缺陷：第一，这个运动的展开，在各个处所并不平衡，有的地方固然是严格执行、密切注意，然而也有个别处所还并不澈底了解这并不是事务上的小事，而是重大的政治任务，因而执行并不谨严，并不迅速、并不澈底。第二，考察起来，当节约运动刚开始之时，确有雷厉风行之概，但在某些处所，过不几时，便逐渐松懈，最后则故态依然，甚至怨尤横生，大叹其"无经费又无干部"，实觉"寸步难移"等等。第三，检查尚不够严密，致某些地区或部门中，某些个别人员，因为人手紧缩与开支紧缩之故，对工作表示消极怠工，悲观失望；同时，厉行节约，首先在于严格执行财政经济制度，但在个别地方，预算决算及一切工作制度和人员之编制，尚未能迅速澈底执行，因而使这一运动受到一些阻碍。

针对着这些缺点，并估计今后还有新的困难，应使今后节约运动更益确切而深入，以克服行将到来的新困难，我们愿意再次提供以下几点意见以供参考：

第一，必须广泛号召，深入教育，务使军政民各界每个人员都深刻了解节约运动并不是短时的"救急"工作，是一种长期的持久的基本任务，需要我们一点一滴刻苦耐劳的去经常进行，一直坚持到抗战胜利，建国成功。

第二，审核预算决算，审核编制，应该十分谨严，应该深入了解每个部门的具体情况，并经过上级批准、民主决定等手续，既不应有丝毫通融迁就之处，亦不应机械执行，过分苛刻，使工作无法展开。

第三，必须确定严密的检查制度，规定检查的具体办法，随时深入的检查，从上到下、从下到上，从机关团体到个别人员，并互相检查互相督促，务使大而至于军费公款、小而至于柴米油盐，点滴分文之使用，都要有仔细的考察和监督，优者应予以必要的奖励，不执行节约或贪污浪费者应予以应有之处分。

但是，节约运动虽然是一个政治任务，但毕竟还只是克服困难求得自给自足的消极的一面,因而单是节约而不提高我们的生产热情与建设工作,这是非常不够的,节流开源,原本是一件事情的两面,我们再次号召厉行节约,同时我们高呼加紧生产建设,只有物质生产的大量提高、干部人员大量的培养,我们才能在人力物力方面运用裕如。

前线将士在华北交通总攻击战中,已以热血头颅,在继续扩大其胜利的战果,我们广大人民应从各方面努力节约可能节约的人力和物力,努力生长新的人力和物力,参加到战斗中去,使这一胜利,更益扩大,并且继续不断的获得更大胜利。

(原载一九四〇年九月一日《新华日报》华北版第一版社论)

加紧根据地的经济建设

——预祝晋冀豫生产展览会的成功

晋冀豫各区联合举行的工农业生产品展览会，将于"九一八"纪念日正式开幕，主持者为冀南、太行、太岳联合办事处，而由各地生产机关与群众团体热烈帮助，踊跃参加。展览物品有工业农业矿业等生产品，同时并邀请各地区的模范劳动英雄、优秀的发明家莅临大会，以便大家瞻仰与学习。这个规模宏大的展览会，在"百团大战"伟大胜利声中开幕，实具有非常重大的意义。我们除预祝这生产展览会光辉成功外，谨号召晋冀豫各地广大民众，以实际的生产建设工作来拥护这个大会，使我们敌后抗日根据地里面的生产建设工作，在这个大会的影响之下获得新的开展。

加紧经济建设，扩大生产，繁荣经济，巩固根据地的经济基础，这是我们和敌寇展开经济战的胜利保证，是和前线打胜仗同等重要的当前急务。同时，在这条经济战线上，也有各种办法，例如正确的贸易政策、货币政策，都和扩大生产、繁荣经济有不可分离的关系，要这些正确的贸易政策、货币政策与扩大生产三方面密切配合，才能建立一道巩固的防线与敌寇进行长期的经济战争。三年来，我各个抗日根据地在经济建设方面，均获得若干显著的成绩，保证了广大军民的供应，保证了军事上的胜利，保证了各种事业的发展。但是，严格的检查起来，在这方面的建树还异常不够。第一是各根据地没有能取得密切连系，以甲地之长补乙地之短；第二是没有将广大人民动员起来，热烈的参加生产运动，展开经济的建设工作；第三，没有能节约可能节约的物资和人力，以贡献给生产与经济的建设；第四，没有能够培养足够的生产建设方面的大批干部。

因之，这次四区生产品展览会的召开，在改进生产与经济建设方面，均将有莫大的贡献。我各个抗日根据地原本是密切联系并不孤立的，除了军事上、政治上有紧密的联合之外，在经济建设上亦应该有密切的联系。这次生产品展览会，可以使冀南、太岳、太北、太南互相了解各地的生产情况，可以交换各地人民的生产经验，可以看出各个根据地的建设程度，可以鼓励刺激各个根据地广大人民对于生产的热情，并且可以趁此会集各地生产与经济人材，共商今后坚持长期抗战的统一的周密的生产计划，使平原与山地的物资人材互相交流，大大推进各地区的生产运动，使抗日根据地的经济建设踏上一个新的阶段。

我们热烈盼望这次展览大会能够引起各地政府与广大民众对生产建设事业的严重注意，使今后不论在农业生产与工业生产方面，都展开一个新的局面，把生产建设建筑在广大群众的基础上，依靠广大群众的力量，发展家庭手工业，把农村家庭作坊化，使农业家庭逐渐变成半农业半作坊的家庭。甚至斟酌根据地内各地区的情形，逐渐使户与户、村与村间的手工业生产组合起来，并开展制鞋、纺织、织席、榨油、毛织、做豆腐等工作。此外，应更大量发展各抗日根据地的合作事业。我们应该强调实行区村经济活动，应该将发展合作社的运动成为一个广泛的群众运动，开发大批埋藏于农村中的资本，使之贡献于生产建设。

经过上述各方面的努力，使农村经济走向更加活跃的道路，以求克服战争中的物质困难，以求经济繁荣，市场安定，减轻人民负担，改善人民生活。

这一次生产展览会的战斗任务，就是为着检阅我们经济战线上的力量，并以实际的宣传组织工作，发动广大群众为了达到上述各项目的而斗争。我们相信，由于联合办事处及广大同胞的努力，这些任务一定可以顺利完成的。

（原载一九四〇年九月五日《新华日报》华北版第一版社论）

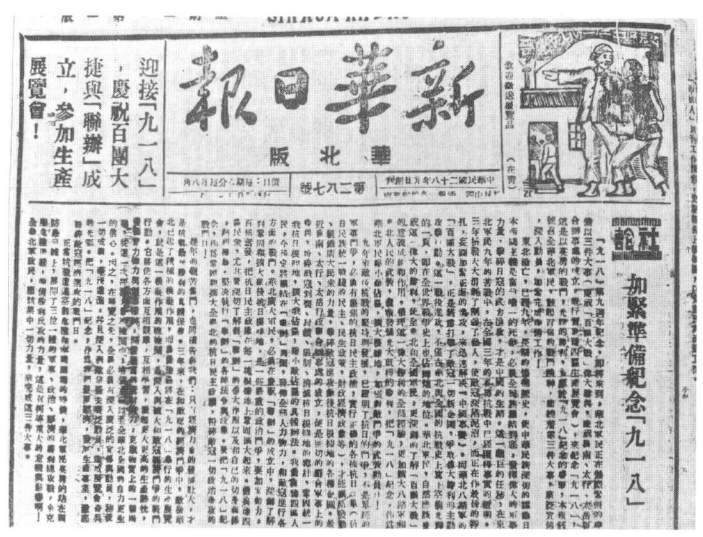

加紧准备纪念"九一八"

"九一八"第九周年纪念即将来到,华北军民正在热烈紧张的准备以三件大事(庆祝"百团大战"伟大胜利,庆祝冀南、太行、太岳联合办事处的成立,举行晋冀豫四区生产展览会)来纪念"九一八",这是以英勇的战斗、光辉的胜利,贡献于"九一八"纪念的盛举,本报谨号召全华北军民,鼓起百倍的战斗精神,围绕着这三件大事,广泛宣传,深入动员,加紧完成准备工作!

东北沦亡,已经九年,长期的惨痛历史,使中华民族深切的认识日本帝国主义是当前唯一的死敌,必须全民族团结到底,发挥伟大的军事力量,击碎日寇的武力进攻,才是中国的生路,这一艰巨的任务,在东北军民九年的苦战中，在全国三年的英勇抗战中已经获得事实的证明。三年抗战大大消耗了削弱了敌人，使敌寇深深陷泥沼，而正在作最后的挣扎，妄图加紧正面的进攻，来迅速解决"中国事变"。而华北八路军的"百团大战"，正是严重打击了敌寇一切新企图，争取伟大胜利的主动攻击行动。这一战役进攻，不仅在华北与全国的抗战史上写下空前光辉的一页，即在全世界战争史上也占辉煌的地位。华北军民，自然应该庆祝这一伟大的胜利，使全华北和全国军民更深刻的了解"百团大战"的意义成绩和作用，整理这一伟大胜利的全部经验，更加扩大八路军和华北人民的武装，继续发扬光大既得的胜利，把"九一八"纪念作为华北军民缩小敌战区，扩大根据地，加强对敌斗争的武装动员日！

九年来敌后抗战的坚持与发展，已证明了抗日的斗争不是单纯的军事斗争，必须有坚强的抗日民主政权，实行正确的各种抗日政策（抗日民族统一战线的民主民生政策、财政经济政策等），才能团结发动、组织广大民众的力量，击碎敌寇进攻敌后抗日根据地的各种企图。最近冀南、太行、太岳行政联合办事处的成立，便是密切的联合军事上的胜利，粉碎敌寇割裂、封锁、限制、消灭抗日根据地的毒计，巩固统一我抗日根据地，扩大我占区，缩小敌占区的具体办法。我晋冀豫四区人民，今后定将团结在"联办"周围，发挥全部人力物力，和敌寇进行各方面的战斗。华北广大军民，必须在庆祝"联办"的成立中，深刻了解到巩固和扩大敌后抗日根据地，是一个严重的政治斗争，要加紧努力，百倍奋发，把抗日民主政权在每一块根据地上巩固扩大起来，晋冀豫四区民众，尤其要深切了解到"联办"的伟大作用以及和自己的切身关系，热烈拥护，坚决执行"联办"的各种法令与政策。要把"九一八"纪念，作为巩固和扩大全华北的抗日民主政权，粉碎敌寇一切政治进攻的战斗日！

几年的艰苦奋斗，也同样告诉我们：只有经济力量的发展壮大，才是抗战最后胜利的具体保证。三年来，在和敌寇的经济斗争中，敌后华北已起了积极的模范作用,而晋冀豫区将在"九一八"举行的生产展览会,就是这一模范作用的总检阅,是深入与扩大和敌寇经济斗争的战斗行动。它将使各方面互相观摩,互相学习,激起更大更高的生产热忱,发扬智力物力与□□□□,开发□□的智财物力,克服物质上的一切困难,从这一次经济力量的检阅中,增强地区以至全华北全国的自力更生的信心。因之,在展览之先,全区必须有深入广泛的宣传与动员,务使一切成绩毫没遗漏,并且深入到敌占区去广泛动员,造成展览会奇异的光彩。把"九一八"纪念作为我们发展经济、发展生产事业,澈底粉碎敌寇经济进攻的战斗日。

正当抗战遭遇空前危险和空前困难的时候,华北军民英勇的站在国防最前线上,展开了三位一体的军事、政治、经济的胜利总攻战,来克服危险困难,准备胜利反攻的力量,这是何等重大意义与影响啊!全华北军政民,应该集中一切力量,来完成这三件大事。

(原载一九四〇年九月九日《新华日报》华北版第一版社论)

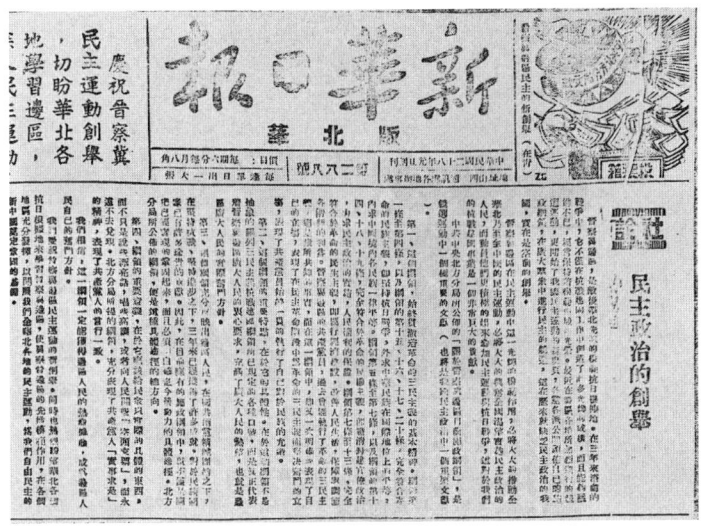

民主政治的创举

　　晋察冀豫区，是敌后华北先进的模范抗日根据地。在三年来浴血的战争中，它不仅在抗战建国工作中创造了许多光辉的成绩，而且能够猛进不已，经常保持着模范区域的光荣。最近在边区各地所热烈进行的竞选运动，更开始了我国民主运动的新史页，各党各派公开颁布自己的施政纲领，在广大群众中进行民主的竞选，这在历来就缺乏民主政治的我国，实在是空前的创举。

　　晋察冀边区在民主运动中这一光辉的模范作用，必将大大的推动全华北乃至全中国的民主运动，必将大大的兴奋全国渴望实施民主政治的人民，而动员他们更积极的起来参加民主运动与抗日战争，这对于我们的抗战建国事业是一个非常巨大的贡献。

中共中央北方分局所公布的《关于晋察冀边区目前施政纲领》，是竞选运动中一个极重要的文献（也将是我国民主政治中一个重要文献）。

第一，这个纲领，始终贯彻着革命的三民主义的基本精神。纲领第一条至第四条，以及纲领的第十五、十六、十七、二十条，完全符合革命的民族主义，即坚持抗日战争，外求中华民族在国际地位上的平等，内求中国境内各民族一律平等。纲领第五条至第七条，以及纲领的第十四、十八、十九条，完全符合于革命的民权主义，即肃清封建官僚政治，力求民主政治的实施、人民权利的保证。纲领第七条至十三条，完全符合于革命的民生主义，即厉行经济建设，改善人民生活，保障与调节各阶级的利益。晋察冀边区的共产党员，过去曾经执行了革命的三民主义，这是众所共知的事实，而在这一纲领中，却又一次明确的表现了自己的立场，表现了在民主革命阶级中为革命的三民主义而坚决奋斗的立场，表现了共产党员始终一贯的执行了自己对于民族的允诺。

第二，这个纲领的重要特点，在于它的具体性。在于这个纲领不是抽象的罗列三民主义抗战建国纲领所已规定的各种口号，而是真正代表着晋察冀边区广大人民的衷心要求，充满了广大人民的热望，也就是边区广大人民的实际奋斗方针。

第三，这个纲领充分反映出边区人民，在国共两党精诚团结之下，在坚持抗战、坚持进步之下，三年来已经获得了许多成就，对于民族国家已有许多珍贵的贡献。因此，在目前应有的施政纲领中，就不仅是应把已经实现的巩固起来，而且必须明白确定今后努力的具体途径。北方分局所公布的纲领，便是这种具体途径的总方向。

第四，纲领的重要意义，在于它应该给民众以实际的具体的东西，而不只是说些漂亮话、唱些高调，或者向人民开些"空头支票"，而永远不去兑现。北方分局所提的纲领，充分表现了共产党人"实事求是"的精神，表现了共产党人的言行一致。

我们相信，这一纲领一定能获得边区人民的热烈拥护，成为边区人民自己的奋斗方针。

我们庆祝晋察冀边区民主运动的新创举，同时也热烈盼望华北各个抗日根据地来学习晋察冀边区，使冀察晋边区的先进模范作用在各个地区充分发挥，以开展我们全华北各地的民主运动，为我们自由民主的新中国奠定巩固的基础。

（原载一九四〇年九月十一日《新华日报》华北版第一版社论）

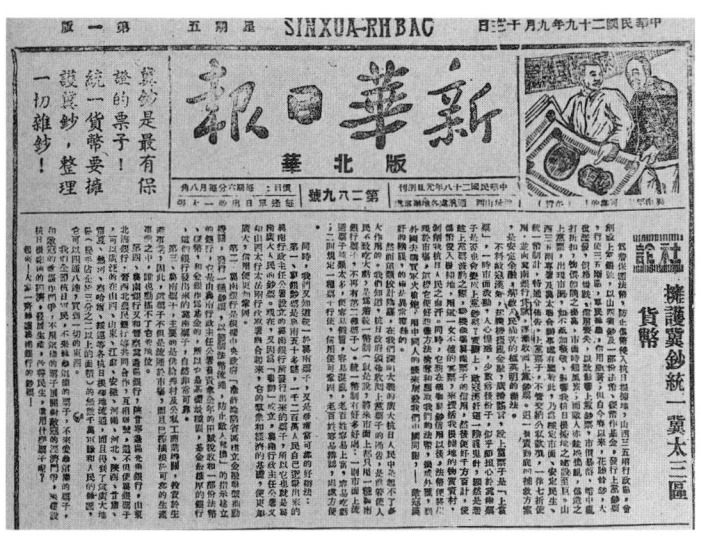

拥护冀钞统一冀太三区货币

为着保护法币，防止伪币侵入抗日根据地，山西三五两行政区，曾创设上党银号，以山西省钞及一部份法币、硬币作基金，发行上党钞票，行使三五两区，军民拥护，信用颇著；但自今春以来，花脸晋钞，大批滥发，价格惨跌，信用丧失，以致影响上党钞票，市价暴落，暗中乱打折扣，物价即随之提高，市面时起风波；而敌人亦趁机捣乱，伪造之上党票，出现市面，如不亟加整顿，影响我抗日根据地之建设至巨。山西三五两专署及冀太联合办事处有鉴于此，乃为稳定市面、安定民生、统一币制计，特通令布告，上党票子，不管交纳公私款项，一律七折使用，并向冀南银行贷款，逐渐收回上党钞票。这一负责到底的补救方案，是安定金融、解救人民痛苦的极英明的办法。

不料敌寇汉奸，却乘机扰乱金融，广播谣言，说上党票子是"上当票"，一时市面波动，人心惶惑，少数落后分子似乎颇担心于冀南票子是否也会变成上党钞票。实际上，敌寇汉奸这一阴谋鬼计，显然是想趁上党票波动之际，乘机破坏冀南票子的信用，然后便好千方百计，使伪币侵入根据地，用这一文不值的冥票，来搜括我根据地的物质资材，剥削我抗日人民之血汗。同时，它想在破坏冀钞信用以后，法币便将出现于市场，这样它便好想尽方法抢夺和骗取我们的法币，换成外汇，到外国去购买军火枪炮，用中国人的钱来屠杀我们中国同胞——敌寇汉奸的阴谋，的确是异常毒辣的。

然而这类狡计阴谋，在我们深明大义的广大抗日人民中是起不了多大作用的。我们知道，抗日政府颁布收回上党票子的通告，是为着使人民不致吃大亏，是为着统一币制（就是说，将来市面上都只用一种冀南银行票子，不再有第二种票子）。统一币制有好多好处：一则市面上流通票子种类太多，便容易假冒，容易混乱，老百姓容易上当，容易吃亏；二则规定一种票子行使，信用便可巩固，老百姓容易辨认，处处方便。

同时，我们又知道统一于冀南票子，又是最稳当可靠的好办法：

第一，冀银钞票是冀南五十多县，一千二百万人民自己选举出来的冀南行政主任公署设立的冀南银行所发行出来的票子，所以它也就是冀南广大人民的钞票。现在，又因为"联办"成立，冀南行政主任公署又和山西太行太岳两行政专署联合起来，它的群众和经济的基础便更加广大，信用便更加巩固。

第二，冀南银行是根据中央政府"准许沦陷省区建立金融联系推动机关，发行一种钞票，以节制法币流通，防止敌人夺换"的指示建立的银行，它是由冀南行政主任公署负责拿全年的田赋税收和一部分法币、硬币和金银作为基金的，所以它是基础最稳固、基金最雄厚的银行，这个银行发出来的冀南票子，自然非常可靠。

第三，冀南票子，主要的是供给农村及公私工商业机关，投资于生产事业，因此，这票子不但是流通于市场，而且已经插根于可靠的生产事业之中，谁也动摇不了它的地位。

第四，冀南银行又和晋察冀边区银行、陕甘宁边区光华银行、山东北海银行、晋西北农民银行等共同合作，互相联系，这不但使冀银票子可以广泛的在山西、山东、江苏、安徽、河南、河北、陕西、甘肃、宁夏、热河、察哈尔、绥远等各抗日根据地流通，而且得到了这广大地区（几乎占全国三分之二以上的面积）的无数千万军队和人民的拥护，它可以四通八达，买到一切的东西。

我们全体抗日军民，不来拥护这样的票子、不来爱护这样的票子，和敌寇的阴谋作斗争，不用这样的票子展开对敌寇的经济斗争，来建设抗日根据地的经济，发展生产，改善民生，还用什么票子呢？

起来！大家一齐拥护冀南银行的钞票！

（原载一九四〇年九月十三日《新华日报》华北版第一版社论）

适当的改善人民生活

我国正处在一个空前进步的民族自卫战争时期，它与日本帝国主义所进行的侵略战争，有着根本不同和完全相反的意义。我国抗战是必然要获得最后的胜利，但这个胜利，必须有赖于四万万五千万人民的一齐努力，始能争取它的到来。也就是说，如果不把全中国人民动员组织武装起来，要求抗战的胜利是绝不可能的！因此，适当的改善人民生活，就成为必须。它是提高民众的抗战积极性与英勇牺牲决心和生产热忱的必要条件之一，否则，空唤动员民众参战，必然是纸上谈兵，无济于事。

目前抗战已进行到第四个年头，我敌后民众，确已表现了其伟大的力量，以帮助政府和军队抗战，但在全国说来，确还有大多数的民众，还未动员组织和武装起来，参加抗战。其主要原因之一，是政府对民众运动采取压制政策，同时没有适当的改善人民生活。有些人不愿意指出某些原因，而只埋怨或责备民众的"不觉悟""没有爱国心"，这是完全错误的！对抗战与团结都是有害的！在陕甘宁边区和八路军所活动的华北、新四军所活动的江南地区，因为真正实现了革命的三民主义和抗战建国纲领，给予民众以抗日的言论出版集会结社和武装的自由，并适当的改善了民生，才真正的把民众动员和组织起来，拥护和帮助政府军队，坚持抗战，提高了他们的抗战与生产热忱。

但是，除上述几个区域外，全国若干地区，人民生活还在痛苦状态中，这原因在那里呢？一方面是因为没有实行一切改良民生的办法，如增加工人工费、减租减息、废除苛捐杂税、提高小职员的待遇等等；另一方面因为敌寇的封锁，法币贬值，及某些不愿抗战和不顾国家民族利益的奸商和发国难财的贪官污吏的家伙们，投机与操纵，以及不合抗战需要的错误的财政经济政策和平抑物价的不澈底等原因，而使得物价空前惊人的飞涨，超过战前数倍以至数十倍。人民生活日益困难，"使他们连最低限度的生活，都不能维持，家内老婆妻儿饥饿待哺，无法解决，使得许多城市工人贫民，就连麦糊豆渣，也朝不保夕，使他们因饥饿而死者，日有所闻，使战区受灾难民，吃尽草根树皮，餐风饮露，那么在此不能持续维持生存下去的情况下，要他们舍身杀敌，弃家投军，努力生产，的确会使他们感到心有余而力不足"（邓发同志）。因此，政府应从速实现以下诸点，以改善民生，提高民众参加抗战工作的积极性：

第一，澈底而真正的平抑物价，禁绝一切奸商和发国难财者的操纵囤集居奇。

第二，认真执行政府《战时保护包工方案》，增加工资，保证工人的起码生活。并改善小职员小学教员的待遇。

第三，废除苛难，减租减息，减轻农民的负担。

第四，实行合理负担，真正作到有钱的出钱，有力的出力，看清现在还存在着的只是有力者出了力，有钱者却很少出钱，甚至借口"抗战时期"，增加其对工农劳动者的压榨剥削，发国难财的不良现象。

第五，救济灾民难民，给灾民难民以长久的生计。

第六，改变不合时宜的统制操纵□□错误的财政经济政策，大规模的发展生产事业，扶助民众工业与手工业和农业的发展。除荦荦大端，如以上所述者外，政府应根据抗战的具体情况和条件，来实现适当改善人民生活的口号，只有这样，才能提高人民的抗战积极性和生产热忱，做到自力更生，把四万万五千万人发动起来，结成一条铁的洪流，以冲破一切困难，争取抗战的胜利。

（原载一九四〇年九月十五日《新华日报》华北版第一版社论）

纪念"九一八"

九年前的九月十八日，凶暴的日本帝国主义强盗借口"中村事件"，挟其蛮横的武力，侵入我东北领土，使东北三千万同胞遭受到亡国的痛苦，蒙受了空前未有的民族惨祸。但我们东北三千万同胞也就在艰难困苦的环境中，第一次在我们国内燃烧起民族革命的烽火，第一次实现了以东北国共合作为基础的抗日民族统一战线，第一次发起了反对日本帝国主义侵略战争的辉煌旗帜，为我们今天伟大的全民抗战作了勇敢的前驱。抚今追昔，不禁向往我东北抗日联军、抗日义勇军与东北广大同胞及一切光荣的牺牲者战斗者与受难者，他们的英勇斗争的历史将是永垂不朽的。

当兹纪念第九个"九一八"之际，正抗战进入第四个年头，在东北同胞九年的艰苦战斗中、在全国军民三年多的浴血抗战中，凶暴的日寇已深陷泥沼，日渐崩溃；极度的困难使日寇不得不作垂死的最后挣扎，加紧国内法西斯化，对我加紧政治与军事的正面进攻，企图迅速解决"中国事件"，并进而扩大侵略，掠夺越南，冒险南侵。

在华北，今年的"九一八"更是一个战斗的节日，最近我华北英勇军民，动员百团精锐，无数千万男女同胞，向敌寇主动进击，展开了空前未有的大规模的交通总攻击战，给敌寇一切新的企图以严重打击。自八月二十日深夜十二时起，至九月十日止，仅仅二十天之内，已获得百团大战第一阶段中空前辉煌的战果……使全国同胞欢腾鼓舞，全国抗战军队衷心钦敬，中外舆论，一致颂扬，我蒋委员长、卫司令长官则特电嘉勉，并电协各战区积极出击，策应百团大战，我们不难预计到在全国亲密团结，共同协力之下，第二阶段主动进击之战役反攻势必更益伟大，成绩更将震惊世界，不仅创造下华北抗战的新局面，亦将转变全国抗战形势，使之于我更为有利，给东北同胞以无限兴奋，给东北抗日军以直接的支援。

因此，纪念今年"九一八"，华北军民不仅应庆祝百团大捷，而尤其重要的是应该努力各方面的准备与组织，加紧动员民兵，积极在一切交通线上不断进行破袭，并深入敌寇占领地区，争取与解放敌占区同胞与敌伪军，继续配合着"百团大战"新阶段的开始，开展政治、经济、文化各方面的对敌斗争，力求扩大"百团大战"的光辉成绩，澈底完成"百团大战"所预订的美满的战果。

随着"百团大战"第一阶段伟大的胜利，在华北敌后抗日根据地，民主政权之建设上，亦获得无限光明的前途，冀太行政联合办事处建立伊始，即认真施行德政，在财政、经济、生产、文化教育各方面，均已颁布了新的法令，开怀民生，切实改善，对于这样政府的成立，我们自应盛大庆祝，并在庆祝声中号召冀南太行太岳全体军民，一致拥护"联办"，一致努力实行"联办"的一切新法令,以求新的三民主义的澈底实现。随着"百团大战"第一阶段的伟大胜利,华北军民又对敌寇展开了新的经济斗争,当今年纪念"九一八"之时,正是冀南、太南、太北、太岳四区生产品展览会开幕之日,这是敌后抗日根据地三年来生产建设的一次总检阅,是深入和扩大对敌经济斗争的战斗行动。因此,不仅要求全华北军民,而且要求敌占区绅商同胞踊跃参加,在这个大会上,交流三年来生产建设上以及对敌经济斗争中的宝贵经验,以激起更高的生产热忱,增强自力更生的信念,达到抗日根据地自给自足,澈底粉碎敌寇在经济上的各种掠夺阴谋!

我们华北军民,誓要英勇的站在国防最前线,对敌寇展开新的军事、政治、经济各方面的总攻击战,作为克服当前抗战中空前困难与空前危险的有效武器,作为拯救东北三千万水深火热中同胞的实际行动,并以此作为纪念"九一八"九周年的光荣献礼!

(原载一九四〇年九月十七日《新华日报》华北版第一版社论)

怎样实施真正抗战教育

实行抗战教育，从抗战一开始，便被全国教育界进步人士所提出，并为全国青年所热烈拥护和迫切要求着，但直到今天，抗战已进入第四个年头，除了某些地区（如陕甘宁边区及华北敌后抗日根据地）以外，全国大部分地方，教育方针还没有随抗战的需要而改变，有些地方甚至比抗战前的教育还不如。因此"教员转业，学生逃跑"或苦闷悲观消极的现象，就成为目前教育界的严重问题。

第一，教育制度的不合理和统制思想的错误。这主要的表现在学校的党化、特务化和"导师制"等不良作风的产生和实施。所谓党化、特务化，便是各大中小学，皆为党及特务组织所把持，用威胁利诱的方法，去迫使教员与学生集体入党入团，强迫多数人做特务工作。所谓"导师制"，便是以所谓"亲信"之教员，作学生"导师"，负责监视"指导"十个至二十个学生之言行和思想，其实就是对学生作特务工作。这样就使学校变为牢狱，学术空气与青年学生之活泼朝气为之一扫而尽，给学校造成一片颓风。稍有正义感主张思想自由的教员与爱自由要求真正求得学术，以为国家服务的进步青年，自然就不可能或不愿意再在这样的学校住下去。

第二，教育内容与现实完全脱节。正因为实行统制学术思想，在课程上就不免十分烦重，每日上课达七小时，而其内容则几乎与抗战毫无关系。一味强迫廉洁复古，企图把坟墓里的孔夫子主义复活起来，作为迫害青年的工具。一切抗战的进步的书报，完全被禁止阅读，而那些反动的与日寇汉奸言论很少分别的，专以破坏抗战团结，挑拨国共分裂为能事的各种反共的刊物，如"抗战与文化"等，却被指定为学生必读的课外读物，并以其中那些谩骂共产党的文章，作为考试、检验学生思想的根据。一切救亡工作，几乎完全禁止学生参加。教育当局用烦重的功课、个别谈话、月考、期考、会考、总考，并以缩短假期及加强军训等方式来束缚学生，剥夺学生自由研究的时间，企图把学生推入"两耳不闻窗外事，一心就读圣贤书"的关门读死书的泥坑里。这种愚民政策的教育，怎样能令教员学生安心教书读书呢！

第三，生活困苦，特别是逃难至大后方的及贫寒的学生，因物价高涨，只求一饱亦感困难，教员的生活也困苦不堪，要靠菲薄薪水来养家者，更是不够。而某大学则可以五十万之巨款，为学校当局之方便而兴筑校舍，对于教员与学生之生活困难情形，则很少注意和关心，未谋改善之道。某些学校，还竟有克扣学生伙食费与贷金而饱其私囊者。

以上诸因是目前教育不振的弊结所在，这不仅有害于青年前途的发展，而且有害于国家民族与抗战的前途。全国教育界及先进人士应该起来反对，并力谋制裁这些现象，要求政府及教育部真正实施抗战教育，一切教育方针与课程，必须适合抗战需要、符合战时环境，在适合需要的基础上来提高研究学术的风气。陕甘宁边区之教育成绩及经验教训，正可供作各方之参考与借镜。然而这就首先必须停止学校党化与特务化，废止形同监视个人之"导师制"，给学生以学习思想及参加救亡工作之自由和便利。学生参加任何党派与否，亦应保留其自己的决定权，不得统制思想和强迫入党。选聘教师，应以技能为标准，不问其党派关系及思想如何，只要真正有才能，坚决主张抗战、团结进步者，均可为师资，力谋改善学生及各级学校教职员之待遇，保证他们的最低生活。同时，将那些真有才学又坚决主张抗战团结进步的教员，确定其资格，实行登记，保证其职业；而对那些不学无术，一味以特务作风对付学生者，实行淘汰。如是才能澄清教育□而切实走上抗战建国的教育大道。

（原载一九四〇年九月十九日《新华日报》华北版第一版社论）

加强抗日根据地的工作

随着整个抗战形势的空前困难时期的到来，敌后抗战的八路军新四军与各抗日根据地的困难，亦必随之而日益增加，敌人对抗日根据地的加紧"扫荡"，使我军活动受到相当的限制，敌人更加严密的包围、封锁，断绝与大后方的联络，长期战争的消耗，人力物力财力补充之缺乏，这一切的一切，都是困难增加的极重要的因素。中共中央曾经屡次指出过抗日战争是长期的艰苦的，"应该看到这一抗战是艰苦的持久战"（一九三七年八月十五日《中共中央关于目前形势与党的任务的决定》），决不是一个短时间可以解决的。"战争的结果，日本必败，中国必胜，只是牺牲要大，要经过一个很痛苦的时期。"（一九三八年七月十六日毛泽东同志与斯诺的谈话）抗战三年来的经验，完全证明了这一预见的正确，今天任何人是不会怀疑的。由于抗日战争的长期性与艰苦性，也就决定了敌后抗日根据地反对敌人斗争的长期性与艰苦性，因之，敌后抗日根据地的一切工作，应以准备长期斗争为出发点，来坚持敌后抗战到最后胜利!

不可否认的华北敌后抗日根据地，在三年抗敌斗争中，获得了很大的成就，建立起民主的政权，动员了一切抗日人民来坚持抗战，执行了统一战线政策；这种敌后抗日根据地的建立，对于支持敌后抗战、坚持抗战胜利有极重要的意义。正因为华北敌后有着坚持抗战的堡垒，所以才有今天八路军决死队的百团大战，在敌后进行空前未有的大规模的战役进攻，没有抗日根据地的建立、巩固与发展，不可能有今天的由我方主动发起的大规模的进攻和伟大的胜利，这是很显然的。尤其是冀察晋边区，在军事、政治、财政、经济、文化、教育、民众组织等各方面工作，成绩特别显著，它不仅是敌后抗日根据地的模范，抑且为全国民主抗战的模范。

然而，在个别抗日根据地内，工作中仍然存在着许多弱点与缺点，主要的表现在：

第一，由于他们对于游击战争的长期性、艰苦性与残酷性的认识不够。因之缺乏支持敌后长期战争的必要措置，"抓一把"的严重现象在各个根据地区内普遍的发生着。今天一个动员，明天又是一个动员，穿灰布军衣服的人都可动员，只看到斗争的现在，没有顾及到斗争的将来，只顾及本身的利益，而没有顾到整个的全局的利益。这种现象发展的结果，必然使支持敌后根据地的抗战，发生极严重的后果！为了克服这些弱点，在各个根据地内，必须立即停止无政府状态的动员工作，颁布适当的动员法令，严厉取缔任何机关都能动员的现象，改正粗枝大叶的工作作风，代之以有计划的、细心的、深入的组织工作。

第二，随便浪费人力物力财力，不爱护根据地，使用人力物力财力，不作长期打算。根据不十分确实的统计,敌后抗日根据地的人力动员,平均每月每人少至七天多至半月,这就是说,每人三分之一或一半的时间,用在战争动员上。因之,无疑义的加重了人民劳力的负担,使农村生产力亦因之降低。在物力的动员上,平均每月每村对战费的担负,在四百元以上,而有一半以上的人数,是在免征的范围,这种情形,自然难免使根据地更加困难与艰苦。在人力物力财力的使用上,应该有组织有计划的进行,具体的统计各个根据地在人力物力财力上可能供给的程度,一方面厉行节省,另一方面不足的应该设法补给。反对滥罚滥捐的现象,做到在长期斗争中,各根据地有取之不尽、用之不竭的人力物力和财力的不断供给。

第三,没有认真地执行党中央的统一战线政策。在执行统一战线时,"左""右"倾错误严重的存在着,把坚决的投降反共与非坚决的投降反共分子混淆起来,把顽固分子看成汉奸。在政权问题上,没有认真执行中共中央所规定的:共产党员占三分之一,而让其他党派及无党无派人士占三分之二的"三三制",没有想尽方法去团结一切还愿意抗日的人们在自己的周围,以坚持残酷的战争,集中一切力量,反对当前死敌日寇。在政权问题上,应该执行各阶级的联合专政的原则,切实执行我党中央关于"三三制"的指示。实施这些政策的目的,是为的团结大多数的人民,为着更增强我们坚持抗战的力量,我们能否坚持敌后长期斗争,完全要看我们是否能正确执行党中央统一战线的政策以为断。我们一切政策,应以党的统一战线为标准,爱护一切抗日的阶层、爱护一切抗日的党派,达到坚持敌后的长期斗争。

各个根据地的澈底转变,对于克服困难,有极重要的意义,谁不愿认清这些敌后抗战是长期的艰苦斗争、谁不愿克服这些严重现象,实际上就是对战争的怠工!我们坚信处在敌后抗战的八路军、新四军与抗日人民,在坚决执行我党正确的方针与政策下,必将以最大的毅力去克服空前的危险与困难,坚持敌后抗战至最后胜利!

(原载一九四〇年九月二十一日《新华日报》华北版第一版代论)

正确的实行新的合理负担

自"联办"成立以来，颁布了许多新的好法令，而《修正合理负担征收款项实施条令》，就是许多好法令当中的一个。这一法令果真能正确的执行、美满的实施，那末抗日根据地的财政建设便有可靠的基础，群众的生活会得到适当的改善。然而，良好的法令正和一切正确决议一样，还不过是纸上的条文，要将条文变为具体的现实，还有着一段复杂而艰苦的过程，这里就要求执行这些法令的干部深刻了解，正确把握，认识困难，研究办法，深入工作，埋头苦干，以求得广大人民清楚的了解，一致拥护，坚决执行。

"联办"新合理负担的法令，颁布已经多日，各地有的正在准备实施,有的已经开始工作,也有若干地区已在蓬勃进行,而且获得了良好的成绩,这是值得我们表扬的。但是,也还有若干地区,在开始进行中发现了严重的缺点,亟待我们设法纠正:

第一,有些地区,因为宣传解释工作的不够深入和普遍,部分群众对新的合理负担还有一些误解,因此使得新的合理负担还不能普遍地顺利执行。第二,有若干地区,对调查工作,还只是一纸命令、一个指示,既没有具体的领导,也没有实际的工作。第三,有些地方,虽然有了布置,有了计划,但政府和群众团体,没有密切的配合,没有在群众中展开热烈的讨论,吸引群众参加调查和评议等工作,使这些工作真正变成群众的运动。第四,有些地方,进行这一工作的干部,只知道新合理负担的重要,但他并不知道新合理负担的具体内容和进行的许多方法,不知道新合理负担的意义和作用以及和群众的切身关系……这些缺点,都将使新的合理负担,在实施中碰到了不少阻碍。

针对着上述缺点,我们仅提供以下数点:

第一,深入宣传,广泛解释,是这一工作顺利进行的必要条件,应该通过各种宣传机关、各个民众团体,用街头讲话、壁报、谈话会、讨论会等等一切方式,不厌其烦的说明新合理负担的累进办法和旧合理负担的不同之点,和旧办法作详细的比较;解释钱多的多负担、钱少的少负担、无钱的不负担的办法是天下最公平的办法;解释最富有者也不过负担百分之三十与一年只负担一次的好处等等。务使不论贫富,大家都澈底了解这办法的公平与科学。

第二,评议调查工作,是这一工作正确实施的保证,因而评议员的产生,一定要做到不折不扣的民主。根据真正群众的意见,推选坚决抗日、热心负责、大公无私,能打破情面关系并且确实代表群众利益,不袒护亲友的人为评议员,组织评议会,进行包龙图一般的评议工作。在登记中,发动各群众团体进行竞赛,使各群众团体的干部,首先起最忠实最认真的模范作用，号召民众，一致效法。在调查工作中，必须把群众组成小组，来热烈检讨每张登记表上所填写的是否确实，要广泛听取每个人民的意见，如有丝毫不确实的情形时，即实行查勘，务使少数落后分子不能以欺骗来欺蒙政府和人民。

第三，新的合理负担实施办法，正因为是公平而科学的，所以等级琐细、项目繁多、办法复杂、计算烦难，而各地执行的干部又恐多系新手，为着使每个干部澈底了解这一办法的详细内容、各种方法和真正意义与作用起见，各县应该按实际的需要，创办这一专门工作的短期训练班，从事训练干部，以保证工作的澈底完成。

新合理负担的实施问题，是抗日根据地财政建设的基本问题，是关切于民生之改善，生产之跃进的问题，愿全体同志充分注意。

（原载一九四〇年九月二十三日《新华日报》华北版第一版社论）

加紧秋收

目前,"百团大战"已经获得初步的辉煌胜利,我抗日军民正在力求扩大战果,而敌寇也在企图作垂死的挣扎。这一个斗争,将在秋收的前后,愈发激烈起来,因此今年的秋收是一个严重的斗争,如果在秋收中我们完全胜利,就能"足食足兵",度过抗战中的困难,否则就将大大增加我们的困难。因之在秋收正进行的时候,全区军政民必须一致为秋收胜利而战斗。

但必须指出,今年的秋收,我们是有充分胜利的条件存在着,而最宝贵的,莫过于敌人新败之余,不能不略事喘息整顿,这一短促的时期,就给予我根据地内部可能把秋收突击完成。因之我们的秋收工作,必须利用这宝贵的机会，百倍加紧。

为了迅速完成这一工作，首先必须有计划的组织与分配劳动力，不仅要动员广大群众加紧秋收，并且应该组织起无数的短工队、代收队，以及在不妨害作战及工作的条件之下，动员当地驻军，机关工作人员，参加秋收。至于在边境地区，情况较为急迫，敌人可能随时出动来破坏与骚扰，因之必须进行武装保卫秋收工作，自卫队、游击队、以及驻军应该广泛的开展游击，使敌人疲于应付，不能窜扰，同时要加紧锄奸放哨工作，防止敌人突如其来的袭击。

为了防止敌人肆扰、劫掠与破坏，我们必须有正确的应付办法。而这一办法，就是进行秋收时，要在"快收、快打、快藏"的口号下，实行"分割、分晒、分打、分藏"，"随割、随打、随晒、随藏"。敌人来了，我们立刻可以收拾干净，敌人一去，我们即可以恢复工作，不至于临时张皇失措，顾此失彼，蒙受损失。

秋收的期间，是我们进行屯粮工作与准备反"扫荡"宣传的大好时间。屯粮工作的正确进行，不仅是足以保证军民的粮食供应，并且可以激发广大民众生产的热情，因之，在秋收期间，对于屯粮的法令与手续应作深入的解释与宣传，使民众深切了解，这是利国利己的；然后在民众热烈拥护下，及时完成这一屯粮工作。同时，也应当利用这一时机，指出敌人残酷的"扫荡"，必然会迅速到来，怎样尽可能的减少我们的损害，怎样配合军队作战来粉碎敌人的"扫荡"，都应该进行深入的动员，使民众发挥更大的力量，给予敌人以更大的打击。

秋收的期间，也是我们发展生产建设活泼农村经济的有利时机，因之，各地政府尤须予以密切注意，注意调剂市场，发展与提倡农村副业。而这时候，敌寇汉奸也必将乘机活动，企图收买我根据地内粮食。因此，不能不在事先加以防范，务使一粒粮食也不落敌奸之手。

秋收的胜利完成，对抗日根据地有着极重要的意义，现在除了继续扩大"百团大战"的战果以外,军政民须集中力量在秋收以及一切生产事业之上。

(原载一九四〇年九月二十五日《新华日报》华北版第一版社论)

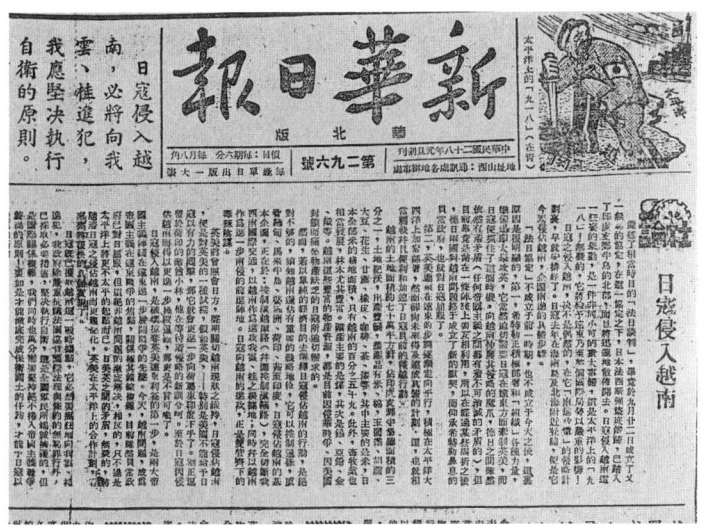

日寇侵入越南

迁延了相当时日的"法日谈判",毕竟于九月二十二日成立了又一无耻的协定,在这一协定之下,日本法西斯强盗底铁蹄已踏入了印度支那半岛的北部,而且将迅速地散布开去。日寇侵入越南这一狂妄的举动,是一件非同小可的重大事体,这是太平洋上的"九一八"!无疑的,它将给予远东乃至整个国际局势以严重的影响!

日寇之侵入越南,决不是偶然的,在它"南进政策"的侵略计划里,早就安排好了。日寇去年在海南岛及北海附近登陆,便是它今天侵占越南,企图南进的具体步骤。

《法日协定》不成立于前一时期,也不成立于今天之后,这里原因是很明显的,第一,希特勒正积极部署和"组织"

各种力量，准备迅速大举攻英，它当然迫切需要日寇在远东方面牵制英美，而日寇便抓住了这个时机，向越南伸展其侵略的魔爪，德日之间虽然依然有着矛盾（任何帝国主义之间都有着不可消灭的矛盾的），但目前毕竟是站在一条阵线上要互相利用，所以在经过某些周折之后，德日两国对越南问题终于成立了新的默契，而仰承希特勒鼻息的贝当政府，也就对日寇屈服了。

第二，英美迩来在远东的步调逐渐走向平行，积极在太平洋大西洋上加紧部署，然而却尚未来得及达成具体的计划，这，也就相当刺戟并且便利和加速了日寇目前的侵越行动。

越南的土地面积约七十万平方粁，占印度支那半岛总面积的三分之一，土地肥沃，出产丰饶，农产品有米、棉、玉蜀黍、胡蘇、大豆、花生、甘蔗、橡皮、咖啡、茶、漆等，其中主要的是米，日本全部米的耕地面积，只有越南的百分之五十九。此外，畜牧业也相当发展，林木尤其丰富。矿产主要的是煤，其次是锡、亚铅、金、铁等。越南这些丰富的物产资源，都是目前因侵华战争、因美国封锁而痛感物产缺乏的日寇所迫切需求的。

然而，若以单纯的经济目的去解释日寇侵占越南的行动，是绝对不够的，须知越南还占有重要的战略地位，它可以控制暹罗，威胁缅甸、马来半岛、婆罗洲、荷印甚至印度，日寇侵占越南的基本企图，正在于控制滇越铁路（并图控制滇缅路），完全切断我西南国际交通，以越南作为进攻我云、桂之根据地；同时并以越南作为进一步南侵的前进阵地。日寇向越南的进攻，正是双管齐下的毒辣阴谋。

英美前曾照会日方，声明关切越南现状之维持，日寇侵占越南，便是对英美的一种试探，假如英美特别是美国不能给予日寇以有力的回击，那它就会更进一步向荷属东印度下手了。刻正逗留于荷印的敌酋小林，他在等待着侵略的新训令呵。至于日寇因侵占越南而得以更进一步操纵暹罗，那更是不言可喻了。

日寇侵入越南，是破坏掠夺英美远东利益的第一步，是两大帝国主义阵线在远东进一步展开斗争的先声。今天，越南问题成为帝国主义在远东斗争的焦点，关系极其错综复杂，目前虽然贝当政府已对日屈服，但这绝非越南问题的彻底解决，相反的，只不过是太平洋上将更不太平的起点而已。日美英之间的矛盾，无疑的，将随着日寇之侵占越南而更趋恶化，英美在太平洋上的合作计划，看来亦将很快的具体实现了。

日寇既已攫取越南这一战略据点，它必然要疯狂地向我云、桂进犯，我政府除严重抗议法国违背国际法理与条约的无耻罪行外，已采取必要措置，坚决执行自卫，这是全国军民所竭诚拥护的！但是国际关系复杂，我们同时也万分需要坚持绝不卷入帝国主义战争旋涡的原则，要如是才能彻底完成保卫国土的任务，才能予日寇以严厉的痛击！

（原载一九四〇年九月二十七日《新华日报》华北版第一版社论）

庆祝百团大战第二阶段序战胜利

我八路军决死队，在百团大战第一阶段取得完全胜利之后，自本月二十日起，又开始了百团大战第二阶段的战斗。各线捷报纷传，已取得了序战的胜利，现正再接再厉，继续开展中。本报敬向八路军决死队百团健儿，致热烈的祝贺和慰问。

百团大战第一阶段的伟大胜利，兴奋了全国，给与敌寇之"囚笼政策"以巨大打击。这一胜利，部分调动了敌人兵力，混乱了敌寇进攻西安重庆昆明之战略部署，打击了投降派，缩小了敌占区，开拓了和巩固了抗日根据地，尤以正太铁路之被我澈底毁灭，斩断了敌寇交通命脉，实开交通战争之新纪录，对于今后战局，影响极为重大。敌寇于正太路被我澈底毁灭后，曾发出绝望的叫嚣，下令寇军烧杀晋中抗日根据地，对正太沿线带着"良民证"的同胞，同样大肆烧杀，寇军之战斗力亦因正太线之澈底毁灭而大为减低，益见寇军之日暮途穷。

继续第一阶段之胜利，第二阶段之战斗已经开始了。八路军决死队百团健儿，驰骋疆场，气吞倭寇，志壮山河，以常胜之军，攻新败之敌，更伟大的胜利，是可以预卜的。

百团大战第二阶段的胜利，对于敌寇进攻西安重庆昆明的军事阴谋，将是更重大的打击，对于投降派，将是更大的镇压，对于全国军民，将是更大的兴奋，对于华北抗战局面，将是进一步的开展。百团大战胜利，已经证明：敌寇之交通线与堡垒，原来是不堪一击的；敌寇兵力之不足与分散，已到了瘫痪的程度。百团大战的胜利，已经证明：只要团结、只要进步，任何困难可以克服，最后胜利必然是中华民族的。

百团大战的第一阶段，以毁灭正太路为其中心任务，第二阶段的基本任务，仍在继续毁灭敌寇交通线，而范围更为宽广，同时，第二阶段之任务，并且包含了肃清敌寇插入抗日根据地的若干据点，以求得抗日根据地之更加巩固。因此，第二阶段之胜利，对于抗日根据地民众切身利益的关系尤为密切，在保卫今年秋收秋耕方面，将起巨大的作用。

在庆祝百团大战第二阶段序战胜利之时，凡我抗日根据地同胞，应更加热烈的起来参战，使前方将士，在民众的积极帮助之下，顺利开展已有的胜利。这种参战工作，同时也就是为了保卫今年的秋收秋耕。再则，必须进行空室清野，加强戒严除奸，加紧游击战争，准备迎接敌寇的疯狂的兽性的烧杀与"扫荡"，配合抗日军给以澈底之歼灭。太平观念，因胜而骄，是我们的大敌。

在庆祝百团大战第二阶段序战胜利之时，凡我全国同胞，各军各界、各党各派，要更加亲密团结，提高胜利信心，坚决与日寇作战到底，坚决反对投降派，努力自力更生，力求进步，克服一切困难，向胜利的道路迈进。

在庆祝百团大战第二阶段序战胜利之时，凡我敌占区同胞，要努力奋起，争取自己的解放，不当伪军、不当汉奸，拥护抗日政府和抗日军队，粉碎日寇"以华制华""以战养战"的毒计。

让我们一致努力，学习前线将士英勇杀敌的精神，从各方面来配合前线的胜利，争取百团大战第二阶段光荣任务之澈底完成，争取今后更大的胜利，争取中华民族的解放。

（原载一九四〇年九月二十九日《新华日报》华北版第一版社论）

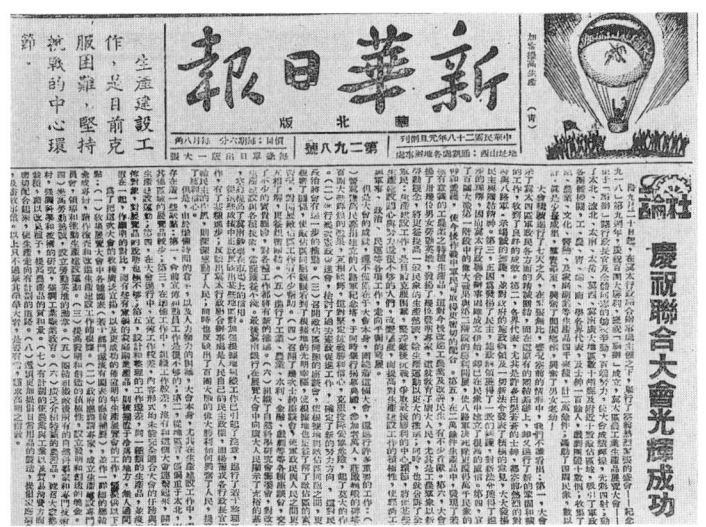

庆祝联合大会光辉成功

　　自九月二十日起，在冀太行政联合办事处主催之下，举行了空前热烈紧张的盛会——纪念"九一八"第九周年，庆祝百团大胜利，庆祝"联办"成立，冀太区农工业生产品展览大会。由于"联办"诸行政长官及全体同志的夙夜辛勤、百端努力，使大会成绩辉煌，光彩四射；动员了太北、漳北、太南、太岳、冀西、冀南广大地区数十镇县及附近十数敌占区域，吸引了军政民各团体机关，工、农、青、妇、商、学各界代表及士绅一百余人、戏剧团体十数个；收集了工业、农业、文化、医药及家庭副业等生产品四千来种，计二万余件；轰动了四周民众，数以万计，真是少长咸集，群贤毕至，兴奋了闾阎乡镇，兴奋了男女老幼！

大会继续进行了七天之久，在紧张无比、盛况空前的情形中，我们不难看出：第一，大会表示了冀太四区军政民各方面的精诚团结，而在这原有的团结基础上，却又进行了新的巩固和扩大的工作，收到了良好的成效。第二，各界代表，尤其是许多白发苍苍的士绅，都空前热烈的对政府与八路军表示竭诚的拥护，并对政府的施政纲领及一切新法令发表了积极的意见，大大发扬了民主与团结精神。第三，正因为发扬了民主，施政纲领获得了一致的拥护，对新法令获得了进一步的理解，因而冀太行政联合办事处虽成立伊始，却已在民众中建立了很高的威信。第四，宣扬了百团大战第一阶段中的伟大战果与第二阶段的胜利开展，使八路军决死队更获得万千民众的景仰和爱护，使今后作战中军民可取得更密切的配合。第五，在二万余件生产品中，发现了若干极有意义的工农业之特种生产品，这对今后改进工农业及改善民生，有不少贡献。第六，大会发扬了卅几位男女劳动英雄，发扬了几位发明专家，这就教育了广大人民，尤其是工农群众以新的劳动观念，将更益提高一般民众的生产热诚，给生产运动以更大的推进；同时，也就告诉了全体军民：生产建设工作，是目前克服困难，坚持敌后抗战，争取最后胜利的中心环节，将使某些对生产建设关心与努力还很不够的人们，改变态度，而提高对生产建设工作的积极性，使经济工作与军事、政治、民运等各项工作，走向平衡的发展。

但是大会的成就，还不仅仅在于大会本身，围绕着这个大会，还进行许多重要的工作：（一）晋冀豫万民募捐建立的八路军纪念塔，于同时举行揭幕典礼，参加者万人，壮严巍峨的碑塔与百团大战辉煌的战果互相映辉，这对坚定抗战胜利信心、克服投降妥协危险起了莫大的作用。（二）进行几次宪政促进会，检讨了过去宪政促进工作，确定了新的努力方向，这对民主政治将会有进一步的推动。（三）召开敌占区同胞的座谈会，使根据地与敌占区同胞之间，更益亲密了关系，使敌占区同胞亲眼看到了根据地的光明幸福，使根据地也更益了解了敌占区的实际苦况，对开展敌占区工作有不少帮助。（四）召开了几次士绅座谈会，使军政民与人民之间更益相互了解、更益亲密团结。（五）进行工业、农业、水利、金融、戏剧等等各种座谈会，交换了不少的宝贵经验，对各种工作都将有新的推进。（六）组织了自然科学研究会筹委会，对改进生产建设与各种技术，当能获益不浅。最后冀南银行在展览大会中向广大人民显示了充裕的基金，空前提高了冀南钞票在市场上的信用。

从这些成绩中正就反映出某些地区对加强根据地组织工作已引起了注意，进行了若干整理工作，有了某种进步；反映出冀太行政联合办事处是人民自己的民主政权，而杨薄戎各行政长官团结民主的作风，则深深感动了人民；同时也反映出了百团大战的伟大胜利如何兴奋了人民，提高了胜利信心。

但是，由于准备时间的仓促以及人力物力的困难，大会本身，尤其在生产建设工作中，还存在着一些缺点：第一，会前宣传和动员工作是很不够的；第二，从地区言，仅偏重于太北，而其他区域的展览品较少；第三，在准备工作中，组织工作较差，没有和这个大会连系起来，开展生产建设运动；第四，在大会进行中，宣传工作较差，内容形式均未能完全适合大会的任务与宣传对象，对展览品的说明也极不够；第五，设计和整理的工作还差，同一种类的生产品，并没布置在一起，作鲜明的对比，而有些有意义的家庭副业产品，则被搁置于冷落的地方，无人过问。

为了把这次大会的收获广泛宣扬，以及更成功的布置明年生产展览会的工作，现提供以下数点：（一）收集展览大会中各种图表（若干部门还没有图表的应该补制），并作一详细的总结，汇成专册，借作检查和改进生产建设工作的根据。（二）政府应聘请专家，成立生产建设专门委员会，领导和推动生产建设运动。（三）提高发明和创造的积极性，设立发明和创造的奖金。（四）提高劳动热诚，设立劳动英雄的勋章。（五）团结组织敌后所有的自然科学家和专门技术人材，强调科学和技术的研究，强调工业职业教育。（六）广泛介绍特种的农产品，号召大家都来栽种，借以改良种子，提高农产品的质和量。（七）有计划的使农业与工业以及贸易消费方面，密切配合起来，使生产走向有计划的道路。（八）还须更加提倡日常用品的制造，提倡家庭副业及畜牧事业。以上只不过举其荦荦大者，是否有当，谨求高明之指教。

（原载一九四〇年十月一日《新华日报》华北版第一版社论）

论德意日军事同盟

如果正像我们早就指出了的一样去观察目前国际形势：德意日、美英法两大对立的帝国主义阵线正在进行决死的斗争，那末，德意日成立军事同盟，并不是一件意外的怪事。

但是，三国军事同盟，毕竟是国际形势变化中一个新的显明的表识，它表示着两大帝国主义的阵线已从欧洲、地中海、巴尔干一直扩张到远东，在太平洋上尖锐的对立起来，它表示着太平洋和美洲，将迅速卷入帝国主义大战之中。

德意帝国主义者，在巴尔干"解决"了罗、匈、保的土地纠纷，一手造成了罗马尼亚的亲德政府，摧毁了大英帝国在那一地区的势力，组织和调整了一部分力量，获得了若干资源与物质；它们在直布罗陀旁边拉西班牙佛朗哥加入自己的阵线；意军日来正向菲洲与埃及积极行动。从这些情形中，不难想见，邱吉尔集中了所有海军的精锐于三岛周围，集中了强大的空军互相配合，使希特勒在没有确实掌握英法海峡的制空权以前，不敢向英伦三岛冒险进攻，因而德意乃企图夺取直布罗陀，并向菲洲与埃及进攻，以便控制红海，截取整个地中海，肢解大英帝国的羽翼，以便对英进行决战。正因为要肢解大英帝国主义，所以在远东方面，自然急需日寇作为它们的"帮手"，叫它去破坏掠夺英国在太平洋的利益（自然德意是要分赃的），去威胁和牵制英国唯一支援者——美国。

同时，从日寇方面来说，自近卫登台以后，其中心企图正是加紧南侵，掠夺英美在远东的利益，借以取得争霸太平洋的阵地而补救其在侵华战争中已达绝境的穷困，因而也需要在欧洲有互相呼应的"盟友"，来一壮强盗的胆子，来刺激民心，缓和国内厌战反战的情绪。所以，德意日军事同盟，便在英美海军协定成立之后，迅速签订了。

三国军事协定的内容，非常明白，用不到我们多加解释，它除了一方面以欧洲霸王自居，一方面企图侵吞整个亚洲，并"愿引伸其合作之范围，及于新世界其他区域"以外，首先明白确定了美国是它们的主要敌人，而对苏联则表示"毫无关系"，这里的意图是很显明的了。当然，三国协定的当前作用，也还表现在对美国进行恐吓而首先向英国的全部殖民地利益开刀，然后再渐次"引伸"到美国的"新世界"。至于对苏联表示"不发生任何影响"，这自然是因为它们惧怕这个伟大的社会主义国家之无匹的力量，不想增加敌对的阻力，同时，也说明了今天帝国主义之间的矛盾暂时是超过了两个对立体系的矛盾。

我们不难估计到，在协定成立以后，日寇必将继侵略越南之后而加速向荷属东印度、英属马来群岛及缅甸等地进行其掠夺。不难估计到，接着来的，必将是佛朗哥与德意之间签订协定，而希特勒则将按照上述作战方针，加紧进行攻势。不难估计到，美英之间将有更进一步的合作，而美国则将更益加速其战争准备，更将加速卷入世界大屠杀之中。

自然，我们也不难看到，陷在决死斗争中的德意帝国主义者决不能对日寇有任何实际的帮助（相反的，它们必将求得荷属东印度等处的一部分物质资源），日寇在这一协定中的"收获"，绝不会超过"呼应"与虚张声势之上，倒是美英与日寇的矛盾，因此而更极度尖锐起来，将愈益增加日寇的极度困难，因而对我国抗战并没有什么不利。最近，美国已再度贷我以二千五百万元的借款，无条件的开放中缅交通已成为英国人士的呼声。东方慕尼黑的阴谋，终归是烟消云散了，然而两大帝国主义集团争夺中国的危险，依然存在着。

因此，绝不能说我国抗战中已经没有困难与危险了。不管军事同盟只能给日寇以虚张声势的作用、不管因为美英与日寇的矛盾尖锐，将增加日寇的巨大困难……不管怎样，"解决中国事件"终究是日寇的阴谋中心，日寇必将因军事同盟的刺激，加紧其对我国的军事与政治的进攻，从越南进攻昆明、从宜昌进攻重庆以及进攻洛阳西安的军事阴谋，正在加速进行，在日寇加重压力之下，抗战营垒中一部分动摇分子，必将更益恐惧动摇起来，企图投降，而来自德意的劝降和德意路线的死灰复燃，也不可不严予防患。加强团结，打击亲日亲德意的分子，提高自力更生的信念，加紧正面迎击敌人的一切准备，而同时在全国范围扩大百团大战的胜利战果，在各交通线上，迅即主动出击，这才能在敌寇部署未周之时去粉碎其部署，破坏其阴谋，阻止其正面进攻。

（原载一九四〇年十月三日《新华日报》华北版第一版社论）

拥护冀南太行太岳行政联合办事处施政纲领

冀太区的行政联合办事处，在其成立以后，对冀太各区的政权建设，起了很大的领导与推动作用，使冀太各区的建设工作，更加开展。过去所颁布的各种法令，已经表见了联合办事处努力抗战建国事业的建设精神。这一次颁布的施政纲领，更进一步的向民众阐明了联合办事处的基本政治方针，这个方针就是"革命的三民主义、抗战建国纲领、民族革命十大纲领暨抗日民族统一战线的方针"，这个方针，正是冀太区千万人民三年来所坚决拥护的方针，根据这个方针所颁布的施政纲领，一定可以在千万民众拥护之下，获得全部实现，这是我们所预为庆祝的。

施政纲领分民族、民权、民生三个部分，这就表明这个纲领，乃是革命的三民主义的纲领。当着敌寇汪逆制造假三民主义之时，当着国内的一部分顽固分子极力主张旧三民主义之时，这个纲领的颁布，更有着战略的意义。这个纲领向全国人民指出，在华北敌后正在一步步实现着孙中山先生的伟大理想，正在承继着孙中山先生三民主义的革命传统。一切假三民主义与旧三民主义，则是背叛孙中山先生与背叛民族的标识，应该受到全国革命人民的反对，应该受到所有孙中山先生忠实信徒的反对。

这个施政纲领也是建设模范根据地的一个标准，依据这个纲领所建设起来的抗日根据地，将是新的三民主义共和国的雏形。但这个纲领不但具备着三民主义的伟大理想，而且有着现实的条件，第一，在冀太区里面，过去曾经做了不少工作，为实行这个纲领准备了基础，第二，联合办事处的杨薄戎正副主任以及行政委员全体先生建设政权的丰富经验，也将使这些纲领充分执行，第三，这个纲领代表着各个抗日阶级的利益，因此也为各个抗日阶级所赞同，这是实行这个纲领的社会基础，有了这个基础，纲领中的每一条文，都可以逐渐变成实际了。

这个纲领的颁布，在华北敌后的抗日根据地建设工作中，也是一个光荣的模范，将给其他地区以重大的影响，而推动全华北各个抗日根据地的建设工作，使得其他地区也来追踪冀太区，使得冀太区成为华北建设抗日根据地的一个光荣榜样。

冀太区的各级政权机关，应该坚决执行这一施政纲领，特别是县区级的政权机关，应该把纲领中的每一条文具体化，使之在日常工作中具体实现。在广大民众中，必须广泛传播与解释这一施政纲领，使之明白了解施政纲领的内容，并动员人民自觉地来拥护与执行这个纲领，政权机关中的宣传教育部门，以及一切宣传机关，都应担负起这个任务，不仅要在抗日根据地里面进行普遍的宣传，而且要在敌占区的广大民众之中进行普遍的宣传，使这个纲领变成为广大群众自己的主张,这就可以保障这个纲领的顺利执行,完全实现。

(原载一九四〇年十月五日《新华日报》华北版第一版社论)

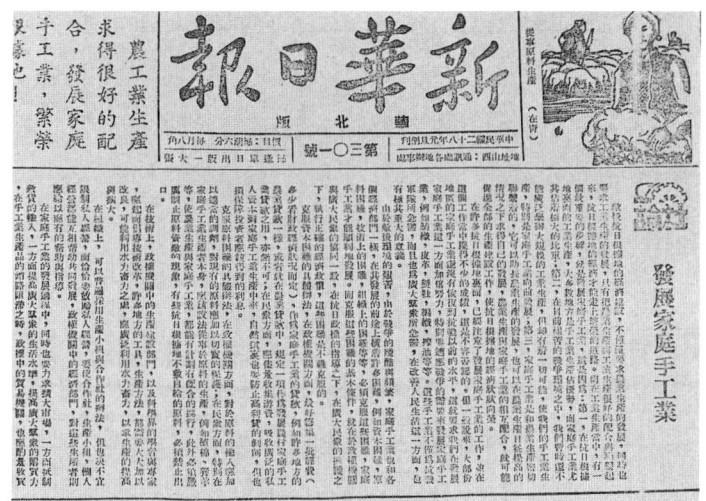

发展家庭手工业

敌后抗日根据地的经济建设,不仅仅要求农业生产的发展,同时也要求工业生产的发展,只有把农业生产与工业生产很好的配合与联系起来,抗日根据地的经济才能走上繁荣的道路。而在工业生产当中,有一个最重要的步骤,就是发展家庭手工业,这是因为:第一,在抗日根据地里面的工业生产,大多数地方是手工业生产占优势,而家庭手工业尤其占着极大的比重;第二,在目前艰苦的战争环境之中,我们暂时还不能广泛举办大规模的工业生产,但却有着一切可能,使我们的手工业生产,特别是家庭手工业向前发展;第三,家庭手工业是和农业生产密切联系着的,它可以助长农业生产的发展,也可以在农业生产日益提高的情况之下求得自己的发展，农业生产与家庭手工业的相互配合，就可能促进全部的生产建设工作，使抗日根据地的经济欣欣向荣。

在许多抗日根据地里面，已经注意了发展家庭手工业的工作，并在这个工作当中获得不少的成绩，这是不容否认的。但一般说来，大部分地区的家庭手工业还没有恢复到抗战以前的水平，这就要求我们在发展家庭手工业这一方面加倍努力，特别要适应战争的需要来发展家庭手工业，例如纺织、皮革、制鞋、编织、榨油等等。这些手工业不仅为抗战军队所急需，而且也为广大群众所急需，在改善人民生活这一方面，也有极其重大的意义。

由于敌后环境的艰苦，由于战争的残酷与频繁，家庭手工业也和各个经济部门一样，在其发展的前途上横着许多困难，例如资本困难、原料困难、技术上的困难、组织上的困难等等，必须克服这些困难，家庭手工业才能顺利地发展。而克服这些困难的基本条件，就在于政权机关与广大民众的协同一致，在抗日政权的指导之下、在广大民众的拥护之下，执行正确的经济政策，这些困难是不难克服的。

克服资本困难的具体办法，在政权机关方面，最好筹集一批经费（多少看财政经济状况而定），作为家庭手工业的贷款，例如许多地方的农业贷款一样，或者就在农业贷款中，规定一项作为发展农村家庭手工业贷款之用，亦无不可；在民众方面，应尽量收集游资，吸收广泛的私人资本到家庭手工业生产中来，自然这里也要防止高利贷的剥削，但也须保障投资者应该得到的利息。

克服原料困难的具体办法，在政权机关方面，对于原料的输入应加以适当的调剂，对现有的原料应加以切实的保护；在民众方面，特别在家庭手工业生产者本身，应该设法从事于原料的生产，例如植棉、养羊等，使农业生产与家庭手工业都能有计划有配合的进行，此外必须严厉制止原料资敌的现象，有些抗日根据地不敷自给的原料，必须禁止出口。

在技术上，政权机关中的生产建设部门，以及科学界的学者与专家，应起而倡导技术改革，许多地方的工具，生产方法，都需要大大加以改良，可能利用水力畜力之处，应广泛利用水力畜力，以求生产的提高与扩大。

在组织上，可以普遍采用生产小组与合作社的办法，但也决不宜限制私人经营，而恰恰要鼓励私人经营，要使合作社、生产小组、个人经营都能互相帮助共同发展，政权机关中的经济部门，对这些生产者则应给以应有的帮助与指导。

在家庭手工业的发展过程中，同时也要力求扩大市场，一方面抵制敌货的输入，一方面提高广大群众的生活水准，提高广大群众的购买力，在手工业生产品的销路阻滞之时，政权中的贸易机关，也应酌量收买，以求达到刺激生产之目的。

（原载一九四〇年十月七日《新华日报》华北版第一版社论）

纪念双十节，慰劳前线将士

一年一度的国庆纪念——双十节，现在又来到了。

在每年双十节国庆纪念日，我举国上下都要进行热烈的纪念，这表示了我国广大民众对于民主政治的热望，二十九年来始终一致；这表示了我国广大人民对于革命先烈的崇敬，二十九年来始终不衰。正因为辛亥革命是民主运动对于专制政体的一个胜利、正因为辛亥革命时殉国诸先烈，党□□奋不顾身的去反抗异民族——帝国主义与满清皇室的野蛮压迫，所以□□一个纪念节，无论在中国革命历史上或者在广大民众心上，都是不朽的，所以，尽管二十九年来我国遭受了许多灾难，而广大民众对于双十节日仍然表示热烈的庆祝，这并不是偶然的。

大家都知道，辛亥革命是中华民国的新纪元，没有辛亥革命，也许我们所遭遇的灾难，要十倍百倍于今日，也许我们中华民族，要受到帝国主义者更凶狠的压迫榨取，□割与瓜分；因为辛亥革命给了广大民众一个有力的鼓励，使得中国各个革命的阶级，都在辛亥革命的感召之下，继续不断为了完成中国的独立自由而奋斗。在辛亥革命以后，如民国三四年反对袁世凯称帝的护国运动、民国六年反对张勋复辟的马厂起义、民国八九年的五四运动、民国十二年无产阶级登上政治舞台后的"二七"运动、民国十四年的"五卅"运动、民国十五年至十六年的北伐战争、民国十六年大革命失败后的反帝土地革命，以及"九一八"事变以来的抗日运动，都承继着辛亥革命的传统，而这一联串的革命斗争，一次比一次扩大，一次比一次深入，这也证明了中华民族不会亡，中国革命是一定可以得到最后胜利的。

但中国过去的一切革命运动，其伟大壮烈都没有能够超过三年来的神圣抗战，在三年来的神圣抗战中，每一个中华民族的优秀儿女，都不愧是黄帝的后裔。这里需要特别指出的是，在我们华北敌后坚持抗战的抗日军队，却是最高度的发挥了辛亥革命殉国诸烈士的奋斗精神；最近百团大战的不断胜利，开辟了全国抗战战绩中的新纪录，更清楚的证明了这一点。因此，今年双十节，应该以庆祝百团大战的胜利来庆祝双十节，应该以慰劳前线将士的工作来纪念辛亥革命的殉国诸烈士，只有这样的庆祝与纪念，才是最符合于辛亥革命的精神，因为我们抗日军队正是承继着辛亥革命诸先烈的事业，正是为着完成辛亥革命殉国诸先烈的遗志，驱逐日本帝国主义，建立独立自由幸福的三民主义新中国。

在华北许多抗日根据地里面，目前正有着不少爱国同胞自动慰劳百团大战各抗日军队，显见劳军运动正在民众中自动地、热烈地展开。依据上述各点，本报谨号召华北各个抗日根据地的广大民众，举行双十节劳军运动，并谨拟下列各点，借供参考：

一、劳军运动，应把庆祝双十节与庆祝百团大战联系起来，慰劳方式重精神不重物质，广泛开展写慰劳信、签名运动、致电祝捷等等。

二、在不妨碍生产的条件之下，可派遣工农青妇儿童等代表团就近慰劳参加百团大战的抗日军队，举行慰劳大会、联欢大会等等。

三、一切物质上的慰劳，最好统一起来，但必须以各人自动自发为原则，慰劳品亦不嫌轻微，一菜一粟，都足以表现我广大民众拥护抗日军队的热情。

现在我前线作战将士正在百团大战第一阶段甫告结束、辛劳万分之际，又开始了第二阶段的战争，要以新的胜利来纪念双十节，我们敬祝百团大战第二阶段作战的完全胜利，并号召广大民众，开展劳军运动，以期民心士气，配合一致，为百团大战的第二阶段的完全胜利而奋斗。

（原载一九四〇年十月九日《新华日报》华北版第一版社论）

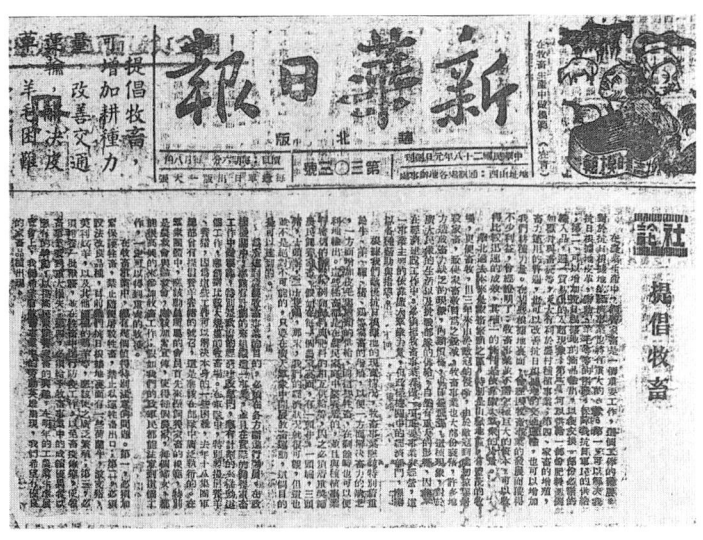

提倡牧畜

在农业生产中，饲养家畜是一个重要工作，这个工作的发展，对于抗日根据地的经济事业也将有重大的贡献。第一，可以解决我抗日根据地皮革、脂肪、羊毛等等的困难，保障我抗日军民的供给；第二，可以增加抗日根据地的商品输出，以便交换一部分必需的输入品，避免贸易上的入超现象；第三，可以供给一部分肥料，例如兽□与畜粪等，大大有利于农村种植事业；第四，家畜的增殖、畜力运用的普遍，也可以改善抗日根据地的交通运输，也可以增加我们耕种力量。在某些根据地里面，曾经因牧畜事业的发展而获得不少利益，曾经证明了牧畜事业并不需怎样巨大的资本，可以收得比较迅速的成效，其唯一的条件是依靠广大群众的力量。

华北过去本来是家畜繁殖之区,特别是山岳地区,有丰茂的牧场,更便畜牧,但三年来由于敌寇的侵略,由于敌寇到处劫掠与屠杀家畜,致使家畜数目为之锐减,牧畜事业也大部分衰落,许多地方造成畜力缺乏的现象,肉类价格,更日益飞涨,这种现象对于广大民众的生活以及抗战部队的供给自然有重大的影响。因此,在经济建设工作中,必须把牧畜事业看做一项重要事业来经营,这一事业主要的依靠广大群众力量,但政权机关中的经济部门,应给以各种帮助与指导。

根据我们敌后抗日根据地的现实情况,牧畜事业应该特别着重于牛、羊、驴、猪、鸡等家畜的增殖,以便一方面解决畜力的缺乏,一方面增加皮毛与肉类的供给,而这些牲畜,在剩余时也可以便利地输出。这些牲畜都是在农民家庭中豢养着的,并且与种植事业有密切的关系,例如饲料与肥料的相互供给等,因之必须着重奖励农民饲养家畜,假如在每一个农家里面,有一头牛、一头驴、三头猪、十头羊、二十只鸡,那末,我们的经济状况就很可观,但这也并不是绝对不可能的,只要在广大群众中开展牧畜运动,这个目的是可以达到的。

为着达到发展牧畜事业的目的,必须在各方面进行动员,在政权机关中,应该有计划的来组织这一事业,并且在实际的饲养家畜工作中做模范,特别是政府的经济建设部门,应有计划的来推动这个工作,应创办比较大规模的牧畜场。在军队中,特别要提倡养羊、养猪,因为这些工作可以解决本身的一些困难,去年十八集团军总部曾有提倡养羊养猪的号召,这是应该在部队中广泛执行的。在群众团体中,应该动员所属的会员首先来做饲养家畜的模范,特别是农救会与妇救会,应该加紧宣传,使得每个农家,每个妇女都能很高兴的来参加牧畜工作;假如我们的政军民都能注意到这个工作,一定可以得到重大的收获。

在牧畜事业中,应有几个值得特别注意的问题。第一,必须加紧保护牲畜，禁止随便屠杀牲畜，禁止私运牲畜出口；第二，必须设法改良品种，目前我们抗日根据地里面有一些荷兰牛、波支猪、美利奴羊以及其他种种的鸡羊等，应该使之广泛繁殖；第三，必须培养一批兽医，并在牲畜中进行防疫工作，以免畜疫传染，使牧畜事业受到重大损失；第四，必须给予牧畜事业中的成绩优异者以应有的奖励，以提高民众饲养家畜的兴趣，在明年的工农业生产展览会上，我们希望有牧畜事业中的劳动英雄出现，我们希望有优良的家畜品种出现。

（原载一九四〇年十月十一日《新华日报》华北版第一版社论）

奖励发明

在我们的经济建设工作当中，有着许多顺利的条件，但也有着不少的困难与阻碍，敌寇的经济封锁，就是严重的困难之一。由于敌寇的经济封锁，曾经使我们许多地区感到原料的缺乏，特别是一些新式工业原料的缺乏，例如军事工业、制药工业、造纸工业、皮革工业等，都需要一些化学品，在敌寇封锁、来源梗阻的情形之下，我们就不能不想出一些克服困难的办法，而最主要的办法之一，就是奖励发明。

在这一次冀太区工农业生产展览会上，曾经奖励了两个发明家，一个是本报的采购供给部长王显周同志，一个是太行合作总社制药厂长李荫蓬同志（见本报上月二十七日消息），这两个同志的努力，曾经部分的克服了抗日根据地经济建设当中的困难，证明了我们可以依靠主观的努力把客观的困难战胜，证明了抗日根据地的经济建设正要求着新创造新发明，正要求着尽量提高生产技术，一切发明家、研究家，在这里都有发挥创造天才的机会。

但我们经济建设中的一个重大缺点，就正是这一创造与发明的异常不够，目前我们还不能够依靠创造与发明把我们的原料困难与技术困难全部克服，虽然抗日根据地里面藴藏着异常丰富的资源，但由于我们的生产技术的落后、工具的不足，还不能够充分的利用这些资源，这就更加迫切的要求有更多的发明家、要求有更多的发明，使我们的经济建设工作，能够利用现代的科学成果，克服困难而获得发展。

为着奖励发明，必须注意下列工作：

第一，在各个生产部门里面，建立实验工作，因为新创造与新发明，并不是可以垂手而成的事情，而是要经过无数次的尝试，从尝试中才能获得一些成绩。欧美各国过去自然科学比较我国发展，但在制药方面还有试验九百十四次和六百零六次的记录；在电气事业方面，爱迪生发明电灯泡还要经过四万余次的试验。我们处在这样技术落后的环境中，试验工作无论如何是要更艰苦些的，我们的发明家王显周同志的三不怕主义、李荫蓬同志的三干主义，正道出了发明工作中的实际情形。但实验工作需要一些资本、需要一些设备，这就要求我们的生产机关，尽可能满足我们发明家的需要，倘若可能建立大规模的实验机关，政权中的生产部门就应该担负起这个重大的任务。

第二，必须制定保护发明与奖励发明的法律，对于着有成绩的发明家，尊重其发明权，并给以应有的荣奖。自然，在目前的情形之下，还不必采用保护专利的办法，一切新发明都应当公□国家民族，但发明人对于国家民族的这一功绩，则是应当给予适当报酬的。

第三，在社会上造成尊重发明、提倡发明、发扬创造精神的风气，特别在生产机关与职业学校中,应当发动大规模的发明竞赛,不仅仅要提倡新式工业科学上的发明,而且要提倡手工业中的技术上的发明,不仅仅要提倡工业中的发明,而且要提倡农业中的发明,使我们一切生产部门,都有日新月异的贡献。

第四,目前抗日根据地自然科学人才还比较缺乏,因此,一方面要设法向大后方,特别是向敌占区里面征集科学人才到抗日区来从事经济工作;另一方面要广泛开办学校与训练班,来培□一批新的青年科学人才,以适应生产建设事业日益发展之需要。如果我们能够迅速解决这一技术干部问题,生产建设中的新发明就将日益增长起来,因为这是抗日根据地经济发展的必然趋势。

(原载一九四〇年十月十三日《新华日报》华北版第一版社论)

百倍提高警惕性　粉碎敌人新"扫荡"

在百团大战的第三阶段，我晋冀豫太北地区，粉碎了敌人联续三次的"扫荡"。这是一个异常坚苦的严重的斗争，在这个斗争中，更明显的暴露了敌寇惨无人道的罪行，也更明显的表现了我抗日军民对于民族解放事业的无上的忠勇。许多地方以壮烈的牺牲，换来了深刻的教训，又一次证明了中国共产党历来对于华北抗战的正确估计，证明了华北抗战的局面，此后将更加严重、更加困难、更加残酷，但一定可以坚持下去并且取得最后的胜利。

这在抗战进入相持阶段之初，共产党人就已经清楚指出，由于敌寇高唱"共同防共"，加紧对我国的政治诱降，必将回师敌后，向我各个抗日根据地进行更残酷的"扫荡"，使华北抗战局面，进入更频繁、更紧张、联续不断的战争情势之中。正是由于我们有了这一正确的估计，根据这一估计进行了各项准备工作，所以，在这一次太北地区反"扫荡"战斗中，获得了不少胜利。同时，也正是由于某些地方对这个正确估计了解不够，警惕性未能提到应有的高度，所以，在这一次太北地区反"扫荡"战斗中，遭受了一些严重的损失。

我们在这一次战斗中所得到的胜利，首先是打击了敌寇毁灭我抗日根据地的企图，我太北抗日根据地经历了这一次严重的战争，仍然巩固地屹立在敌人后方，这对于敌人是一个极其重大的威胁，而对于敌后其他抗日区域则是一个有力的鼓励。其次，这一次战斗歼灭了与消耗了敌寇大量兵力，证明战争愈残酷愈频繁，敌人的消耗愈增加，而我民族抗战的力量则在这个残酷而频繁的战争中锻炼得愈加强大。无论敌人怎样作疯狂的挣扎，终不能改变其"愈战愈弱"的基本趋势，无论敌人怎样企图毁灭我抗日根据地，只要我们有高度的警惕与充分的准备，粉碎敌寇这一企图，我国抗战力量仍将不断生长。

我们在这一次战斗中所遭受的损失，主要是敌寇对我抗日根据地人力物力的摧毁，某些地区烧杀之惨，空前未有，我们对这些地区的被难同胞，表示沉痛的哀悼与恳切的慰问，但我们绝不应因此而悲观失望，应该百倍提高警惕性，一方面力求弥补已经遭受的损失，一方面力求在新的"扫荡"之前，不再"重蹈覆辙"，要以真正的实际的组织工作，来迎接敌人新的"扫荡"，准备随时把敌人的"扫荡"粉碎。因此，我抗日根据地全体军民，必须惩前毖后，一致动员起来，完成下述的迫切工作：

第一，广泛宣传这一次战斗中的特点、胜利与教训，用现实战斗经验来教育我全体抗日军民，克服任何悲观情绪与麻痹现象，百倍提高警惕性，以求粉碎敌人新的"扫荡"。

第二，加紧被灾区域的安抚与救济工作，迅速恢复抗日根据地某些区域中被损坏了的秩序。

第三，联系着上述工作，加紧动员广大民众，准备迎接新的"扫荡"，准备在"扫荡"之前严厉打击敌人，以期保卫抗日根据地，保卫广大民众的生命财产不致受到新的损失。

（原载一九四〇年十一月十九日《新华日报》华北版第一版社论）

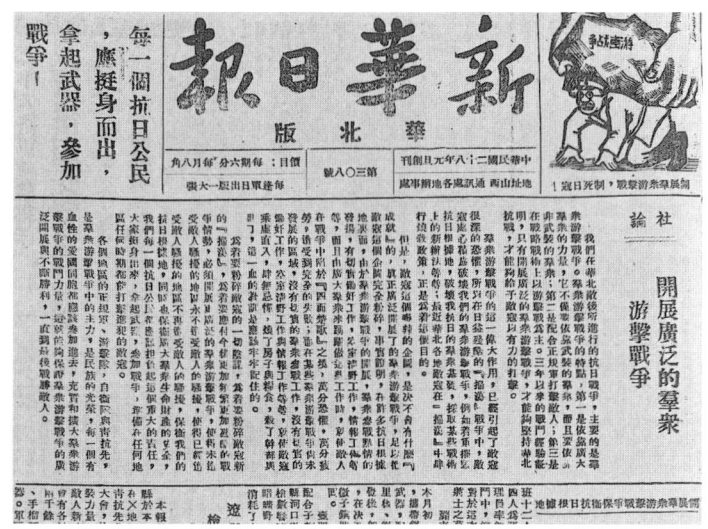

开展广泛的群众游击战争

我们在华北敌后所进行的抗日战争，主要的是群众游击战争。群众游击战争的特点，第一是依靠广大群众的力量，它不仅要依靠武装的群众，而且要依靠非武装的群众；第二是配合正规军打击敌人；第三是在战略战术上以游击战为主。三年以来的战斗经验证明，只有开展广泛的群众游击战争，才能够坚持华北抗战，才能够给予敌寇以有力的打击。

群众游击战争的这一伟大作用，已经引起了敌寇很深的恐惧，所以在日益残酷的"扫荡"战争中，敌寇处心积虑破坏我们的群众游击战争，例如着重摧毁抗日根据地，破坏我抗日的群众基础，采取某些战术上的新办法等等。

最近华北各地敌寇在"扫荡"中肆行烧杀政策，正是为着这个目的。

但是，敌寇这个毒辣的企图，是决不会有什么"成就"的，真正广泛开展了的群众游击战争，足以把敌寇这个企图完全粉碎，事实证明，在许多抗日根据地里面，由于群众游击战争的开展，群众参战热情的发扬，有切实锄奸工作、空室清野工作、情报工作等等，而且由广大群众来踊跃做这些工作时，就使敌人在战争中陷于"四面楚歌"之境，万分恐惧、万分疲劳，遭受到完全的失败。而在某些群众游击战争尚未发展的区域，没有切实的群众参战工作，没有切实的锄奸工作、空室清野工作与情报工作等等，就使敌寇乘虚直入，肆无忌惮，烧了房子与粮食，杀了干部与壮丁，这一血的教训是应该牢牢记住的。

为着要粉碎敌寇的一切阴谋，为着要粉碎敌寇新的"扫荡"、为着要应付今后更加频繁更加残酷的战争情势，必须开展更广泛的群众游击战争，使得未遭受敌人骚扰的地区永不遭受敌人的骚扰，使得已经遭受敌人骚扰的地区不再遭受敌人的骚扰，保卫我们的抗日根据地，同时也保卫广大群众生命财产的安全。我们每一个抗日公民都应该担负起这个重大的责任，大家挺身出来，拿起武器，参加战争，准备在任何地区任何时期都能打击进犯的敌寇。

各个地区的正规军、游击队、自卫队与青抗先，是群众游击战争中的主力、是民族的光荣，每一个有血性的爱国同胞都应该参加进去，充实和扩大群众游击战争的战斗力量，这就能够保证群众游击战争的广泛开展与不断胜利，一直到最后战胜敌人。

（原载一九四〇年十一月二十一日《新华日报》华北版第一版社论）

正义的控诉

日本帝国主义以罪恶的血手，伸入我国领土，曾经造成了无数次的暴行，为全世界所周知，在人类历史上留下了空前未有的耻辱。但过去一切暴行，还远不及近来华北"扫荡"战中凶狠毒辣，日本帝国主义已经公开揭露了自己的狰狞面目，在华北各个抗日根据地里面肆行烧杀，所焚烧的不是一家一户，而是整个的村庄，所杀戮不仅壮丁青年，而且普及老弱妇孺，见屋便烧，见人便杀，日寇企图把我抗日根据地变成一片焦土，这真是暴行中的暴行、人类耻辱中的耻辱，日寇的罪恶，说来是"罄纸难书"的。

日寇这些暴行，公开宣布了它自己是和平的公敌、文化的公敌、人类的公敌。因此，我们抗日军民所坚决进行的战争，也正是保卫和平、保卫文化、保卫全人类的战争。一切有良心、有血性、有正义感的人士，都站在我们这一面，使我们获得广大的同情与广大的声援，这是我国抗战必胜的一个重要根据，这是我们应该深刻了解到的。但是，我们也必须同时引起万分的警惕，了解敌寇疯狂残酷的程度，已经越出了"人性"的范围，此后必将继续甚至更加残酷的发挥其兽性，企图达到其毁灭我抗日根据地的狂妄目的。我们必须随时准备给敌寇这一暴行以严厉的打击，依靠广大群众的有组织的力量，这是完全可能的。

在某些被灾区域里面，我们每一个抗日同胞，应该迅速解决"劫后"的某些困难，对于被难同胞，高度发扬民族的友爱，今日我们大家过着共同的艰苦生活，就能促使我们更加亲密团结的去战胜敌寇。在大部分抗日根据地里面，由于我抗日军队的英勇作战，阻止了敌寇的前进，保卫了这些地区广大群众生命财产的安全，我们每一个抗日同胞，就应该深刻领悟踊跃参战的必要，应该准备无数次的打击敌寇新的进犯，只有在把敌寇赶出我国领土以后，我们才谈得真正的安全，任何"和平苟安"的心理，都将使我们在敌寇暴行之下遭受到惨痛的损失，过去曾经有过这样的教训，而这个教训是绝对不应重复的。

我们向全世界作正义的控诉，但我们要依靠自己的力量去制裁敌寇，去打击敌寇的暴行。我们坚决相信，敌寇的这些暴行，正是表现着它对中国人民力量的恐惧，正是表现着它对抗日根据地的恐惧，而这些暴行所激起广大人民的义愤，一定可以变成更巨大的战斗力量，来消灭这些暴行以及日本帝国主义！

（原载一九四〇年十一月二十三日《新华日报》华北版第一版社论）

加强自卫队的工作

在新的政治环境之中,在新的战争局势之中,我华北各个抗日根据地,要百倍加紧战争动员工作,首先是发展群众的武装力量。

各个抗日根据地里面的自卫队,是主要的群众武装力量之一,这一武装力量的发展、组织的坚固与工作的活跃,对于抗日根据地的巩固与扩大都有很大的关系,在最近各地的"扫荡"与反"扫荡"激战中,我们可以清楚的看到,在自卫队工作活跃的地区,就能阻滞敌人的进攻,以及配合正规军队作战,给予敌人以重大的打击;在自卫队工作比较薄弱的地区,敌寇则横冲直撞,肆无忌惮地烧杀劫掠。

因之,各地必须认真的健全与整理自卫队的工作,而且要以突击的精神，在一定期间，使这一工作能够获得初步基础。

第一，要健全自卫队的工作与生活。在平日，必须加紧自卫队的军事政治训练，而且应该是一种实际的训练，训练的内容应该侧重于实际的参战工作，同时也不放弃纪律教育，要对每个自卫队的队员，启发他的政治觉悟，提高他的军事技术，锻炼他的纪律精神；在战斗中，自卫队必须切实担负起参战的任务，在战地进行各项工作，例如配合作站、破路、运输、侦察、送信等等，自然进行这些工作时，应该有充分的政治鼓动工作，这是要在日常生活与实际战斗中养成的，而自卫队各级干部，应担负起这个重大的责任。

第二，要充实自卫队的装备，使自卫队真正成为有武装的群众而不是有名无实的群众武装。除了现有的几种武器以外，自卫队的武器应大大补充，为了解决武器缺乏的困难，一方面尽量打造刀枪，多制手榴弹；另一方面还可以采用各种旧式武器，旧时传说的十八般武艺，在今日抗日游击战争中仍有他的作用。自然，主要的是在实际战斗中去解决武器问题，要夺取敌寇的武器来武装自己。

第三，必须有坚强的干部去领导自卫队，自卫队的工作才可以获得有力的开展，因此，提拔干部与训练干部的工作，在目前自卫队的整理工作中是一个重要的关键。各地自卫队现有的干部，应该加紧锻炼自己，在征调受训时，应该踊跃参加，要把这一训练看做自己的权利；自卫队各级领导机关，特别是军区机关，应该作训练干部的各项准备，并注意选择优秀的队员来参加自卫队的领导工作。同时，要在每个实际行动中，去发现和提拔积极的分子，也只有在实际行动中涌现出来的积极分子，才能够真正获得队员的拥护，这应该是提拔干部与锻炼干部的重要步骤。

第四，在群众中，要广泛进行宣传教育工作，使之对自卫队有清楚的了解，使得少数坏分子以及敌探汉奸破坏自卫队的各种造谣欺骗阴谋，受到严重的打击；要在群众中造成爱护自卫队参加自卫队的热潮，使自卫员的名称成为一种荣誉；这就可以激发每个自卫队员的热情，使之尊重组织，积极工作，为健全自卫队的工作准备好有利的条件。

（原载一九四〇年十一月二十五日《新华日报》华北版第一版社论）

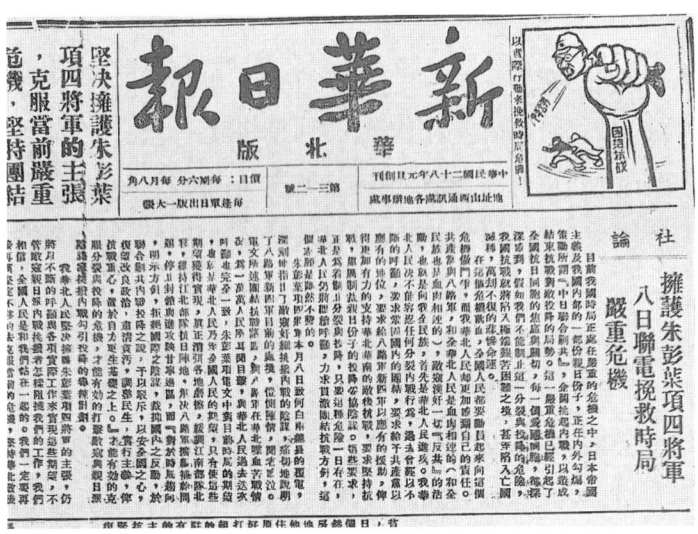

拥护朱彭叶项四将军八日联电挽救时局严重危机

目前我国时局正处在严重的危机之中，日本帝国主义及我国内部的一部分亲日分子，正在内外勾煽，策动所谓"中日联合剿共"，企图挑起内战，以造成结束抗战对敌投降的局势。这一严重危机已经引起了全国抗日同胞的焦虑与关切，每一个爱国同胞，都深深感到，假如我们不能制止这一分裂与投降的危险，我国抗战就将陷入极端艰难困苦之境，甚至陷入亡国灭种，万劫不复的悲惨命运。

在这个危机前面，全国人民都要动员起来向这个危机作斗争，而我华北人民却更加感到自己的责任。共产党与八路军和全华北人民是血肉相连的（和全民族也是血肉相连的），敌寇汉奸一切"反共"的活动，也就是向我全民族，首先是华北人民进攻。我华北人民决不能容忍任何分裂内战行为，过去曾经以不断的呼吁，要求巩固国内的团结，要求给予共产党以应有的地位，要求给八路军新四军以应有的援助，俾得更加有力的支持华北华南的敌后抗战，要求坚持抗战，严厉制裁亲日分子的投降妥协阴谋。这些要求，正是为着制止分裂与投降，只要这种危险一日存在，华北人民仍将继续呼吁，力求贯澈团结抗战方针，这个志愿是断然不变的。

朱彭叶项四将军本月八日致何白两总长的覆电，深刻地指出了敌寇奸细挑拨内战的阴谋，痛切地说明了八路军新四军目前的处境，恺恻陈情，闻者感泣。电文所述团结抗战诸点，与八路军在华北喋血苦战情况，为一万万人民所耳闻目击，与华北人民过去迭次呼吁也完全一致，朱彭叶项电文中对目前时局的期望，也就是华北人民乃至全国人民的期望，只有使这些期望获得实现，真正消弭各地磨擦，缓调江南部队北移，维持江北部队抗日阵地，解决八路军扩□补给问题，停止封锁与进攻陕甘宁边区，而"对于时局趋向，明示方针，拒绝国际之阴谋，裁抑国内之反动，于联合剿共内战投降之说，予以驳斥，以安全国之心，复望改良政治，肃清贪污，调整民生，实行主义，俾抗战重心，置于自力更生基础之上"，才能有效的克服分裂与投降的危机，才能有效的打击敌寇与亲日派阴谋家挑拨内战勾引投降的毒辣计划。

我华北人民坚决拥护朱彭叶项四将军的主张，仍将以不断的呼吁与各项实际工作来实现这些期望，不管敌寇亲日派内战挑拨者怎样阻挠我们的工作，我们相信，全国人民是和我们站在一起的。我们一定要再接再厉坚定不移的去克服当前的危机，坚持华北敌后抗战，我们也一定可以克服当前的危机，最后胜利一定是属于中国人民的。

（原载一九四〇年十一月二十九日《新华日报》华北版第一版社论）

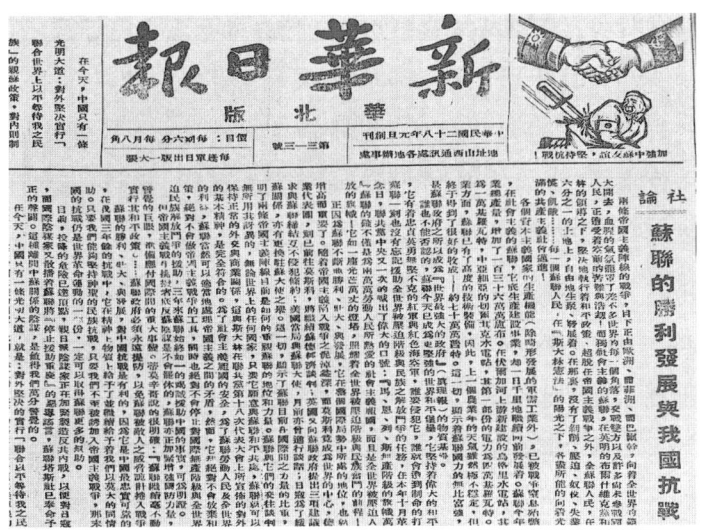

苏联的胜利发展与我国抗战

两条帝国主义阵线的战争,目下正由欧洲、而菲洲、而巴尔干,向着全世界的范围扩大开去,血腥的气氛笼罩了差不多世界的每一个角落,交战双方以及许多尚未参战国家的人民,正遭受着空前的苦难与浩劫!而独社会主义的苏联,在英明的布尔什维克党和斯大林的领导之下,坚决地执行着和平政策,超脱在帝国主义战争之外,全苏联人民在世界六分之一的土地上,自由地生聚、发展着。在那里,没有了剥削、压迫、奴役、失业、恐慌、饥饿……每一个苏联人民,在"斯大林宪法"的阳光之下,各尽所能的向着光明美满的共产主义社会迈进!

各个资本主义国家的生产机能(除畸形发展的军需

工业外），已被战争窒息殆毙，但在社会主义的苏联，它底生产建设事业，却一日千里地继续向前发展着。苏联今年的工业总产量，增加了一百三十六万万卢布。在伏尔加河上游新建设的乌格里水电站，其电力为一万基罗瓦特，中亚细亚的切尔其克水电站，其第一部分的电力为四万基罗瓦特。在农业方面，苏联已有了高度的技术装备，因此，上一个农业年的天气虽然极不稳定，但苏联终于得到了很好的收成——约七十万万普特。这一切，显示着苏联国力的无比富强，也就是苏联政府之所以成为"世界最强大的政府"（《真理报》）的物质基础。

谁也不能否认的，苏联今天已成为更坚强的世界和平堡垒，它坚持着伟大的和平政策，它有着忠贞英勇无坚不克的红军与红色海空军，谁要侵犯它，谁就会遭到制命的打击。苏联一刻也没有忘记援助全世界被压迫阶级与民族之解放斗争的任务，在本年十月革命纪念日，联共党中央又一次的喊出了伟大的口号："马、恩、列、斯无产阶级的旗帜万岁！"苏联的确不仅是为两万万劳动人民所热爱的社会主义祖国，而且是全世界被压迫人类解放的旗帜！它如一座光芒万丈的灯塔，照耀着全世界被压迫阶级与民族奋斗的前程！

正因为苏联不断地胜利、壮大、与发展，它在整个国际局势中所处的地位，也就日益增高而重要了。随着帝国主义陷入战争之泥淖益深，而莫斯科竟成为世界的中心，德国商业代表团，刻已前往莫斯科，将继续苏德经济谈判；英国又向苏联政府提出的三项建议，企求与苏联缔结互不侵犯条约；美国当局与苏联大使，月前亦曾进行谈话；日寇为了缓和对苏关系，亦有更换驻苏大使之举。这一切，显示了苏联目前在国际间之力量的比重，也说明了两条帝国主义阵线目前是如何的重视苏联的地位和力量。苏联与它们的交往谈判，是无所用其讶异的，无论世界上的任何国家，只要它愿意与苏联和平共处，苏联就可以与它保持正常的外交与商业关系，这与斯大林在联共党第十八次代表大会上所宣布的对外政策的基本精神是完全符合的。为了社会主义祖国的安全、为了苏联劳动人民及全世界人民的利益，苏联当然可以适当地处理帝国主义之间的矛盾，然而，它却绝对不会放弃和平政策，绝对不会做帝国主义战争的工具，同时也绝对不会停止对国际无产阶级与全世界被压迫民族解放斗争的援助，三年来苏联始终如一的竭诚援助中国的事实，可为明证。

但帝国主义战争挑拨者底反苏阴谋是不会罢休的，苏联亦正加紧增强国防力量，睁着警觉的巨眼，准备应付国际间的重大事变。蒂莫辛哥说的很明确："苏联继续毫不动摇的实行其和平政策……苏联政府必须永远提防，以免苏联被敌人之威胁诡计卷入战争。"

苏联的胜利、壮大、与发展，对中国抗战是有利的，因为它是中国最忠实可靠的朋友，在我国三年余的抗战中，它在精神上物质上给予了并继续给予着我们以莫大的同情和援助。只要我们能够坚持神圣的民族抗战，只要我们不至被诱加入帝国主义战争，那末，我国的抗战仍是世界革命运动的一部分，一定可以取得苏联更多的帮助。

目前，投降的危险已达顶点，亲日派阴谋家正在加紧制造反共内战，以便对日寇投降，而国际阴谋家又散播着苏联将"停止援助重庆"的恶毒谣言，苏联塔斯社已奉命予以严正的声辟。这种离间中苏关系的阴谋，是值得我们万分警觉的。

在今天，中国只有一条光明大道，就是：对外坚决的实行"联合以平等待我之民族"的亲苏政策，任何帝国主义的同盟，我们一律反对，任何动摇于两个帝国主义阵线的情形，都须立加克服；对内则加紧团结，实行进步，扑灭亲日派阴谋家毁灭民族国家、陷害抗战统帅的罪恶阴谋，制止内战，制止投降。如是才能继续自力更生、独立自主的抗战，如是才能使抗战胜利，建国成功。

（原载一九四〇年十二月一日《新华日报》华北版第一版社论）

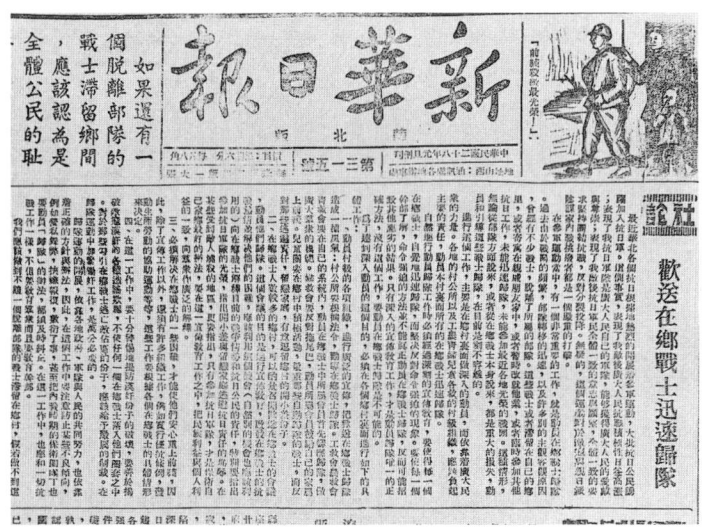

欢送在乡战士迅速归队

最近华北各个抗日根据地热烈的开展着参军运动，大批抗日公民踊跃加入抗日军。这个事实，表现了我敌后广大人民抗战积极性日益高涨；表现了我抗日军队是广大人民自己的军队，能够获得广大人民的爱戴与尊崇；表现了我敌后抗日军民全体一致的意志与愿望，全体一致的要求坚持团结抗战，反对分裂投降。无疑的，这个运动对于敌寇与亲日派阴谋家内战挑拨者都是一个严重的打击。

在参军运动当中，有一个非常重要的工作，就是动员在乡战士归队。过去由于战斗的频繁，部队转移的迅速，以及许多别的主观客观原因，曾经有不少战士，脱离了所属的部队。这些战士或者滞留在自己的乡里，或者寄寓在亲戚朋友家中，或者暂时改就他业，或者临时参加其他抗日工作，未能迅速归队，未能参加最近各地光荣的战斗。这种情形，无论从部队方面说来或者从在乡战士本身说来，都是重大的损失，动员和引导这些战士归队，在目前是刻不容缓的。

进行这个工作，主要是在乡村里面做深入的动员，而依靠着广大民众的力量。各地的村公所以及工农青妇儿童各救的村级组织，应该负起主要的责任，动员本村里面所有的在乡战士迅速归队。

自然进行动员归队工作时必须经过深刻的宣传教育，要使得每一个在乡战士自觉地迅速归队，而坚决反对命令强迫的现象。要使每一个干部了解，命令强迫的方法并不能真正动员在乡战士归队，反而可能招致其他恶劣的结果。只有深入的宣传教育工作，才是动员归队唯一的正确方法，没有这个工作，要动员在乡战士归队是不可能的。

为了达到深入动员的这个目的，必须在各个乡村里面进行如下的具体工作：

一、动员村级的各项组织，进行广泛的宣传，把欢送在乡战士归队造成一种风气：村公所要根据法令，劝导在乡战士归队。工救会农救会青救会要在自己的系统内，动员在乡战士中所属会员首先响应归队，做广大群众的模范。妇救会要反对拖尾巴，动员所属会员鼓励自己的家属上前线。儿童团要在乡村中积极活动，敬重那些自动归队的战士，而反对那些逃避责任，留恋家庭，有意逗留乡村的开小差分子。

二、在乡战士人数较多的乡村，可以酌量召开欢送在乡战士的会议，动员他们归队。这个会议的目的是进行宣传教育，启发在乡战士的抗战热情并解决他们的困难，应该利用这个机会（自然别的机会也应该利用的）向在乡战士解释目前的战争情势和抗日公民的责任，特别要指出参加抗日军队的光荣，指出开小差与留恋家庭逃避抗日责任的耻辱。在某些受到敌人烧杀的地区，更要指出，只有参加抗日军队，才是保卫自己家乡最好的办法，要在这一宣传教育工作之中，把民族利益与个人利益的一致，向群众作广泛的解释。

三、必须解决在乡战士的一些困难，才能使他们安心重上前线，因此，除了宣传工作以外，还须有许多组织工作，例如实行优抗条例、发动生产劳动的协助运动等等，这些工作要根据各个在乡战士的具体情形来决定。

四、在这一工作中，要十分警惕地提防汉奸分子的破坏，要善于揭破敌寇汉奸的各种造谣欺骗，不使任何一个在乡战士落入他们圈套之中。对于那些勾引在乡战士逃亡敌占区的分子，应该给予严厉的制裁。在归队运动中加紧锄奸工作，是万分必要的。

归队运动的开展，依靠各地政府、军队与人民的共同努力，也依靠着正确的方针与办法。因此，在这个工作中要注意防止某些不良倾向，例如营私舞弊、挟嫌报复、敷衍了事，甚至把内战时期的保卫团团丁也要动员"归队"的办法，都须及时纠正。在这一工作中，也应和一切抗战工作一样，不但要教育群众而且要教育干部。

我们应该做到不让一个脱离部队的战士滞留在乡村，假若做不到这点，应该是村级干部工作中的严重缺点，应该认为是本村全体公民的最大耻辱！

（原载一九四〇年十二月五日《新华日报》华北版第一版社论）

爱国同胞动员起来踊跃参加抗日军

巩固抗日军、扩大抗日军，是我们全国人民一个伟大的任务。

为了保卫民族的利益、为了争取民族的生存、为了使我中华民族不致沦为日本帝国主义的奴隶牛马，这个任务是一定要完成的。

在敌后华北，由于战争的频繁与残酷，更加迫切的要求我们完成这个任务。

只有巩固与扩大抗日军，我们才能更加有力的坚持华北敌后抗战，继续不断的打击敌人。这就可以大大的鼓舞全国同胞的抗战热情，提高全国同胞的抗战信心，并且可以进一步的配合各方面的工作，克服悲观失望情绪，打击投降妥协阴谋，制止内战分裂危险。

只有巩固与扩大抗日军，我们才能更加有力的保卫抗日根据地，粉碎敌寇的疯狂"扫荡"，使进犯我抗日根据地的敌寇，到处受到严厉的打击，不让敌寇喝一杯水与放一把火，这也就保卫了我抗日民众的生命财产等等切身的利益。

只有巩固与扩大抗日军，我们才能更加有力的进攻敌占区，解放敌占区内被敌寇压迫剥削的广大民众；使这些地方的同胞得以重见天日，使这些地方的同胞，在抗日军援助之下，得以报仇雪恨。

只有巩固与扩大抗日军，我们才能够生长新的战斗力量，准备将来的反攻，准备将来驱逐敌寇出中国，实现抗战建国的伟大理想。

如果这个任务不能够很好的去完成，那末，我国抗战就将受到严重的损失，我华北敌后各个抗日根据地，就将在敌寇"扫荡"之中陷入更困难的局势，我广大人民的生命财产就将难于保障。因此，每一个抗日公民都应该尽自己的力量来担负起这个责任，每一个爱国的青年与壮丁都应该踊跃参加抗日军。

过去在华北许多区域里面，都曾涌起过民众参军的热潮，这表示了我华北人民民族觉悟程度大大的提高，证明了我国还潜伏着巨大的生动力量，这一力量正在发动起来，要为民族利益与民族生存而战。在今日，我们华北人民就应该继续发扬这个光荣的传统，动员千千万万的爱国青年与壮丁加入抗日军，创造更强大的抗日武装力量，歼灭更多的敌人，保卫我们的抗日根据地与抗日民主政权，使之不受到敌寇的侵犯。

正是由于这个任务，是全华北同胞的共同任务，因此，我全华北一万万同胞，应该以共同的努力，为了巩固与扩大抗日军队而奋斗。各个地方的政权机关、抗战部队与民众团体，应该在广泛的参军运动中，配合着各方面的工作，进行深入的政治动员，领导民众来完成这个任务，使广大民众在这个运动中了解到政权是自己的政权，军队是自己的军队，使广大民众在这个运动中了解到参加抗日军队拥护抗日政权即是为了自己的利益，使广大民众在这个运动中了解到只有参加抗日军才是自己的出路，因而积极自动的踊跃参军。同时必须反对某些地方曾经发现的强迫命令拉夫派兵的方式，使每个干部了解必须依靠广大民众参战积极性之高涨，才能吸收真正自觉的优秀战士到抗日军队里来，才能做到抗日军队真正的扩大与巩固。

但这个任务也是一个艰巨的任务，必须进行艰苦的组织工作，才能把这个任务完成。必须动员军政民各方面来参加这一工作，并须在工作中与政权建设群众运动等等取得密切的配合；必须派遣强有力的、能干的干部去担负这个工作，以加强动员参军的机构；必须在各个地区有具体的计划，并保障这个计划不致落空；必须对下级有严格的检查与确实的帮助，以期工作易于推动；必须使每一个干部深刻了解，这个任务必须完成，而且有着一切有利条件。只要我们在主观上努力工作，这个任务也是一定可以完成的。我国战胜日寇的几个基本条件，就是领土广大、人口众多、战争的进步性，这几个基本条件，也就说明巩固与扩大抗日军队十分必要，完全可能。我国抗日军队的强大，敌寇侵略军队的削弱，三年来已有许多事实证明。我国必将生长起几百万乃至千万的抗日军队，以战胜人口不足兵力不足的日本帝国主义。

（原载一九四〇年十二月七日《新华日报》华北版第一版社论）

反对汪逆卖国条约

卖国贼汪精卫，现在又和日寇签订了一个新的卖国条约，这就是最近在南京所签订的所谓《中日新关系调整条约》。本来，汪贼精卫及其党徒，早就变成了日本帝国主义最下贱的玩具，伪组织的一切妖言丑行，都是执行着日本帝国主义的意旨，无论过去以及现在，凡是由日寇汪逆所共同签订的任何条约，无非是欺蒙世人的骗局。但是，为了要揭穿这个骗局、为了要揭穿敌寇奸逆在这个骗局中的灭亡中国的阴谋，我们全国人民应该起来坚决反对汪逆的卖国条约。

由敌寇奸逆共同串演而签订的卖国条约，全文九条，自始至终都表露着日寇灭亡中国的阴谋：第一条标榜着所谓"善邻友好"、第三条载明"共同防共"以及借口"共同防共"而规定"华北特殊化"、第六条标榜着所谓"经济合作"等等，都是敌寇历来对我国进行诱降阴谋的口号与条件。这些口号与条件，实际上就是要我国完全投降日本帝国主义，承认它的侵略行为并且便利于它肆无忌惮地继续侵略我国，使它的侵略行为取得所谓"合法的地位""条约的保障"。

很显然的，敌寇取得这些"合法的地位"与"条约的保障"以后，它就可以放手占据我国领土，任意屠杀我国人民，加紧对我国进行经济上劫掠与榨取，因为这是条约上所规定的"权利"。在过去，我全国人民曾经不断地反对敌寇这些"权利"，反对亲日派内奸分子承认敌寇这些"权利"的企图，坚决打击敌寇的诱降阴谋。敌寇在其诱降阴谋遭受打击之后，不得不退而与汪逆签订卖国条约，然而其灭亡中国的阴谋仍然是不变的，此后敌寇必将根据这个条约，更加毒辣的向我进行军事政治经济文化等等各方面的进攻，要把我中华民族置于万劫不复的奴隶牛马的地位。

这个卖国条约的签订，自然增加了敌寇向我大后方作正面进攻的危险，但这也不是说敌寇就将从此放弃对我国的诱降阴谋。过去的事实证明，敌寇历来对我国采取着威逼诱降同时并进的办法，此后敌寇的诱降阴谋，也必将配合着它的军事进攻而更加加紧，暗藏在抗战阵营里面的一部分亲日派阴谋家仍必将继续作投降敌寇与分裂我抗战力量的活动。只有这些亲日派阴谋家被驱逐出抗战阵营、只有分裂抗战力量挑拨内战的阴谋被消弭，才能够在基本上克服投降妥协的危险。

全国人民必须十分警惕地反对一切内外的汪逆汉奸！一方面，要向全世界声明，我们坚决反对汪逆精卫对日寇签订的任何条约，汪逆精卫及其党徒，现在已经是中华民族的公敌，已经是中国一切抗战阶层、一切抗战党派、一切抗战军队的公敌，全民族将以亲密的团结来反对敌寇奸逆的联合进攻。另一方面，我们也要反对一切暗藏的汪精卫，反对这些人面兽心之徒挑拨内战以响应寇奸的阴谋，坚决把这些人面兽心之徒驱逐出抗战的队伍。

  全国人民必须以实际的努力来反对一切内外的汪逆汉奸，敌寇汪逆等标榜"善邻友好"，我们就应该坚持抗战到底；敌寇汪逆等高唱"共同防共"，我们就应该坚持国共合作；敌寇汪逆等狂吠"华北特殊化"，我们就应该发展华北敌后抗日战争；敌寇汪逆等进行所谓"经济合作"，我们就应该反对敌寇经济侵略，加紧国防建设，力求自力更生。只有加紧我们各方面的抗战工作、加紧我们的民族团结，以现实的战斗来打击敌寇的侵略，使敌寇的军事政治经济文化进攻都在我民族抗战的铁拳之下粉碎，这才是反对敌寇汪逆卖国条约卖国活动等最有效的办法。

        （原载一九四〇年十二月九日《新华日报》华北版第一版社论）

加强青抗先工作

在华北敌后抗战过程中，青年抗敌先锋队曾经起过不少伟大的作用。

由于青抗先工作的活跃，在许多地区，帮助正规军迭次粉碎了敌寇的"扫荡"，在许多地区，大大开展了青年运动；在许多地区，发动了广大民众踊跃参军。许多地区的青抗先队员，曾经以自己的英勇奋斗，创造了无数可泣可歌的史迹，真正表现了中华民族优秀青年的本色。虽然敌寇对我青抗先满怀仇恨，用了极端卑劣狠毒的手段来残杀我青抗先队员，企图阻止我青抗先的发展，但我们的青抗先仍然不屈不挠的战斗着，发展着，日益强大地威胁与打击敌寇。

青抗先的强大与发展，是坚持敌后华北群众抗日游击战争的一个重要条件，因此，目前必须特别加强青抗先的工作，在数量上，要使每一个精壮的爱国青年都加入青抗先，在质量上，要使青抗先真正成为战斗的队伍，必须有足够数量的强大的青抗先，才能替敌后华北抗日游击战争打下雄厚的群众基础，才能配合着各方面的努力，支持日益艰苦的战争局势。

为了强大与发展青抗先，在许多地区，青抗先工作必须前进一步，必须使青抗先本身在组织上、教育上、技术上、行动上都前进一步，真正成为广大青年自觉自愿自动组成的，富有战斗力的队伍，为此目的，下列具体工作应该引起严重的注意。

第一，必须继续扩大与巩固青抗先的组织，号召一切精壮的爱国青年加入青抗先。但是，在进行这个工作时，应当依靠深入的政治动员，应当使每一个加入青抗先的青年，深刻了解加入青抗先的意义、深刻了解青抗先队员对于国家民族的责任，感觉到加入青抗先的光荣，这样以耐心的有系统的宣传教育说服工作，动员广大青年加入青抗先，而防止任何命令强迫拉夫抄名册等等不良现象。

第二，必须在战斗中，在实际行动中去发展与锻炼青抗先，首先是动员青抗先进行各项"保卫家乡"的工作，要善于把保卫家乡与保卫民族的任务联系起来，使青抗先队员能够在日常生活中，不断的进行战斗的准备，不断的进行站岗放哨侦察锄奸破袭等等工作，一直到配合正规军作战。

第三，必须加紧青抗先的政治教育与军事训练，而且要把这个工作有系统的不间断的进行，要在青抗先当中养成劳动、战斗、学习，三者并重的风气，只有这样才能提高青抗先的军事技术与政治文化水平，只有这样才能算是对青年一代尽了一点应尽的责任。为了加强政治教育，应该在青抗先当中建立经常的政治工作；为了提高军事技术，应该解决青抗先武器装备教员等等问题。各地青救会对这些工作应负起主要的责任，但也必须取得政府与军队的指导与帮助，只有在政府军队的指导与帮助之下，青抗先的工作才能获得有力的发展。

（原载一九四〇年十二月十一日《新华日报》华北版第一版社论）

开展冬学运动

在敌后华北许多抗日根据地里面,几年以来都进行了冬学运动,这是我国文化教育部门中一个崭新的工作,深刻的表现了民主的大众的特点,在扫除文盲、提高民众政治文化水平方面有了很大的贡献。据几个区域的不完全的统计,晋察冀边区一九三九年至一九四〇年的冬学运动中,建立了八千八百七十九校,入学人数达四十万人,冀中区一九四〇年入冬学者也达四十万人(《抗敌报》的统计),其他各区也都有很大的数目,冬学运动,已经成为华北敌后抗日根据地里面文化教育事业中最重要的一个部分。

今年的冬学运动,是处在更紧张的战争环境之中,一方面,敌后"扫荡"与反"扫荡"的战斗日益频繁,日益残酷,要求我们以更大的努力来进行这个工作；另一方面，今年的文化教育工作，正在一天天走向正轨化，正在一天天的加紧。因此，也要求我们加紧冬学运动，在冬学运动中做出一些新的成绩。

为此目的，我们各地的政府机关与民众团体，特别是文化教育机关里面的工作人员，必须认真的来进行这一工作，把这个工作当作一个神圣的战斗任务来做，要开展各方面的组织工作，动员工作，使这一运动能够获得巨大的成果。

首先，必需在群众当中进行广泛的动员，动员群众踊跃入学，这就需要坚苦的耐心的教育说服工作。同时，要依靠各个民众团体的组织的力量，工农青妇各救，应该动员所属会员加入冬学，并经过自己的会员去动员每个会员的家属，造成兄勉其弟、夫劝其妻，大家一齐参加冬学的热潮。在各种机关里面，应该利用冬学的机会来扫除文盲，要在冬学运动中，使任何一个机关里面没有一个文盲存在。各级干部应该在冬学运动中以身作则，创造学习中的模范例子，引导广大群众来参加冬学。在动员群众入学之时，同时也必需注意到克服群众就学的阻碍，解决群众就学的困难，例如晋察冀边区，因为妇女看管婴儿，没有时间参加冬学，妇救会就组织了老太太的抱儿队，暂时代替青年妇女看管婴儿，使得这些妇女能够抽空上课。诸如此类的方法，在动员中都必需细心想到。

其次，为了适应各种不同的对象，应该建立各种不同的学习组织与学习制度，以辅助一般冬学学校之不及，例如家庭传习制、小先生制、识字先锋员制、学习站制、巡回上课制，以及站岗、放哨、牧羊、砍柴中的学习制度等等，使冬学运动成为普遍而且深入的运动，使每一个公民都能获得参加冬学的机会。

再次，在冬学运动中，必须特别着重注意教学的内容，这是冬学运动中最重要的问题之一，教材内容的优劣，可以决定冬学运动的成败。在原则上，冬学教材第一应该与现实的政治任务联系，例如晋察冀边区曾经采用春耕，村选，反"扫荡"等教材，收到了不少的效果。第二，应该与民众日常生活有密切的联系，例如教记账、写路条、写信、看报等，都能得到群众的欢迎，自然这些内容必须编入正式的冬学课本，而决不是随便教随便学，冬学教育也必须尽量做到正规化，应当把冬学运动看作正规的社会教育工作。

最后，在冬学运动中，应该联系着提高民众的"文化生活"，以新的"文化生活"去代替旧的文化落后的生活，以正当的文化娱乐去代替旧的迷信、酗酒、嫖赌斗殴等不良习惯，这样去进行广大民众中思想意识生活习惯等方面的改造，虽然这是一个长期的坚苦的改造工作，但在我们抗日民主区域里面，这一工作是必须开始的。

（原载一九四〇年十二月十三日《新华日报》华北版第一版社论）

论"百团大战"的伟大意义

　　轰动全球的英勇的"百团大战",在继续了整整三个月又十五天的长久时间的连续作战,经历了三个不同的阶段以后,最近第十八集团军总司令部和总政治部联合公布了辉煌的总结,宣告胜利的结束。

　　根据这一简单的战绩总结,在这一长时期的大规模会战之中,华北八路军主力之一部(一百另三个团)及决死队之一部,在朱彭总副司令运筹帷幄、统一号令和指挥之下,前后作战共达一千八百二十四次之多。与我接战之敌,不仅有驻防华北之寇主力五个师团、九个独立混成旅团的正规军,而且有伪治安军、伪蒙军、伪满洲军、伪警备队、伪宪兵、伪警察以及日本特务机关和武装移民等等。就是说,几乎所有驻屯华北的敌伪军,甚至其移民日侨,也不可避免的被迫拖入到这一大会战的漩涡之中,饱受我铁拳的有力打击。至于这一大会战的战果,那末即使把苏鲁豫皖境内配合作战所获得的战果除外,仅几个主要战区,几条主要战线,便毙伤敌伪将近三万名之众,号称劲旅之寇第四独立混成旅团遭到"没顶的覆灭",第二、三混成旅团,三十六师团,二十七师团等等,举凡与我交锋的敌军,或则歼灭过半,溃不成军,或则伤兵折将,实力大损,狼狈之状,诚非笔墨所能形容。而深入我根据地纵深之敌寇据点,被我摧毁拔除者,数达二百九十又三,敌占区域遂见缩小,我根据地因而扩张。铁道公路等大小血管,被我摧毁锯断者,长约四千余里,正太路迄今未能恢复原状,平原地公路之建设毁于一旦。此外,如煤矿仓库之遭我燃烧破坏,大量辎重器材之为我缴获夺得,均给敌人以重大损失,值此寇财政经济窘困万状之际,其意义亦决不减于对敌有生力量的杀伤。同时,因"百团大战"伟大胜利之不断扩大,声威所及,顿使敌伪内部纷扰百出,士兵厌战反战情绪更趋高涨,纷纷携械来归。沦陷区同胞,重睹天日,兴奋鼓舞,或乘机投回祖国怀抱,或箪食壶浆慰劳前线"百团"将士,更日益亲密团结于祖国鲜艳大旗之下,此又百团大战另一方面之伟大收获。

但是,值此"百团大战"胜利结束之际,我们回顾"百团大战"进行过程中,国内外局势之顺逆变迁,则对"百团大战"的伟大意义,不能不重新作更深刻和更重大的评价。

"百团大战"直接打破了敌在华北的"囚笼政策"和"堡垒主义",使敌寇平素视为万能的对付八路军和敌后游击战争的政策和手段,从此丧失信心。但"百团大战"的意义和收获,却绝非仅止于华北局部,局限于华北方面。"百团大战"是全面的、全国性的大规模的主动总攻击战,其胜利的战果,实改变了国内的战局和政局,推动了中日局势的迅速变化,特别是太平洋局势的迅速变迁。回忆"百团大战"发动之初,适寇调兵遣将,布置和准备进攻重庆、昆明、西安,同时并集中大批飞机,轮番狂炸大后方各大城市，企图以军事进攻和空炸威胁，来逼迫我中国屈服投降。当时国内一部分亲日派奸徒和投降妥协分子，在日寇唆使下，正跃然蠢动，故意散布耸人听闻的流言，多方设计包围压迫当局，响应日寇逼降阴谋。军事政治之进攻双管齐下，大局艰难万分，而国际局势，则又阴霾不霁，英美态度暧昧不明，致命一部分向来缺乏自力更生信念，孜孜唯以外援为依靠的动摇分子，徬徨歧途，不知所措。时局危机，空前严重。"百团大战"第一阶段的大获全胜，第二阶段的继续胜利开展，顿时牵制和吸引了敌寇进攻重庆、昆明、西安的大量兵力，破坏了敌寇原定的战略计划，坚定了全国上下的抗战信心，改变了国际对我抗战的观感，充分达成了我预期的意图和目的。于是敌寇不得不暂时放弃其硬的军事逼降的阴谋，而改采软的政治上的诱降，乃有南宁龙州等地之撤退，德使陶德曼之劝和。而亲日派奸徒和内战挑拨者，在日寇新的诱降方针下，乃翻然变计，企图以软哄硬骗、挑动内战等方法，置最高统帅于炉火之上，造成国破家亡的惨局。这就是要从另一条道路上，来使祖国抗战失败，向日寇屈膝投降，置万世子孙于奴隶牛马的绝境。但因"百团大战"的勇往直前，第二、第三阶段的继续不断胜利，更益振奋全国广大军民，更益坚定抗战的信念，加以中共中央和全国爱国党派、抗战军队、爱国同胞的再四呼号，力敲警钟，国际局势顿起变化，于是使寇奸挑拨内战，引诱投降的阴谋，又复遭受严重打击。从此日寇乃不得不重复玩弄它那下贱的玩具——汪精卫，与之签订伪约，至此敌军事外交均遭失败，四面楚歌，窘态百出……这就是"百团大战"所激起的国内国外时局的变动。当今日总结"百团大战"胜利的时候，我们应重将这辉煌的果实，指陈于全国军民之前。

然而辉煌的果实决非偶然得来，"百团大战"展开在敌后极端艰难的环境之中，从战区言，遍及冀察两省全境，晋绥大部分的领域，北起伪满热南，南达黄河之滨。以交通干线言，除正太、同蒲、平汉、白晋、北宁等华北八大铁道而外，诸凡山岳、平原错综复杂之公路网，均在破击之内。战区若是之宽广，战斗若是之持久，用兵若是之众多，而敌寇兵力为数既不减于我，堡垒又如是其坚固。然而我作战指导如此正确，指挥如此统一而灵活，战役组织如此严密，部署则如此周到，用兵如是其神速，使巨万敌军尽遭覆灭，坚固的堡垒如摧腐朽，这不仅在中国历史上是罕见的，即在世界战史上，也很少可与匹伦。这里没有别的神秘，就因为有中国共产党的坚强无比的正确领导，有朱彭总副司令及诸位名将的优秀的作战指导的艺术。中国共产党在长期奋斗过程中，不仅培养出了一批英明坚强的政治家，而且创造出了军事上的高明的作战指导家，倘使不是共产党所领导的八路军，内部团结如一，具备卓越的政治品质，坚强的战斗能力，与民众有血肉不分的亲密关系，也决难在统一的意图下，一致行动，完成如此艰巨的任务。

同时，"百团大战"对于八路军也正是一个很好的考验，在"百团大战"中，八路军武器窳败如初，弹药不足如昔，但能发挥无比坚强的战斗能力，扼敌寇血脉，刺敌伪心脏，攻克名关，拔除坚城，而最后在敌反复"扫荡"之中，能在大战二阅月余之后，栉风沐雨，食不果腹，犹复奔驰山崖，往返搏斗，卒能粉碎"扫荡"，求得最后胜利。其英勇卓绝、艰苦奋斗之精神，诚足令人感奋；其战斗力之坚强及战术之优秀，不仅在敌后游击战运动战中能百战百胜，即担当正面战场之作战任务，也一定能够取得伟大胜利。

"百团大战"辉煌的战果，及其改变抗战局势的伟大意义和推动国际形势的巨大作用，中国共产党所领导的八路军的无比英勇和无比坚强，给那些抱着偏狭的成见、轻视敌后游击战之伟大作用、小觑八路军、薄待八路军甚至造谣中伤、诬蔑八路军、辱骂八路军、削弱八路军，多方限制八路军的发展，企图驱逐八路军到一定狭小地区的顽固人们以无情的回答！铁一般的事实证明：这些偏见，只有利于敌寇汪逆，不利于中华民族；只为敌寇汪逆与亲日派阴谋家所欢迎，而为中国广大军民、爱国志士所痛斥！在日寇加紧正面军事进攻、国际风云骤起的时候，牵制敌寇巨大兵力、破坏日寇战略部署、转变国际视听、提高全国抗战信心的，不是别的，正是在敌人后方展开的"百团大战"！在国家民族最危急关头，时局危机千钧一发之际，举千钧重担，以热血头胪，冲锋陷阵，用自己血肉，拼死搏斗，来克服时局危机、争取时局好转的不是别人，正是共产党所领导的八路军和新四军！铁一般事实证明，敌后游击战争的强大和更益发展，对于全国抗战争取最后胜利有着何等重大的意义！铁一般的事实证明，八路军和新四军是最忠于国家、孝于民族的，是一心一意服从最高统帅领导，愿为抗战建国事业而贡献其最后一滴力量的！

从百团大战辉煌的战果和伟大的胜利中，我们对坚持敌后抗战有了更坚强的信心、更崇高的评价，我们号召全国军民，要求军正当局更益关切敌后、援助敌后，共同为更益发展和扩大敌后的游击战争，巩固敌后抗日根据地而一致努力。

从百团大战辉煌的战果和伟大的胜利中，我们对为民族优秀儿女所组成、在中国共产党领导下的八路军新四军，更益增强其崇敬与爱护之心，对于这样的军队，绝对不应污蔑中伤，绝对不应轻视薄待，绝对不应限制其扩大，绝对不应驱之于狭小的地区。那种食不饱腹、衣不蔽体、弹药不足、医疗不济，每月平均每人只有六角多饷银的困苦状况，绝对不应再让他继续下去。我们呼吁全国，要求政府当局，关切这支优秀的军队，多方帮助其扩大！我们要求政府一视同仁，按实际人数，增加八路军、新四军的编制，发给足额的军饷，补充足够的武器与弹药，以增强其战斗实力，使能歼寇更多，立功更巨。

今日百团大战胜利总结之时，正是敌寇新的诱降阴谋遭受失败、汪逆签订亡国灭种的伪约之际，日寇"解决中国事件"企图灭亡整个中国的野心，是始终不死的，必然会以新的军事进攻，逼降中国，或更以新的政治阴谋与军事进攻同时并进。而亲日派和内战挑拨者，也必将与汪逆勾结，或许会用较为隐蔽，然而更为阴险的行动来响应日寇诱降逼降阴谋，时局危机依然严重。今后共产党、八路军、新四军以及全国爱国党派，爱国军民的责任是愈益重大了。中国共产党、八路军、新四军始终和全国人民站在一起，始终拥护蒋委员长与国民政府领导抗战到底，始终热望加强团结，加紧进步，誓愿以更大的新的努力来粉碎汪逆的伪约，粉碎亲日派阴谋家的投降分裂阴谋。誓愿以更大的新的努力，来克服时局危机，争取时局好转！

（原载一九四〇年十二月十五日《新华日报》华北版第一版社论）

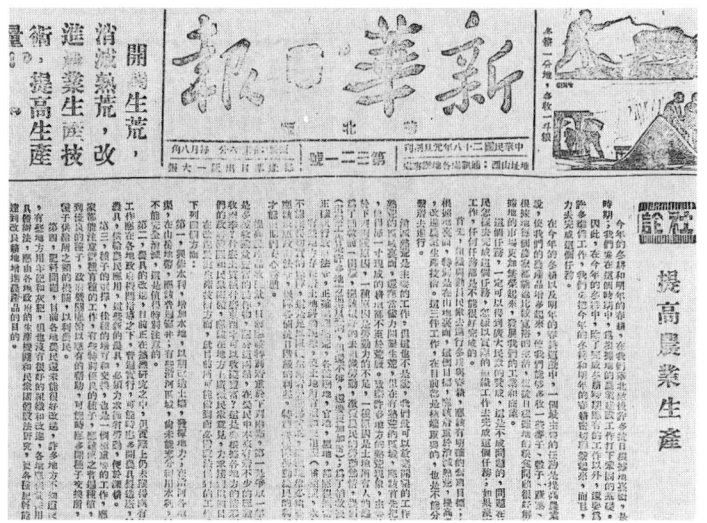

提高农业生产

今年的冬耕和明年的春耕，在我们华北敌后许多抗日根据地里面，是一个极重要的时期。我们要在这个时期中，为根据地的农业建设工作打下巩固的基础。

因此，在今年的冬耕中，除了完成冬耕时期应有的工作以外，还要为明年的春耕做许多准备工作，我们要把今年的冬耕和明年的春耕密切联系起来，而且，要以最大的努力去完成这个任务。

在今年的冬耕以及明年的春耕运动中，一个最主要的任务是提高农业生产。这就是说，使我们的农产品增多起来，使我们能够多收一些麦子、谷子、蔬果、山货，使抗日根据地每个农家都能过比较宽裕的生活，使抗日根据地的粮食问题很好解决，使抗日根据地的市场更加繁荣起来，发展我们的工业和商业。

这个任务，一定可以得到广大民众的赞成，这是不成问题的，问题在于我们全体军民怎样去完成这个任务，怎样以实际的组织工作去完成这个任务。如果没有艰苦的组织工作，任何任务都是不能很好完成的。

首先，组织与动员民众去进行冬耕与春耕，应该有明确的奋斗目标。在大部分抗日根据地里面，特别是在山地里面，这个目标，应该着重于消灭熟荒，提高农产品收获量，改进农业生产技术。这三件工作，在目前都是极端重要的，也是不能分开的，应该□□着去进行。

消灭熟荒是主要的工作，但这也不是说，我们就可以放弃开垦的工作，在某些没有熟荒的区域里面，还应当尽力开垦生荒，但在有熟荒的区域，应该首先把熟荒完全消灭，使得每一寸现成的耕地都不至于荒废。考察许多地方的熟荒现象，主要的大约不外由于下列两种原因，一种原因是劳动力的不足，一种原因是土地所有人的逃亡或者怠工。为了补救前一困难，应该很好的去组织劳动，激发农民的劳动热情，提倡妇女参加生产（这些工作是许多地方进行过的，但还不够，还要更加加紧）。为了补救后一困难，必须正确执行政府法令，正确处理熟荒，各种庙地、官地、黑地，都应很适当的予以整理。

有些地方存在着土地纠纷现象，使土地所有权和使用权（耕种权，永佃权等等）□不能获得切实的保障，这是足以阻碍生产者劳动热情的，这种现象必须坚决予以纠正。应该依照政府法令，保障各个抗日阶级的利益，特别要保障劳动农民的利益，只有这样才能使他们安心耕种。

提高农产品收获量，目前应该特别着重于下列两点，第一是争取一年收两季，第二是多种收货量丰富的农作物，关于这两点，在农民中本来有着不少的经验，怎样才可以收两季？什么土质种什么东西才可以收获丰富？这是要根据各地方的情形来决定的，我们的政府机关和民众团体，应该在地方上广征民众意见，力求达到这个目的。

在改进农业生产技术方面，就目前所可能做到而必需设法做到的工作说来，大约有下列四个方面：

第一，兴修水利，增加水地，以期改造土壤，发挥地力。在沿河各地，应该广泛开渠，在山岳地带，应该普遍凿井。有些沿河区域，尚未能充分利用水利，以至荒旱现象不能完全消灭，这是值得特别注意的。

第二，农具的改进，目前正在热烈研究之中，但实际上仍未获得应有的成绩，这一工作应在各地政府机关指导之下，普遍实行，可能时应多开农具制造厂，制造一批新的农具，供给农民应用。这些新的农具，必须力求节省劳动，便于深耕。

第三，种子的选择，佳种的培育和交换，也是一个极重要的工作，应该使得每个农家都能注意选种育种的工作，有些特别优良的种子，应该使之普遍种植，许多农民得不到优良的种子，政府机关应给以应有的帮助，可能时应多开种子交换所，义务选种所，种子供给所之类的机关，以利农民。

第四，肥料问题，目前各地农民还未能很好改进，许多地方不知道使用绿肥、骨肥，有些地方用羊肥和灰肥，但也没有很好的组织和改进。各地应尽量采用这几种肥料，具体办法，应由各地政府的生产机关和民众团体设法研究，使各种肥料能够配合运用，达到改良耕地增进农产品的目的。

（原载一九四○年十二月十七日《新华日报》华北版第一版社论）

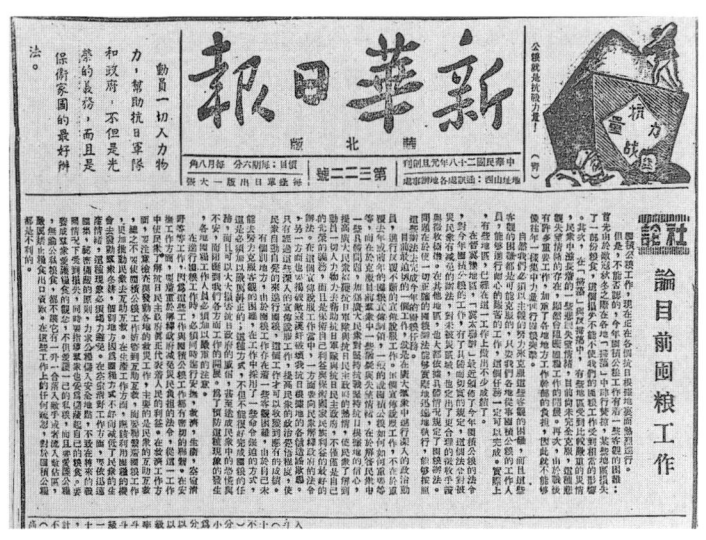

论目前囤粮工作

囤积公粮工作，现在正在各个抗日根据地里面热烈进行。

但是，不能否认的，今年囤积公粮工作有着一些客观的困难：首先，由于敌寇秋冬之际在各地"扫荡"中肆行焚掠，某些地区损失了一部分粮食，这个损失不能不使我们的囤粮工作受到相当的影响。其次，在"扫荡"与反"扫荡"中，有些地区受到比较严重的灾情，民众中滋长着的一些悲观失望情绪，目前尚未完全克服，这种悲观失望情绪的存在，显然会阻碍囤粮工作的开展。再次，由于战后有许多重要工作，加重了各地地方工作干部的负担，因此就不能够像往年一样集中力量进行囤粮突击。

自然我们必须以主观的努力来克服这些客观的困难，而且这些客观的困难都是可能克服的，只要我们各地从事囤积公粮的工作人员，能够进行耐心的艰苦的工作，这个任务一定可以完成。实际上，有些地区，已经在这一工作上做出不少成绩了。

在晋冀豫地区，"冀太联办"最近颁布了今年囤积公粮的法令，对今年囤积公粮的工作，有了具体而切实的规定，这个法令对被灾民众有减免的办法，对未被灾区域，也定出了更合理的征收手续与征收标准。在其他地区，也大都依据具体情况规定了囤粮办法。问题在于使一切正确的囤粮办法能够实际地迅速地执行，能够按照这些办法去完成今年的囤粮任务。

目前最迫切的一个工作，就是在广大群众中进行深入的政治动员，进行反复不断的宣传说服工作。这个宣传说服工作，不在于重复去年或前年的囤粮宣传纲领，一般的说囤积公粮如何如何重要等等，而在于克服目前群众中一些犹疑与失望情绪，在于解答民众中一些具体问题，加强广大民众对坚持抗战坚持抗日根据地的信心，提高广大民众拥护抗日军队与抗日民主政府的热情，使民众了解到动员一切人力物力去帮助抗日军队与抗日民主政府，不仅仅是自己的光荣的义务，而且是保卫自己利益与保卫国家民族利益的最好的办法。在这个宣传说服工作当中，一方面要向民众解释政府的法令，另一方面也要揭破敌寇汉奸破坏我抗日根据地的各种造谣欺骗。只有经过这些深入的宣传说服工作，提高民众的政治觉悟程度，使民众自动自觉的来进行囤粮，这个工作才可以收获到应有的成绩。

有个别地方，由于囤粮工作存在着一些客观困难，由于自己未能去努力克服客观的困难，在工作中采用了一些命令强迫的方式，这是必须加以严厉纠正的。这种方式，不但不能很好完成囤粮的任务，而且可以大大损害抗日政府的威信，甚至造成民众中的恐慌与不安，而阻碍到我们各方面工作的开展。为了预防这种现象的发生，各地囤粮工作人员必须加以严重的注意。

在进行囤粮工作时,必须同时进行安抚、救济、生产、空室清野等等工作,因为这些工作与囤积公粮工作都有密切的联系。在安抚工作方面,要着重于解释政府减免灾民负担的法令,从这一工作中使民众了解抗日民主政府真正代表着人民的利益。在救济工作方面,要注意检查与发动各地的救灾工作,主要的是民众的互相互救,总之不要使囤积公粮工作妨害到互助互救,而要联系着囤粮工作,更加推动民众去互助互救。在生产工作方面,应该利用囤粮的机会去发动群众冬耕,个别地方因为囤粮方式不好而减低了民众的生产情绪,这种现象必须竭力避免。在空室清野工作方面,要依迅速囤集,秘密储藏的原则,力求公粮储入安全地点,不致在将来的战斗情况下受到损失,同时要指导群众也妥为储藏起自己的粮食。要养成群众爱护粮食的观念,不但爱护一己的私粮,而且要爱护公粮,无论公私粮食,都不让它有一升一合落入敌手或者流入敌占区,严厉禁止粮食出口资敌。在这些工作上的任何疏忽,对于囤积公粮都是不利的。

(原载一九四〇年十二月十九日《新华日报》华北版第一版社论)

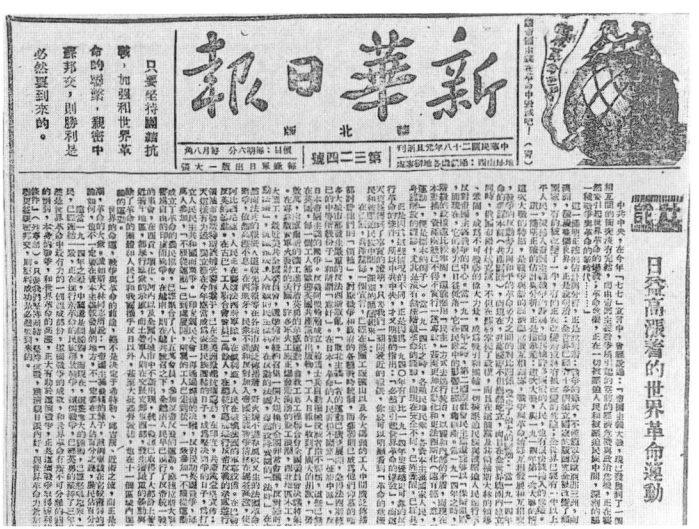

日益高涨着的世界革命运动

中共中央在今年"七七"宣言中，曾经说过："帝国主义大战，现已发展到了一个新的阶段，帝国主义相互间的冲突没有完结，而由帝国主义战争所引起的空前的经济危机与政治危机，正在袭击全人类的生存，必然要引起世界革命的爆发；革命危机，正在一切被压迫人民和被压迫民族中间，深刻的酝酿起来，我们是处在一种战争与革命的新时代……"

这一简明正确的估计与分析，正是说明着：战争的烽火，不仅笼罩着欧亚菲三洲，而且很快会危及美洲和澳洲，弥漫整个世界。正是说明着：全世界已经有十多个独立国家的版图完全被改变了颜色，而其他许多独立国家，有的被改变了一半，有的正在改变着或将有被改变的危险。全世界已经有一半以上的人口，十几万万和平人民，被卷入帝国主义战争的漩涡，而其他许多国家的人民，也有很快被卷入的危险。

这一简明正确的估计与分析，正是指示着：这次大战，与一九一四年第一次大战的情况，有根本的不同。这次大战的特点，是战争与新的经济总危机互相错综，战争与革命始终互相发展和互相交叉着；世界两大势力，战争的反动势力与和平的革命势力之间的对比关系发生了极大的变动。当一九一四年之时，还没有世界革命的参谋本部（共产国际），而现在，共产国际不但巍然屹立，而且在全世界范围内建立了它的坚强的支部。同时，俄国布尔什维克党，不但在苏联掌握了政权，而且在这个党及其领袖斯大林的领导之下，苏联已经壮大、巩固，成为不可战胜的伟大力量，成为吸引和团结一切被压迫民族与被压迫人民进行革命的解放运动和坚决反对帝国主义战争的中心。当一九一四年之时，第二国际社会民主党还能够以"保卫祖国"的口号去欺骗人民，而现在，它的势力已日益低落，它在民众中的影响已经日趋破产。当一九一四年之时，资本主义世界中统治阶级的政权还比较牢固，还能应用"民主"方式去进行统治，以缓和内部的矛盾，而现在，资本主义世界已根本动摇，资产阶级已不得不实行一党专政，甚至更加反动化和更法西斯化（远有德、意，近有近卫的"新体制运动"，便是标本的例子）。当一九一四年之时，各殖民地民众，各资本主义国家人民，还没有反帝反战为自身谋解放的经验，尤其是没有无产阶级革命的经验，而现在完全不同，已经觉醒，已经具备这些经验了。

正是因为这些情况的不同，正是因为一九四〇年有了比一九一四年更优越更可靠的反对帝国主义大战和进行革命的条件，所以中共中央，才又明确的指出"必然要引起世界革命的爆发"。而这一正确的估计，在今天更益得到了事实的证明，只要我们一翻开最近的报纸，你就可以明显看到"革命的危机，正在一切被压迫人民和被压迫民族中间，深刻的酝酿起来"。

在德国，共产党每一个宣言，已经在德国工厂矿山以及各大码头的工人中间广泛传播。德国大多数人民，都讨厌他们的"领袖"，讨厌战争和政府的各种战时统制，而苏联则已成为他们仰慕的唯一中心。在意大利许多大城市都发生严重的反法西斯叛乱，"败北主义"者的运动已广泛展开，急得法西斯统治者要肃清国内"异己的中等阶级分子"和所谓"意奸"。在日本，革命的人民非但不愿意"征服中国"，反而拥护中国人民反抗日本帝国主义的斗争。反战同盟纷纷成立，前线士兵自动携械投诚者指不胜屈，这些已无须写上许多事实了。在英国，每一个工人都欢迎英国共产党的出版物，《工人日报》收到了广大的捐款，《劳工月刊》的销路增加数万，南威尔斯的矿工进行着英勇的示威运动，伦敦工业工程联合会全国委员会决议将举行四十万人的大罢工。在专靠贩卖军火发财的美国，许多军火工厂正爆发着汹涌的罢工浪潮，西北地区木工，举行了一万二千人的大罢工，最近美共全国委员会，还准备在纽约召集一个大规模的全国非常会议，反对罗斯福签署《禁止外国活动法案》，抗议摧残工人阶级的民主权利。在反动的法国，虽然投降卖国的"法奸"在大批捕杀共产党员，然而法共的报纸人道报先锋报等在各城市广泛传播着，野火烧不尽、春风吹又生的法国革命浪潮，法国共产党的斗争，依然高涨不息。在西班牙，民众不满和反对加入帝国主义战争情绪在逐益高涨，使弗朗哥感到困难。在阿比西尼亚，人民正在袭击法西斯军队。在叙利亚，人民在破坏法国的军事设备。在巴勒斯坦，则在进行着反英的暴动。在古巴，工人联合会会员二万余人在总统官邸前举行反帝反战的示威游行。在巴西，则因人民领袖布勒斯特斯被捕受害的案子已在全美洲掀起抗议运动。在印度，共产党堂皇宣布："我们从来没有像今天这样有力过，独立节在今年应当成为表现民族团结的日子，成为坚决斗争的日子，为打倒帝国主义统治，树立人民民主共和国而斗争。"印度国民大会一再通过辉煌的决议，反对援助英国战争，每一个群众大会都有几万人参加，"不服从运动"已到处展开，两翼的工人已走到统一,一致参加"不服从运动"。在全国各区,已成立了革命的农民协会,已经集合了八十五万会员,参加反帝反战的运动。麻德拉斯大学之学生,罢课开会,誓为自由的印度而斗争。在越南,则在越共号召之下,全越南人民早已进行了反帝统一战线的运动,工人群众的集会,在西贡、顺化、河内以及全国小城市中不断出现,统一战线已取得了大部分土著资产阶级的参加。最近若干地区,都举行群众的示威,而土著军人则在交趾支那东西部,发生着严重的暴动与"叛乱"。在朝鲜,除了革命的团体和人民已和我国携手反日以外,甚至大批基督教徒也在十一个区域内进行着反对日本帝国主义的运动。

世界的命运、战争与革命的前途,绝不是决定于希特勒、邱吉尔、近卫之流,而正是决定于这些革命的浪潮、革命的大众。诚如斯大林同志所说:"帝国主义战线的链子,照例应该在它较薄弱的环节上被冲破,但无论如何,也不一定要在资本主义较发展的地方,不一定要在工人占百分之几,农民占百分之几等等的地方。"

远当一九一四年之际,中国还是个睡狮,而现在,这只伟大的睡狮已经怒吼起来,四万万五千万中国人民已经团结一致,正在进行着革命的民族解放战争。这个战争,已经英勇的坚持了三年又半,这个战争,显然是世界革命中最有力的一个组成部分,这个战争的成败,和世界革命有着不可分离的关联,而帝国主义本身的削弱、本身的战争和世界革命的高涨,正大有助于这个战争,正是这个战争取得胜利的"特别有利的国际条件"(列宁语)。只要我们坚持团结,坚持抗战,肃清亲日派内奸,与世界革命力量加强联系,尤其是和苏联更益亲密邦交,则胜利成功是必然要到来的。

(原载一九四〇年十二月二十三日《新华日报》华北版第一版社论)

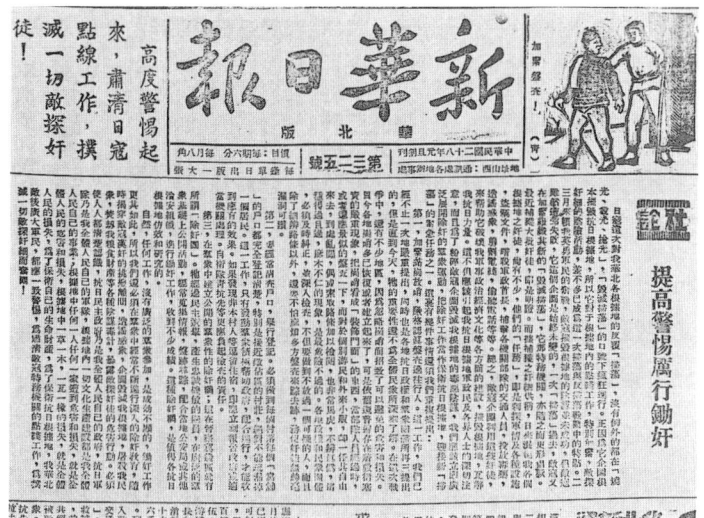

提高警惕　厉行锄奸

　　日寇这次对我华北各根据地的反复"扫荡"，没有例外的都在"烧光、杀光、抢光"，"毁灭'扫荡'"的口号下疯狂进行。正因为它企图根本摧毁抗日根据地，所以它对于根据地内的点线工作，特别加紧，敌探奸细的阴险活动，差不多已成为这一次"扫荡"与反"扫荡"战斗中的特点。二三月来赖我英勇军民的奋战，敌寇摧毁根据地的阴谋并未成功，但敌寇虽然遭受失败，它这个企图是始终未变的，一次"扫荡"过去，敌寇又在加紧组织其新的"毁灭'扫荡'"，它那特务机关，亦随之而更形猖獗。最近捕获大批奸徒，即是明证。而据捕获之奸细供称，日来混进我各个根据地之奸徒，尚有不少，他们的"任务"，即是刺探军情及各种设施、盗窃文件、暗杀军政首长、捕击各机关部队的交通人员、投放毒药、造谣惑众、剪割电线、偷听电话等等。总之，敌寇企图利用这些奸徒，来帮助它破坏我军事政治经济文化等各方面的建设，摧毁根据地，瓦解我抗日力量。这不但应该引起我抗日根据地军政民及各界人士的深切注意，而且为了粉碎敌寇企图毁灭我根据地的毒恶阴谋，我们应该立即广泛展开除奸的群众运动，把除奸工作当作保卫抗日根据地，迎接新"扫荡"的紧急任务之一。这里有几件事情还须我们重复提出：

第一，加紧站岗放哨，严格认真盘查过往行人。这一工作，我们已经不止一次地严重提出，同时也是各地抗日政权和群众团体所再三提出的，但是直到今天，它的重要性还不为全体民众所深刻了解。在这次战争中，还有不少地区，因为忽略岗哨而招致了可以避免的危害和损失。目今各地岗哨多已恢复或者建立起来了，可是依旧还普遍存在着敷衍塞责的严重现象，把岗哨看成"装饰门面"的东西，当部队人员经过时，或者还应景似的盘查一下，而对于个别游民和外来小贩，却一任其自由来去，到处乱闯，偶或索取路条加以检阅，也非常马虎，不辨真伪。这种得过且过，麻木不仁的现象，是最危险不过的。各地政权和民众团体，必须及时纠正，并深入检查，不但要做到不放过一个可疑的人，而且除了细辨路条以外，还要不怕麻烦多方盘查来踪去迹，务使奸徒无丝毫漏洞可钻。

第二，要经常清查户口，举行登记。必须做到每个村落每个"窝铺"的户口都完全登记清楚，特别是接近敌占区的村庄，绝对不能疏漏掉一个居民。这一工作，只有发动群众积极帮助政府，配合进行，才能收到应有的效果。如果发现非本村人等逗留住宿，即应立刻报告政府或适当机关处理。自卫队青抗先等更应负起检查的责任。

第三，在群众中建立公开的群众性的除奸网，这在晋察冀边区就有所谓"除奸团"。它经过民主选举，产生忠诚机敏的团员，在广泛的群众基础上公开活动，经常搜集情报，盘迹寻踪，配合当地公安局或其他治安组织，进行锄奸工作，收到不少成绩。这种除奸网，是值得各抗日根据地仿效和研究的。

自然，任何工作，没有广泛的群众参加，是成效不显的，锄奸工作更其如此。所以我们还必须在群众中经常不断进行深入的除奸教育，随时揭穿敌寇汉奸的挑拨离间，造谣惑众，企图毁灭我根据地、屠杀我民众、焚劫我粮食财产等各种阴谋毒计，暴露敌探奸徒的危害行动。必须使人人都清楚认识，抗日民主政府乃是我全体人民自己的政府，抗日军队乃是我全体人民自己的军队，根据地内一切文化生产建设都是我全体人民自己的事业。根据地中任何一人任何一家遭到危害和损失，就是全体人民的危害和损失，根据地中一草一木、一瓦一椽的损失，就是全体人民的损失。为了保卫自己的生命财产、为了保卫抗日根据地，我华北敌后广大军民，都应一致警惕，为肃清敌寇特务机关的点线工作、为扑灭一切敌探奸细而奋斗！

（原载一九四〇年十二月二十五日《新华日报》华北版第一版社论）

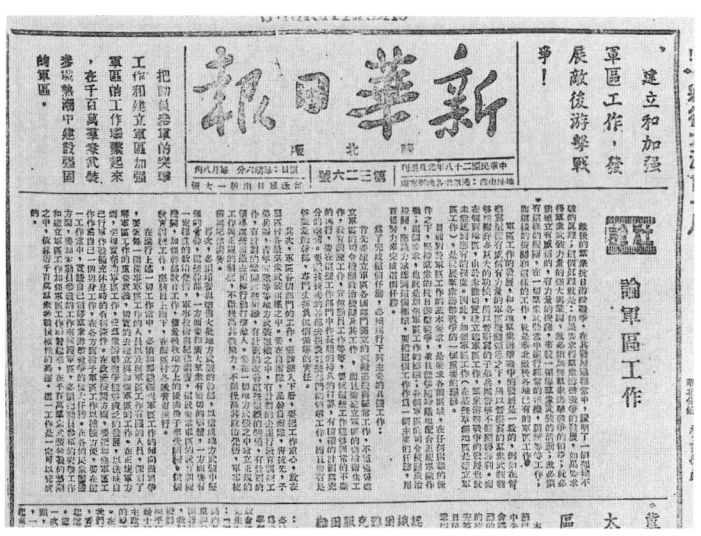

论军区工作

敌后的群众抗日游击战争，在其发展过程当中，证明了一个颠扑不破的真理，这个真理就是：如果要求得群众游击战争的发展、如果要求得群众武装力量的强大与巩固，就必须加强群众游击战争的领导；就必须建立有威信的，有力量的机关，来统一领导群众武装的活动；就必须有这样的机关，在一切群众武装当中进行经常的组织、训练等工作；而这样的机关和这样的工作，就是华北敌后各地已有的军区工作。

军区工作的发展和各地群众游击战争的发展是一致的，例如在晋察冀这样有威信有力量的军区机关领导之下，所以晋察冀的群众武装能够建树许多巨大的功绩，所以晋察冀的子弟兵团能够不断获得胜利。而在个别地区，由于未能切实建立起军区工作，群众游击战争的发展也就未能达到应有的程度。因此，加强军区工作（在某些草创地区是建立军区工作），是发展群众游击战争的一个重要的环节。

目前对于军区工作的基本要求，是要求各个区域在任何困难的条件之下，坚持群众的抗日游击战争，并且能够随时随地配合正规军队作战。这个要求，也就是加强军区工作的标准。各个军区的司令机关政治机关，应该力求达到这个标准，要把这个工作作为一个主要的任务，用百倍努力来完成这个任务。

为了完成这个任务，必须进行下列主要的具体工作：

首先，要建立军区各个部门独立的组织系统与经常工作，不仅仅要建立军区的司令机关政治机关及其工作，而且要建立军区的供给卫生工作，教育训练工作、宣传动员工作等等，要使这些工作能够经常的不断的进行，要在这些工作部门中作长期的持久的打算，有精确的计划与充分的准备。要选拔优秀的干部去担负这些部门的领导工作，而且要有足够数量的干部，专门去担负这个领导的责任。

其次，军区各个部门的工作，应该深入下层，要把工作重心，放在县区村各级群众武装组织之中。要在自卫队、基干自卫队、青抗先、子弟兵团、青年纵队等等地方武装组织之中，有计划的去进行教育训练工作，有计划的巩固这些组织，有计划的改善这些组织的装备，有计划的领导这些组织去积极行动打击敌人。要在一切地方武装之中建立正规的工作与正规的制度，不断提高其战斗力，不断提高其政治觉悟、军事技术与纪律素养。

再次，必须培养与准备大批地方武装的干部，以造成地方武装中坚强的骨干。这些干部，一方面要和广大群众有密切的联系，一方面要有一定程度的政治觉悟，军事技术与纪律素养。这就要求军区的教育训练机关，加强干部教育工作，尽量吸收地方上的优秀分子来受训练。这个教育训练工作,应该自上而下,在县区村各级普遍进行。

在进行上述一切工作当中,必须和那种轻视军区工作的倾向做斗争,要使每一个从事军区工作的人员以及与军区工作有关的人员深刻了解军区工作的重要意义,切实的去建立与加强军区的工作。在正规军方面,要切实帮助军区工作,使群众游击战争能够广泛的发展,以造成自己行军作战补充休息时的有利条件。在政权机关方面,要把加强军区工作作为自己一个切身工作,在各方面给予军区工作以种种方便,要在这一工作当中,实践自己领导群众游击战争的伟大任务。在各个民众团体方面,要加紧动员参战的工作来拥护军区,必须把动员参军的突击工作和建立军区工作加强军区工作联系起来,在千百万群众武装参战的热潮之中,依靠着千百万群众参战积极性的高涨,这一工作是一定可以完成的。

(原载一九四〇年十二月二十七日《新华日报》华北版第一版社论)

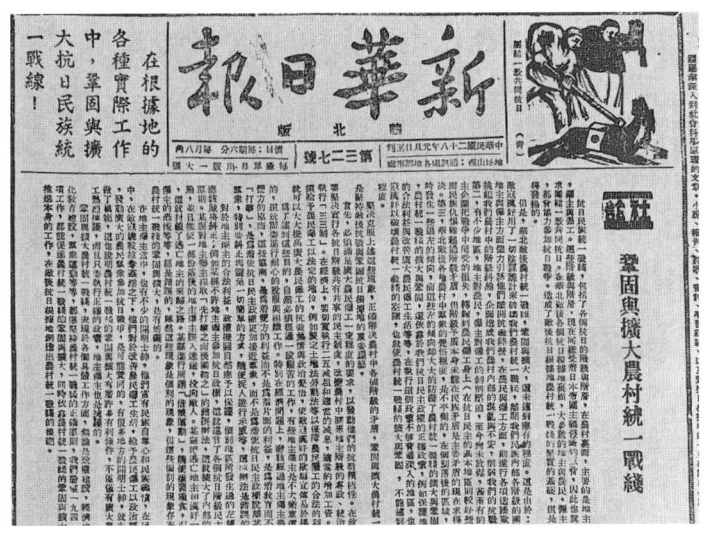

巩固与扩大农村统一战线

抗日民族统一战线，包括了各个抗日的阶级与阶层，在农村里面，主要的是地主与农民、雇主与佣工。这些阶级与阶层，现在同样受着日本帝国主义侵略的威胁，因此也就迫切要求团结一致共同抗日。在华北敌后各个抗日根据地里面，大多数的地主与农民、雇主与佣工，都会协力参加抗日战争，造成了敌后抗日根据地农村统一战线的坚实的基础，这是特别值得发扬的。

但是，华北敌后农村统一战线巩固与扩大还未达到应有的程度。这是由于：第一，敌寇汉奸用了一切阴谋诡计来破坏我们农村统一战线，离间我们民族内部各阶级的团结，在地主与雇主方面尽力引诱他们离开抗战阵营。在农民与佣工方面,则进行各项造谣欺骗,以挑起我们农村中的阶级纠纷,企图造成我们农村内部的混乱与不安,削弱我们的抗战力量。第二,有不少地区,地主对农民、雇主对佣工的剥削压迫,至今尚未放松,甚至有的地主雇主企图把战争中所受的损失,转嫁到农民佣工身上(在抗日民主的基本地区则较好些),因而民族仇恨虽超过阶级矛盾,但阶级矛盾本身未能在民族矛盾是主要矛盾的现在求得适当解决。第三,华北敌后各地农村中群众的觉悟程度是不平衡的,在个别落后的区域,不免暂时发生一些过"左"的倾向,而这些"左"的倾向却大大的妨碍了农村统一战线的扩大与巩固。第四,农村统一战线的扩大与巩固,还依靠于我们抗日民主政权的正确政策,例如保护地主雇主的合法利益与改善广大农民佣工生活等等。在执行这个政策不够普遍深入的地区,也就给敌寇汉奸以破坏农村统一战线的空隙,也就使农村统一战线的扩大与巩固,不能达到应有的程度。

坚决克服上述这些现象,正确解决农村中各个阶级的矛盾,巩固与扩大农村统一战线,是坚持敌后抗战与巩固抗日根据地的重要环节。

首先,必须满足广大农民佣工一定程度的要求,以发动他们的抗战积极性。在政治上,要坚决实行各抗日阶级共有共享的民主制度,改变农村中历来地主阶级的专政、统治,坚决执行"三三制"。在经济上,要切实执行二五减租和适当的减息,适当的增加工资。同时必须给予农民佣工以法定的地位,例如制定土地法劳动法等以保障农民佣工的合法的利益。这就可以大大提高广大农民佣工的抗战热情与政治觉悟,使敌寇汉奸的欺骗宣传易于揭破。

为了达到这些目的,自然必须经过一段艰苦的工作,有些地主雇主是不大乐意这样改善的,这就需要进行耐心的说服与组织工作。特别在经济问题上,应该经过地主雇主农民佣工双方的协商,这些协商,是为着双方的利益而不是为着片面的利益、是为着教育为不是为着"打击"、是为着使抗日民主政权更加接近群众,而不是为着使抗日民主政权脱离某一部分群众。特别要纠正与避免一切简单的方式，随便捉人游行示威等，这种办法是错误的。

对于地主雇主的合法利益，政权机关自然应予以保证，个别地区所发生过的左倾错误，应该严格纠正。例如某县不许地主雇主参加抗日政权，这就违背了各个抗日阶级民主专政的原则。某县对地主雇主采取"先打击之而后团结之"的错误办法，这就扩大了内部的阶级纠纷，并且推使一部分落后的地主雇主误入迷途，投向敌人。某县把逃亡地主和汉奸一律看待，这就封锁了逃亡地主的来归之路。某县进行所谓"借粮运动"，随便征发粮食，引起地主雇主的恐慌等等，都是错误的，虽然这些现象是个别的现象，但这些个别的现象存在，对于农村统一战线的巩固与扩大，是有妨碍的。

在地主雇主当中，也有不少的开明士绅，他们富有民族自尊心和民族义愤，在民族危机中，在敌寇烧杀掠夺奸淫之下，他们对于改善农民佣工生活，给予农民佣工以政治经济利益，发动广大的农民群众参加抗日战争，是可能赞同的。有很多地方的开明士绅，就在这方面做了模范，这也说明农村统一战线的巩固与扩大有着许多有利条件，不仅仅有广大农民、佣工热烈拥护，而且只要执行正确的政策，地主雇主也是拥护的。

巩固与扩大农村统一战线，表现于各个具体工作方面，无论是政权建设、经济建设、文化教育建设、群众运动等等，都应坚持农村统一战线的正确原则，我们盼望一九四一年的各项工作，都能促进农村统一战线的巩固与扩大，同时依靠农村统一战线的巩固与扩大而更加推进本身的工作，在敌后抗日根据地创造出农村统一战线的模范。

（原载一九四〇年十二月二十九日《新华日报》华北版第一版社论）

一九四一

YI JIU SI YI

《新华日报》华北版

新年献辞

岁序更新,我们又进入一九四一年了。

在一九四一年新春,我们虔诚祝颂我国民族内部更加团结,民主政治早日实现,抗战力量迅速增长,制止一切投降妥协分裂内战等等危险,克服一切政治军事经济文化等等方面的困难,争取早日反攻,最后战胜敌寇,完成抗战建国的伟大事业。

这是全华北一万万人民的期望,也是全中国四万万五千万人民的期望。我们敬把这个期望,作为对于"战斗之年"的"椒花之献"。

展望国际国内局势,我们有着一切优越条件来实现这个期望。一九四一年是大变化的一年,而这个大变化当中的主要变化，就是全世界革命运动与革命力量的生长：苏联社会主义建设，正在向共产主义的阶段猛进，这就更加增强了苏联的国防力量及其对全世界的影响，资本主义各国反战革命巨潮的高涨，殖民地半殖民地民族解放运动的勃兴，都直接打击着帝国主义阵营。在帝国主义内部，两条阵线的斗争已经进到异常尖锐的程度，大大的削弱了帝国主义的力量和加深了帝国主义相互之间的矛盾，由战争造成的政治经济危机，也正在动摇着帝国主义的统治。在敌国方面，内外困难日益加深，由经济危机财政破产所引起的内部矛盾，正在不断扩大，人民厌战反战情绪正在普遍滋长，外交上则陷于更加被动更加孤立之境。以上这些条件，对我国抗战都是极端有利的，只要我们能够依靠自力更生，灵活的运用这些条件，我们的期望就可能变成实际。

自然我们决不应忽视一九四一年当中可能遇到的危险与困难，而且，正是要指出这些可能遇到的危险与困难，以便准备力量去迎接这些危险与困难。应该指出，一九四一年是紧张的严重的战乱的年头，敌寇的诱降阴谋与正面军事进攻危险仍然存在。特别是我们华北敌后，这一年将经过异常残酷的战争。敌寇为了加紧诱降，为了加紧经营其占领区域，必将对我抗日根据地进行频繁的、连续的"扫荡"，甚至从"分区'扫荡'"进到"分区清剿"。战斗的形式必将更加复杂，战斗的范围必将更加宽广，敌寇必将采用军事、政治、经济、文化，特别是交通战来进攻我各个抗日根据地，必将在"扫荡"中大肆烧杀淫掠，必将对我人力物力作无情的摧毁，汉奸敌探的阴谋活动必将更加加剧。这些一切，就造成我华北敌后特别艰苦的战争局面，要求我们以最大的努力去度过这艰苦困难的一年，要求我们在艰苦困难的环境去取得战争的胜利。

在华北，有着模范的抗日军队、抗日民主区，有着千百万人民的积极参战，我们相信一定可以度过这个艰苦困难的年头，一定可以取得战争的胜利。目前所要求的是依靠着既有的工作基础，依靠着抗战信心和革命毅力，在一九四一年中进行坚苦的工作。

有三件最主要的工作，现在是摆在华北全体军民前面。

第一，广泛发展群众的抗日游击战争：在敌占区内，要进行不断的破袭，展开不断的交通战，武装敌占区同胞起来进行抗日反汪的战斗；在抗日根据地内，要扩大抗日武装，扩大青抗先、自卫队，普遍建立游击小组，加紧各种战争动员工作，要在华北每一块土地上，进行不断的战斗和准备随时的反"扫荡"，粉碎一九四一年内敌寇的军事进攻，疲惫敌人，造成将来反攻的有利形势。

第二，开展经济战线上的全面进攻：加紧经济建设，发展工业与农业生产，活跃抗日根据地商业市场，加强山地与平原的经济联系。在财政上，要做到各个抗日根据地的收支统一与收支平衡，厉行节约，肃清贪污，从各方面来打破敌寇的经济进攻与经济封锁，达到自给自足自力更生。

第三，实行民主的政权建设：改进各地政权工作，展开各级政权机关的民选运动，在华北敌后创造出新民主主义政权建设的模范，从民主运动中，发动千千万万的民众来参加抗日战争，依靠千千万万民众力量，就一定可以度过困难，走向胜利。

（原载一九四一年一月一日《新华日报》华北版第一版社论）

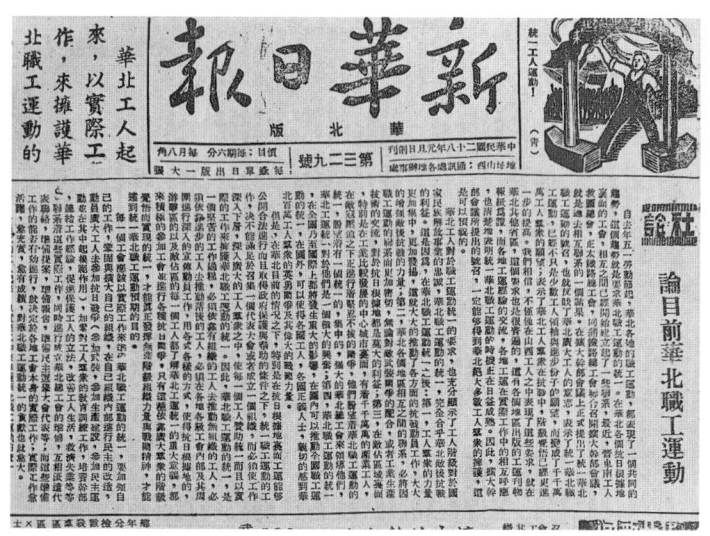

论目前华北职工运动

自去年五一劳动节起，华北各地的职工运动，都表现了一个共同的趋势，这个趋势就是要求华北职工运动的统一。在华北各个抗日根据地里面的工会，相互之间已经开始建立起了一些联系，最近，晋东南工人救国总会、正太铁路总工会、同蒲铁路总工会联合召开扩大干部会议，就是过去相互联系的一个结果。在扩大干部会议上正式提出了统一华北职工运动的号召，也就反映了华北广大工人的意志，表示了统一华北职工运动已经不只是少数工人领袖与进步分子的愿望，而变成了千千万万工人群众的愿望；表示了华北工人群众在抗战中，阶级觉悟已经更进一步的提高。我们相信，不仅仅在山西工人之中表现了这些要求，就在华北其他省区，这个要求也是很普遍的，这有各个地区出版的工运刊物报纸为证。而各地工运经验的交流、各地工运在实际工作中的相互呼应，也清楚地表明统一华北职工运动的时机正在日益成熟。因此，扩大干部会议所提出的号召，一定能够得到华北绝大多数工人群众的拥护，这是可以预祝的。

华北工人对于职工运动统一的要求，也充分显示了工人阶级对于国家民族解放事业的忠诚，华北职工运动的统一，完全合乎华北敌后抗战的利益。这是因为，在华北职工运动统一之后：第一，工人群众的力量更加集中，更加发扬，这就大大的推动了各方面的抗战动员工作，大大的增强敌后抗战的力量；第二，华北各个地区相互之间的联系，必将因职工运动的联系而更加密切，无论对敌武装斗争的配合，或者工业生产技术的交流，对于抗日根据地都是莫大的利益；第三，在敌占区域里面，特别是在工业比较发展的中心城市里面，有着千千万万的产业工人，在敌寇压迫之下正进行着坚忍不拔的斗争，他们盼望着华北职工运动的统一，盼望着有一个统一的、集中的、强大的华北总工会来领导他们，华北工运统一对于他们是一个极大的兴奋；第四，华北职工运动的统一，在全国乃至国际上都将发生重大的影响，在国内可以推动全国职工运动的统一，在国外可以使得各国工人，各国正义人士，亲切的感到华北百万工人群众的英勇斗争及其伟大的战斗力量。

但是，在华北目前的情况之下，特别是在抗日根据地里面工运能够公开合法进行而且取得政府保护与帮助的条件之下，统一职工运动的工作，决不能满足于召集一个代表大会或者成立一个组织，而必须使工作深入下层，深入广大的工人群众之中，使每一个工人赞助统一而且以实际的工作来拥护华北职工运动的统一。因此，华北职工运动的统一，是一个艰苦的工作过程，必须依靠有组织的工人去推动无组织的工人，必须依靠进步的工人去推动落后的工人，必须在各地各级工会内部及其周围进行深入的宣传动员工作，用各式各样的方式，使得抗日根据地的、游击区的以及敌占区的每一个工人都了解华北工运统一的重大意义，都来积极的参加工会并进行各种抗日斗争。只有这种依靠广大群众的阶级觉悟而实现的统一，才能真正发挥无产阶级组织力量与战斗精神，才能达到统一华北职工运动预期的目的。

每一个工会应该以实际工作来准备华北职工运动的统一，要加强自己的工作，巩固与扩大自己的组织，在自己组织内部进行民主的改造，动员广大工人去参加抗日战争（参加武装、参加生产建设、参加民主运动并在其中起模范作用），加紧对工人群众的教育训练工作，培养干部，总结工作经验，促进保护工人的立法，改善工人生活，救济失业等等。联系着这些实际工作，同时进行成立华北总工会的准备，互相派遣代表联络，准备提案、准备报告、准备民主选举大会代表等。而这些准备工作的能否有效进行，就决定于各地工会本身的实际工作。实际工作愈活跃、愈充实、愈有成绩，对华北职工运动统一的贡献也就愈大。

全华北的工人起来，以实际工作来拥护华北职工运动的统一！

祝福华北职工运动统一的胜利！

（原载一九四一年一月三日《新华日报》华北版第一版社论）

准备春耕

一九四一年的春耕工作,是处在急剧的战争环境之中,要求我们作更周密的准备。在准备工作上,多付出一点力量就多增加一点收获,多花费一些功夫就多减除一些困难。

首先是动员群众方面的准备。要在群众当中进行广泛深入的宣传解释工作,不但要依靠这个动员工作去发动群众的生产热情,而且要依靠这个动员工作,使广大群众深刻了解今年春耕时期的特殊情势,以便适应这个情势去进行春耕,以便在春耕中不至遭受到意外的损失。

今年春耕时期的特殊形势,第一就是敌寇的春季"扫荡",而这个"扫荡"的主要企图之一,将是破坏我们的春耕,以实行其对我抗日根据地的"饥饿政策"。同时,敌寇在新的"扫荡"中必将继续他的"三光"办法,更加肆无忌惮地烧杀淫掠。第二,敌寇对我抗日根据地的经济封锁与经济进攻,必将加紧,由此而来的物资困难也必将大大的影响到春耕。第三,由于物资条件的困难,由于战争的频繁与残酷,在部分的群众当中,不可免的会引起一些悲观情绪,这种悲观情绪的滋长,也可能阻碍群众生产热情之高涨。

为了进行动员群众方面的准备,我们的一切抗日宣传机关,都应当立刻开始这一新的工作,把一般的宣传工作和春耕动员工作联系起来,克服一切悲观情绪,使广大民众深刻地认识今年春耕的特点和实际准备应付将来的困难,这是今年春耕准备中一个基本任务。

其次是武装保护春耕的准备。这一准备工作,应当依靠于广大的地方武装,应当依靠于群众游击战争的发动,应当把这一准备工作和目前的民兵突击工作联系起来,动员广大群众加入青抗先自卫队,并且在青抗先自卫队当中切实准备武装保护春耕。同时,在站岗放哨锄奸等等工作上,也应切实加紧,以剪除敌寇破坏春耕的羽翼。

再次是春耕组织工作方面的准备。各地区村的政权机关以及农救会,应当立刻进行各项具体工作,这些具体工作是:一、准备成立领导春耕的机关;二、调查本区本村所需劳动力,并计划劳动调剂劳动互助等办法;三、事前适当的解决春耕以前本区本村中的土地纠纷,发动农村中各阶层都来参加春耕运动;四、在工、农、青、妇、儿童团等各种组织中,计划及分配好一定的春耕任务,例如儿童团拔草检粪,妇救会动员妇女参加生产等;五、调查本区本村春耕运动的需要以及可能发生的困难,事前准备补救的办法,以免临事仓皇,延误时日;六、根据本区本村实际情况,规定各家各户互助的先后程序,以求合理的利用土地与劳动力;七、设法解决劳动力缺乏的抗属的困难;八、必要时应该事先筹集一批春耕的资本。倘若可能,应该根据本区本村的春耕任务及实际情形,事先制定一个春耕计划,并使广大群众同意和自觉的来执行这个计划。

最后是春耕技术方面的准备。这个准备工作，对于春耕运动有着决定的意义，尤其重要的是农具、种子、肥料、水利等等方面的准备工作。必须准备在春耕中有足够的农具使用，而且要用比较新式的农具（自然以农民便于使用为原则）来代替旧式的笨拙农具。在最近受到敌寇烧杀之区，应该立刻开始进行补给农具工作，以便春耕。农具工厂及农具合作社，目前就应加紧工作。在种子方面，今年不仅要收集大批种子来补给某些被灾区域，不仅要普遍保护种子，禁止食用种子的现象，而且应该加紧选种工作，选择优良的种子以期增加农产品的收成。在肥料方面，应该教育广大农民使用各种肥料来改进自己的土地，政府机关在这方面应当多尽指导劝导之责。在水利方面，必须政民一致，协力进行，广泛开渠筑堤凿井。在某些地区，可能改旱田为水田，就应增加水田面积，以求提高抗日根据地的农业生产。

（原载一九四一年一月五日《新华日报》华北版第一版社论）

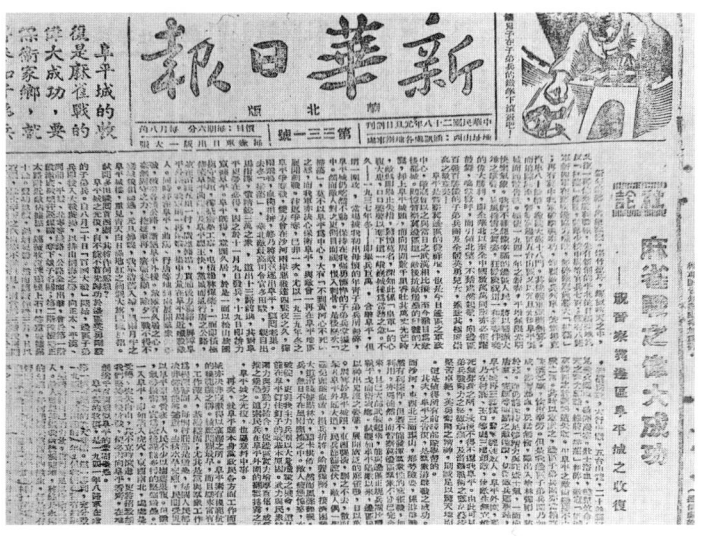

麻雀战之伟大成功

——祝晋察冀边区阜平城之收复

  新年新禧，万象欢乐。爆竹盈耳、锣鼓喧天之中，又复一再传来胜利战报：先有新创的平北抗日根据地的反"扫荡"获胜，毙敌少校中尉等官兵七百；后有八路军新四军在苏皖边协力歼敌，粉碎敌寇岁暮大"扫荡"；再有冀中我军破击战奏功，炸覆敌兵列车，焚烧坦克汽车八十余辆，缴获大炮十八门，其他辎重弹药无算；而追踪旋至，晋察冀边区五台山区又以元旦光复阜平县城而通电告捷。顿使一九四一年之新春，平增无限光明快乐气象。我们不难想像幸福的边区人民，将以响彻大地之歌声，旋风卷雪之舞姿，狂欢庆祝这一和新春伴奏的伟大胜利，即全华北以至全中国数万万同胞亦必雀跃鼓舞，鸣掌欢呼，而引领北望，不禁肃然起敬，向边区百战百胜铁的子弟兵团及全体英勇儿女，遥致其极度崇高之敬意矣！

阜平是晋察冀边区的发祥地，也是今日边区之军政中心，敌寇曾以之与当日之武汉相比拟，至今犹目为敌后都城。回忆晋察冀边区这一敌后抗敌堡垒的鲜艳的大□，插上阜平城头，而向周围数千里吞吐其万丈光芒时，敌伪即举止失措，惊惶莫名，深知此系"皇军"的心腹大患，口口声声以夺下这一峨巍城楼为当务之急。不久——一九三七年冬——即举兵巨万，合击阜平，但这一围攻，当场被我初出母怀的年青子弟兵所粉碎，阜平城仍屹然不动，保持在我强勇慓悍的子弟兵掌握之中。然而敌人对之更侧目而视，恨入刺骨。是后历次"扫荡"，莫不以阜平为中心，大有"不到黄河心不死"之感，而我军亦决心保卫阜平，与敌曾一再在阜平地区展开剧战。往返争夺，已非一次。尤以一九三九年冬之阜平争夺战，双方曾在沙河两岸恶战达四昼夜之久，弹雨飞鸣，血肉相拼，终乃将敌寇逐出阜平，驱回老巢。去冬"扫荡"，华北敌最高司令官多田骏，亲自出马指挥，策精锐三万之众，道出十三路前进，其对阜平更势在必得，因之于十一月九日发兵，十九日即拼力窜据阜平。阜平既得，意图久居，于是一面以松山旅团扼守城垣，沟筑堡垒工事，屯积粮秣弹药；一面即积极修筑阜平曲阳线及阜平经王快，党城而通行唐之公路，并在沿线五里一村，广建据点，贯通后方联络，屏障阜平外围。我军则一再进击，集中力量在阜平周近歼杀敌人。同时并在阜平、曲阳、行唐等地到处展开群众游击战，破击各线公路，断绝阜平外援。敌虽有久居之心，奈无固守之力，拖延至再，窘态益显，除夕一战不得不弃城狼狈而逃，元旦拂晓，我军浩荡入城，风雨月半之阜平城楼，重见青天白日满地红之绚烂大旗飘飘展招。试问多田骏回首西顾，其将作何感想？

阜平城之光复，自不能不首先归功于边区英勇刚毅的子弟兵。自八月二十日"百团大战"开始，边区子弟兵即投入大战漩涡，以排山倒海之势，向正太、平汉、同蒲、平绥、北宁等铁路、公路全面出击，曾于第一阶段澈底破坏井陉煤矿，夺下娘子名关；第二阶段横扫正太路附近敌占据点，连续收复涞灵线上石口等重要据点十余。丰功伟绩，彪炳史册。然而连续作战三月，日以夜继，壮士辛劳之状自亦不难想见。而当第三阶段展开之际，暴□突发动周边区之大"扫荡"，先是北路分进合争，旋即东西两面出动，再又连续分区"扫荡"，洗劫穷乡僻村。我军根据原定反"扫荡"作战计划，先是以少数部队分头游击，节节阻敌，嗣即展开全面反"扫荡"，连续作战，太行山巅，五台山麓，二十余县原野，遂见战火遍地，硝烟漫空。壮士浴血，健儿效命，继二十天之奋力剧战，终将"扫荡"粉碎，敌寇"毁灭"晋察冀边区之计划惨遭失败。但阜平之敌尚恋栈不去，作困兽之斗。其时以意度之，边区子弟兵团亦当稍事休憩，洗涤□尘，恢复辛劳。但是我边区子弟兵团乃如铁石铸成，赤胆热血，勇猛无伦，虽出入枪林弹雨，将近半载于兹，而仍能保持足够精力与旺盛士气，一面向曲阳、唐县、宪县等据点之敌进击，切断敌兵运联络，一面向阜平城再三猛扑，紧紧缠住敌人。阜平外围，鏖战不已，乃在村庄、王口等处三歼顽敌，使敌生无立椎立地，死无葬身之所，最后不得不还我阜平。由此可见边区子弟兵战斗力之坚铩顽强，及游击战术之灵活艺术，而其坚苦卓绝，英勇奋斗之精神，则诚足以惊天地而泣鬼神。这是值得所有前线部队学习的。

其次，阜平之告复，是群众游击战之成功。阜平南面沙河，东西北三面环山，形势险要，系游击战争之天然有利条件，但若不能发挥群众性的麻雀战，加以充分利用，亦属徒然。而晋察冀边区群众不仅已完全组织起来，且已大部武装起来，能与边区正规兵团比肩前线，执干戈而卫家乡。试观如阜平陷敌以来，边区民兵，即以神出鬼没之姿态，展开广泛的麻雀战，日以万余之众。周转于阜平城跟，东西袭扰，驱之不去，散而再聚。举凡阜平外通大道，民兵节节设伏，敌人偶一举步，即难免头破血流，损兵折将。

给养弹药，接济困难。虽或大道沿线据点林立，关卡棋布，然而风声鹤唳，草木皆兵，无日不在风雨飘摇之中。敌人疲惫惶惑，在在显露破绽，更与我主力兵团以大量歼杀之机会，这是敌人不能在阜平钉住钉子的最基本原因。武力与民众结合，战斗力与劳动力结合，使边区实力增厚百倍，成为无坚不摧之堡垒。追索民兵在阜平外围的翻云卷雾之活动情形，阜平城之光复，也属意料中事。

再次，就阜平县本身党政民各方面工作而言，阜平城亦决非寇兽得以窃踞之所。阜平素有模范抗日根据地的模范县之称。该县开辟最早，而且历来富有革命传统，工作深入，基础稳固，尤其是党与群众工作方面，至为根深蒂固。每个村庄都是堡垒，每个人民都是战士，决非轻易能够撼动。去秋水旱交煎，民间受灾深重，加以阜平原属贫寒，人民不少以树叶果腹。但犹热情澎湃，气势振奋。实为敌后难能多得的坚强堡垒。于是敌人一入阜平，即如陷入虎穴，东西南北，处处是敌，手足受缚，丧失自由，其不立时滚走，更将招致无穷祸患。我们坚持敌后抗战，但必需向阜平看齐，在地方工作上创造千百个类似阜平的巩固堡垒。

阜平县的收复，是一九四一年八路军在敌后华北的第一个可纪念的伟大战绩。这一胜利，充分启示我们：一九四一年是困难的一年，但我们□有无限雄伟力量，凭借我们自己的力量，我们更足以排除万难，战胜敌人。敌人要想摧毁我敌后根据地，将终是永远不能实现的幻想。任何悲观失望情绪的滋生，都是没有根据的。□□□□□……□□□□最后胜利一定是我们的！

（原载一九四一年一月七日《新华日报》华北版第一版社论）

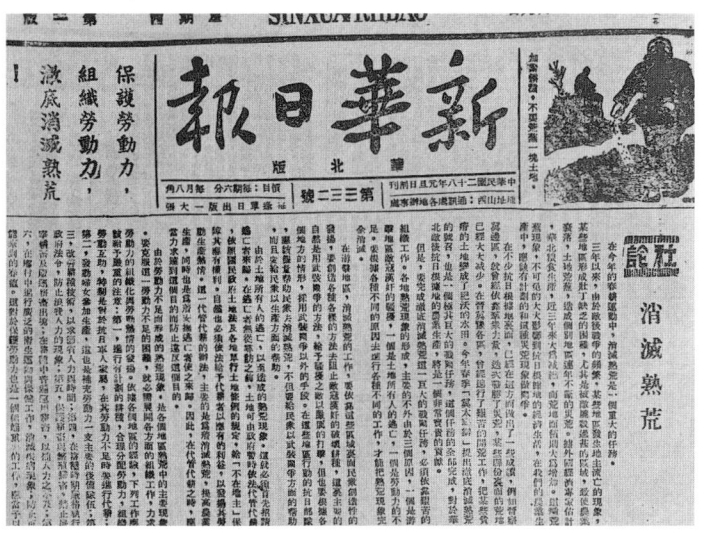

消灭熟荒

在今年的春耕运动中，消灭熟荒是一个重大的任务。

三年以来，由于敌后战争的频繁，某些地区发生地主流亡的现象，某些地区形成壮丁缺乏的困难，尤其是被敌烧杀过甚的区域，致使农业衰落、土地荒芜，造成个别地区连年不断的灾荒。据外国经济专家估计，华北粮食生产，近三年来大为减缩，而荒地面积则大为增加。这种荒芜现象，不可免的大大影响到抗日根据地的经济生活，在我们的农业生产中，应该有计划的和这种灾荒现象做斗争。

在不少抗日根据地里面，已经在这方面做出了一些成绩，例如晋察冀边区，就曾经依靠群众力量，迭次战胜了灾荒，某些县份里面的荒地已经大大减少。在晋冀豫各区，曾经进行了艰苦的开荒工作，把某些贫瘠的土地变成了肥沃的水田。今年春季"冀太联办"提出澈底消灭熟荒的号召，也是一个极其巨大的战斗任务，这个任务的全部完成，对于华北敌后抗日根据地的农业生产，将是一个非常宝贵的贡献。

但是，要完成澈底消灭熟荒这一巨大的战斗任务，必须依靠艰苦的组织工作。各地熟荒现象的形成，主要的不外由于三个原因，一个是游击地区敌寇汉奸的骚扰，一个是土地所有人的逃亡，一个是劳动力的不足。要根据各种不同的原因去进行各种不同的工作，才能把熟荒现象完全消灭。

在游击地区，消灭熟荒的工作，要依靠这些区域里面民众创造性的发扬，要创造各种各样的方法去阻止敌寇汉奸的破坏耕种，这里主要的自然是用武装斗争的方法，给予骚扰之敌以严厉的打击，但也要根据各个地方的情形，采用武装战斗争以外的手段。在这些地区行动的抗日部队，应该尽量帮助民众去消灭熟荒，不但要给民众以武装斗争方面的帮助，而且要给民众以生产方面的帮助。

由于土地所有人的逃亡，以至造成的熟荒现象。这就必须首先招请逃亡者来归。在逃亡者无从寻访之前，土地可由政府暂时依法代管代耕，依照国民政府土地法及各地单行土地条例的规定，给"不在地主"保障其应有权利。自然也必须依法给予代耕者以应有的利益，以发扬其劳动生产热情。这一代管代耕的办法，主要的是为着消灭熟荒，提高农业生产，同时也是为着安抚逃亡者使之来归。因此，在代管代耕之时，应当力求达到这个目的而防止违反这个目的。

由于劳动力不足而形成的熟荒现象，是各个地区熟荒中的主要现象。要克服这一劳动力不足的困难，就必需展开各方面的组织工作，力求劳动力的组织化与劳动热情的发扬。依据各个地区的经验，下列工作应该给予严重的注意：第一，进行有计划的耕种，合理分配劳动力，组织劳动互助，特别是对于抗日军人家属，在其劳动力不足时要进行代耕；第二，发动妇女参加生产,这也是补充劳动力一支主要的后备队伍;第三,改善耕种技术,以求节省人力与时间;第四,在耕种时期严格执行政府法令,防止浪费人力的现象;第五,保护耕畜与繁殖耕畜,禁止屠宰耕畜及贩运耕畜出境;在耕种中普遍运用耕畜,以补人力之不及;第六,在乡村中进行广泛的卫生运动与保健工作,消灭疾病现象,防止可能来到的春瘟。这对于保护劳动力也是一个极端重要的工作,应当予以极大的注意。

(原载一九四一年一月九日《新华日报》华北版第一版社论)

论建设抗日民主政权

最近敌后各抗日根据地，都先先后后进行了和正进行着抗日民主政权的新建设，自下至上的澈底改造全部政权机构。晋察冀边区的由村级至边区级政权的大规模的民选改造已于去年先期完成；晋冀豫区"冀太联办"亦已于去年年暮县长会议中提出，决心以今年全年时间，首先完成村区两级基层政权的澈底的民主建设；其他各抗日民主区域亦正追随上述两先进地区之后，纷纷提出政权的真正民主建设问题。政权的民主建设，业已列为敌后华北一九四一年各种重要的建设事业之一，这是可喜可贺的现象。这种规模宏大的民主建设运动，不仅在敌后是伟大的创举，而且是中国历史上向来未曾有过的出类拔粹的业绩。

值此民主建设运动，将在各个地区普遍开展之际，我们愿对此一问题提出讨论。首先一个问题：民主建设的方向若何？具体地说：我们要建设何种性质的政权？

这一问题，本报以往已多所论述。毫无疑义的，敌后应该建设一种新民主主义的政权，统一战线性的抗日民主政权，即是"赞成抗日又赞成民主的人们的政权，即是几个革命阶级联合起来对于汉奸反动派的民主专政，这与地主资产阶级的专政是有区别的，也与工农专政相区别"。这种政权根本任务是在于"反对日本帝国主义及真正的汉奸反动派，保护一切抗日人民，调节各抗日阶层的生活，改良工农的生活"。敌后政权的建设便得向这种方向努力。

首先，必须严格实行政权组织中"三三制"的原则。所谓"三三制"，就是说，在政权组织成分中，共产党员只占三分之一，其他各党各派以及无党无派人士占三分之二，这是新民主主义政权的具体的实质内容。不仅在民意机关中应该如此，即在行政机关中也是一样，不仅上级政权机关中应该如此，即在下级政权机关中也是一样，共产党员应该努力争取和保证"三三制"的实现，成为执行"三三制"的模范。我们一方面反对共产党员害怕参加政权工作和其他各种畏缩不前，麻木不仁的右倾现象；另一方面反对以任何种种借口，对"三三制"故意消极怠工，企图独霸政权的"左"倾毛病。我们共产党员必须热烈参加各级民主选举运动，努力争取能够在政权中有三分之一的比例数；另一方面还要推动各阶层人士参加选举，推举其自己阶层的代表到政权机关中去。

其次，必须实行直接的、平等的普遍民选。凡年满十八岁的中国人，不论男女、信仰、种族、职业、财产、文化程度、居住年限的差别，一概都应该有选举权和被选举权。只有汉奸，神经病患者及受抗日政府刑事处分褫夺公权尚未恢复者，才无公民资格。各党各派都有合法存在权利，各阶层人民的各种自由权利应得充分保障。他们在民主选举运动中的各种活动，只要不违背政府法令，不能任意加以制裁。任何人不能随便加人以汉奸帽子或取消他人公民权利。

再次，必须实现民主集中制的政权组织形式。由人民选举民意机关，再由民意机关选举产生行政机关，构成一套政权机构。各级民意机关都是权力机关，它有常驻机关和常驻代表；行政机关必须服从和执行民意机关的决议，一切行政大计须经由民意机关的通过和批准。民意机关有督促和检查行政机关之全权。人民有权撤回其所选代表，并经由民意机关的一定步骤手续而罢免行政官吏。

最后，必须划小行政区域，建立单位的行政村组织。划小行政区域可使政权更与人民接近，人民也更便于监督政权工作，并使各种抗战建国工作容易推进。晋察冀边区已经划分小区，晋冀豫区甚至将若干面积较大县区划小，两者均已获得伟大成就，值得其他各地效法。

在政权的民主建设工作中，晋察冀边区于去年民主选举改造政权运动中，积垒了丰富的经验。无论在原则方针方面或具体工作方面，都有许多新的创造，在在值得各地学习。本报特于报端介绍，谨希各地政民加以充分研究，并把这种经验运用到实际工作中去，使在民主建设运动中得能有更多建树。

（原载一九四一年一月十一日《新华日报》华北版第一版社论）

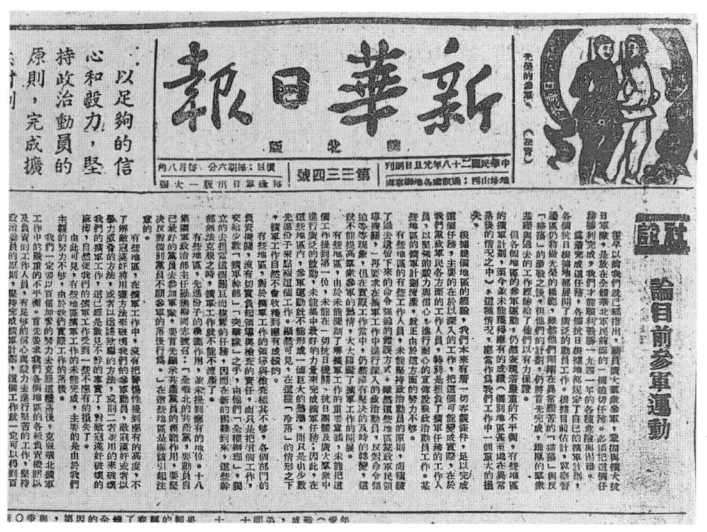

论目前参军运动

很早以前我们就已经指出,动员广大群众参军、巩固与扩大抗日军队,是放在全体华北军民前面的一个迫切任务,必须把这个任务胜利完成,我们才能顺利战胜一九四一年的各种危险与困难。

为着完成这任务,各个抗日根据地都规定了自己的扩军计划,各个抗日根据地都展开了广泛的动员工作。根据目前估计,冀察晋边区仍将做光荣的模范,虽然他们刚刚在异常艰苦的"扫荡"与反"扫荡"的激战之后,但他们的计划仍将首先完成,雄厚的群众基础与过去的工作经验给了他们以有力保证。

但各个地区的参军运动,仍然表现着严重的不平衡,有些地区的扩军计划，至今并未能获得应有的成绩（个别地区甚至处在异常落后的情况之中），这种情况，应当作为我们工作中一个重大的损失。

根据几个地区的经验,我们本来有着一切客观条件,足以完成这个任务,主要的在于以深入的工作,把这个可能变成实际,在于我们党政军民各方面的工作人员,特别是担负了扩军任务的工作人员,以坚强的毅力与信心,进行耐心的宣传说服政治动员工作。某些地区的扩军计划流产,就正由于这方面的努力不够。

有些地区的有些工作人员，未能坚持政治动员的原则，而继续了过去遗留下来的命令强迫的错误方式。虽然这些地区党政军民领导机关，一再要求在扩军工作中进行深入的政治动员，反对命令强迫等等现象，但在实际工作当中，仍然没有坚决的及时的转变，这就不能提高群众参军的热情，大大阻碍了扩军工作的开展。

有些地区，由于未能深刻了解扩军工作的重要意义，未能把这个工作提到第一位，未能在一切抗日机关、抗日团体及广大群众中进行广泛的鼓励，未能集中最好的力量来完成扩军任务。因此，在这些地区内，参军运动就不能形成一个巨大的热潮，而只是由少数先进分子来点缀这个工作。显然可见，在这种"冷落"的情形之下，扩军工作自然不会收获到应有成绩的。

有些地区，对于扩军工作的领导与检查极其不够，各个部门的负责机关，没有切实负起领导与检查的责任，而只是把这个工作，交给少数"扩军干部""突击队"之手，由他们"全权办理"，独立的去担当这个艰巨而复杂的任务，因而在新的困难到来，这些干部无法克服之时，扩军工作就不能不流产了。

有些地区，先进分子的模范作用，并未提到应有的地位。十八集团军政治部主任罗瑞卿同志号召："全华北的共产党，要动员自己最好的党员去参加军队，要首先显示共产党员的模范作用，要坚决反对个别党员不愿参军的落后行为。"在这些地区是应该引起注意的。

有些地区，在扩军工作中，没有把警惕性提到应有的高度，不了解敌寇汉奸将用尽方法来破坏我们的参军动员，敌寇汉奸或者以暴力威胁的方法，或者以造谣欺骗的方法，或则二者并用的来破坏我们的扩军工作，这已经是数见不鲜的事实了，对敌寇汉奸破坏的麻痹，自然使我们的扩军工作受到一些不应有的损失了。

由此可见，有些地区扩军工作的未能完成，主要的是由于我们主观的努力不够，由于我们实际工作的落后。

我们一定要以百倍加紧的努力去克服这种落后，克服华北扩军工作中的严重的不平衡。首先要求我们各个地区的各级负责机关以及负责的工作人员，有足够的信心与毅力去进行坚苦的工作，坚持政治动员的原则，坚持完成扩军计划，这个工作就一定可以得到百分之百的胜利。

（原载一九四一年一月十三日《新华日报》华北版第一版社论）

罗斯福的战略方针

　　正当希特勒大军向巴尔干突进，企图控制南、保、罗各小国并援助意军与英国展开争夺地中海之剧战的当儿，正当德意急切盼望日寇在远东积极南进，不惜以行动相催促的当儿，第三次坐上白宫交椅的罗斯福，乃在"炉边"与国会中一再大声高唱其"保卫民主主义，反对侵略"的论调，从这里不难看到，随着一九四一年的到来，两条帝国主义阵线的死生斗争，又到达了新的紧张的阶段，而美国的态度则更为露骨了。

　　谁也知道，今天与德意日帝国主义阵线对立的英美帝国主义阵线的领导者，不是邱吉尔而是罗斯福。美国在夺取资本主义世界霸权的总方针之下，第一重要的，自然是扩充军备，以便有朝一日直接参加帝国主义大战，最后解决问题。事实证明，最近美国没有一天不在积极的扩军与备战："两洋海军计划"正在加紧进行，此次罗斯福向国会所提出的一百七十五万万元支出预算中，军费即占百分之六十二，他并明确的声明要把美国成为一个"伟大的兵工厂"。此外，并积极组织拉丁美洲的力量，规定在借自英国的八个海军根据地中，建造防务工程，最近又向维琪政府要求，在马提尼格岛与瓜地鹿岛建立海空根据地。

但是，无论如何，美国扩军计划，须在一九四二年方能全部完成，因之，不管美国统治者如何想迅速从战争中达成夺取资本主义世界霸权的目的，但为了"胜算在握"，在扩军计划尚未完成之前，尚不欲轻于一试。在这样的场合之下，唯一也是最好的办法，便是运用她那特有的条件——"灿烂的金元"与"大量生产的军火"，去鼓励与支援别人作战，替她加紧攻打她的敌人，直到她那"同伴"与敌人均在战争中两败俱伤，而自己的军备也已完成的时候，便以新的力量走上战争舞台，一举而夺取霸权。这便是罗斯福目前政策的中心，也便是"炉边闲话""国会咨文"，以及他那"反对侵略，保卫民主"的漂亮口号的中心内容。

这一政策在欧洲的实施，便是更益增强对英国的援助。日来这种援助，已达到一个新的阶段：犹恐英国不能以现金支付军火款项，且将"租借"飞机大炮以及其他军火与英国，叫它一往直前的去攻打德意。

在远东方面，便是支援中国抗战，希图将中国抗战，组织在帝国主义战争之中，去拖住日本，阻止日寇之南侵。

然而这不过是有关军事的一方面，在外交方面，美国倒也并不避免抛头露面的直接去"冲锋陷阵"。显然可以看到，美国目前的外交策略，在欧洲是想尽办法，要孤立德国，以图最后击溃它。美驻法大使李海之□维琪，与西班牙进行谈判，拟以一万万美元贷与佛朗哥；甚至在希特勒的"老友"那里，美国也居然极力进行其"挖墙脚"的工作，重派费立泼斯为驻意大使。

据说是希望将意国曳出战争漩涡之外,罗斯福与意王爱麦虞限交换的"新年贺词"中,颇有"和平"意味,这一切,都说明了罗斯福是企图以囊中金元的威力,与希特勒角逐于国际的"交际之场",将希特勒弄成一个"孤家寡人",而使其重蹈威廉第二的覆辙。而在远东,则正在改进与苏联的关系,使日寇增加"北顾之忧"牵制其南进。

"炉边闲话"与"国会咨文"表示了美国在大战中目前的战略方针,表示了她那"反对侵略,保卫民主"的"意义",表示了她那更为露骨的态度。我们诚然万分欢迎罗斯福总统承认中华民族是"世界抵抗战略的坚毅民族"之一而加以援助,但中国抗战与英、希对德、意的战争,绝对不能同日而语。我们是真正不折不扣的、正义的、革命的、反侵略的民族解放战争,而后者乃是非正义的、掠夺的、反革命的帝国主义战争的一部分,将英、希与中国一律目为"反抗侵略之国家",我们绝难苟同,因而我们虽然欢迎罗斯福总统更益加强对中国的援助,而却要深深警惕于罗斯福总统想把中国抗战组织在帝国主义战争中的打算。我们只有□□把握住自主抗战、"自力更生"的原则,亲密中苏邦交,才能在风云变幻的国际局势中坚持抗战到最后胜利。

(原载一九四一年一月十五日《新华日报》华北版第一版社论)

反对亲日派阴谋策动围攻新四军

据抗敌社江北一月十三日急电:"江南新四军在叶项军长亲自率领下,遵照蒋委员长、顾司令长官祝同之命令及指定路线,于本月四日北移,六日行抵泾县以南之茂林附近山地,突被顾司令长官指挥之四十四师、三十九师、五十二师、一〇八师、一四四师等部所包围进攻,激战遂起,迄发电时止,血战已七昼夜,我叶项军长及所率部队,虽仍坚持苦战,然弹尽粮绝,而围攻之'友军',仍继续猛攻,似必歼灭之而后已……"

这个为亲者痛为仇者快的不幸事件,正是敌寇汪逆亲日派阴谋家挑拨内战的一个重要步骤,敌寇汪逆亲日派阴谋家,企图从围攻新四军开始,挑起全国的反共内战,以便于削弱我民族抗战力量，制造投降妥协的借口而实现投降妥协的阴谋。显然可见的，如果这个不幸事件不能及时制止，一定会酿成极端严重的后果，使我民族抗战事业受到重大的损失，使我全民族陷入于敌寇汪逆亲日派阴谋家所共同布设的陷阱之中，每一个有良心有血性的中国人，对于这个不幸事件，应该表示坚决的反对！

新四军自从抗战爆发以来，在大江南北进行了三年多异常艰苦的敌后抗战，累次威胁敌伪统治中心的南京与上海，浴血作战，达千百次，给了敌寇以极大的消耗，使敌寇汪逆无法稳固其在窃据区域里面的统治，使敌寇"以华制华""以战养战"等等阴谋受到重大的打击。我大江南北的广大人民，则因新四军的坚持抗战，大大提高了他们的抗战热情与胜利信心，因而在大江南北各地，民众参战运动风起云涌，广泛发展了华中敌后的抗日游击战争。这些民众抗日武装不断配合新四军主力作战，并在新四军主力部队的帮助与培养之下，日益强大发展，成为敌寇汪逆的"心腹大患"。今日在华中敌后到处招展着青天白日满地红的国旗，到处传播着国民政府的政令与蒋委员长的抗战国策，维系着我国广大人心，正是因为有了新四军的存在，正是因为新四军的英勇战斗。新四军在抗战中的功绩已经为广大民众所周知，如果没有新四军，华中的局面是不堪想像的。

由此可见，这个不幸事件如果继续发展下去，必将大大削弱我民族抗战力量，特别是削弱我华中敌后抗战力量，而便利于敌寇汪逆"经营"其窃据区域，而我各个抗战部队，则将在这不幸事件发展之中，遭受到互相削弱亲痛仇快的惨运。在广大民众当中，这个不幸事件更将引起很沉痛的影响，几千几百万人民，数年来与新四军相依为命，几十万的民众武装，与新四军并肩对敌作战，如果失掉了新四军的引导，如果他们目睹这一不幸的反共内战，必将发生悲愤、消沉等等不安现象，自然这只能有利于敌寇汪逆了。在我国各个抗战部队当中，这个不幸事件的影响尤为可忧，这不仅仅因为反共内战的隐忧减低了抗战将士的热情与信念，而且，新四军恪遵命令，率队北移，竟尔惨被围攻，这些围攻部队，显属弁髦法令，破坏国家纲纪，何以昭大信于全国抗战部队之中？何以慰全国抗战将士要求团结之热望？这些可能因不幸事件引起的严重恶果，显然是敌寇汪逆亲日派阴谋家所期待着的，因此，我全国上下，对于这一事件应该提起极大的警惕。

敌寇汪逆亲日派阴谋家决不会仅仅在这个不幸事件上就表示满足的，挑拨内战制造投降借口的阴谋，必将因这一事件的发生而更加紧。他们一不做二不休，一直要弄到使我全民族陷于灭亡之日为止，这是可以断言的。我全国同胞（尤其是华北敌后热望抗战胜利的广大同胞）与全国抗战军队（尤其是与新四军血肉相连的八路军）应该一致起来反对敌寇汪逆亲日派这个阴谋，把敌寇汪逆亲日派阴谋家挑拨内战、破坏抗战、制造投降的企图完全粉碎。

（原载一九四一年一月十九日《新华日报》华北版第一版社论）

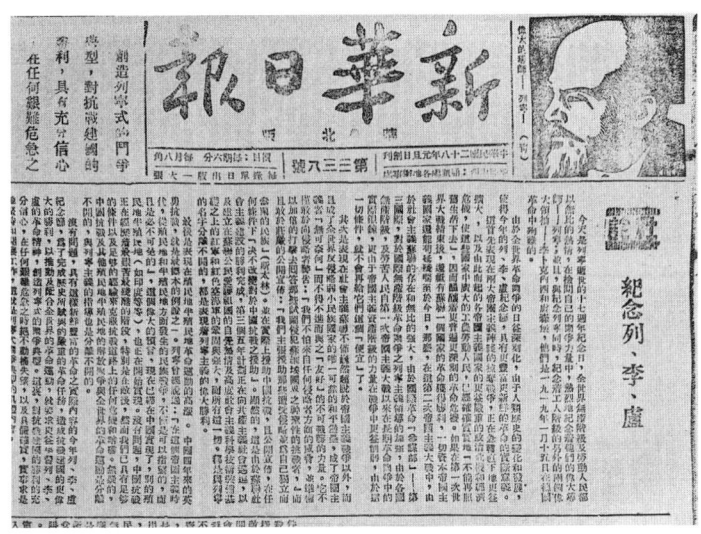

纪念列、李、卢

今天是列宁逝世的十七周年纪念日，全世界无产阶级及劳动人民都以无比的热情，在检阅自己的斗争力量中，热烈地纪念着他们的伟大导师——列宁；并且，与纪念列宁同时，纪念着工人阶级的另外的两个伟大领袖——李卜克内西和卢森堡，他们是一九一九年一月十五日在德国革命中殉难的。

由于全世界革命斗争的日益深刻化，由于人类历史的变化和发展，使得今年的列、李、卢纪念节，具有更丰富更新鲜的革命的实际意义。

这首先表现在两大帝国主义阵线的掠夺战争，正在急转直下地更益扩大，以及由此而起的各帝国主义国家的更益严重的政治危机和经济危机，使这些国家中广大的工农劳动人民，已经确确实实地"不能再照旧生活下去"，因而酝酿着更普遍更深刻的革命危机。如果在第一次世界大战结束后，还只有苏联一个国家的革命获得胜利，一切资本帝国主义国家还能苟延残喘至于今日，那么，在这第二次帝国主义大战中，由于社会主义苏联的存在和无比的强大，由于国际革命"参谋部"——第三国际，对于国际无产阶级革命斗争之列宁主义领导的加强，由于各国无产阶级，及劳苦人民自第一次帝国主义大战以来在长期革命斗争中的实际锻炼，更由于帝国主义资产阶级的力量在战争中更益削弱，由于这一切条件，就不会再给它们这个"便宜"了。

其次是表现在社会主义苏联不仅巍然超脱于帝国主义战争以外，而且成了全世界反侵略弱小民族国家的唯一可靠的和平堡垒，成了帝国主义者"无可奈何"而不得不进而与之"友好"的不可战胜的力量。它不仅敢于向侵略者警告："我们不怕来自任何侵略者方面的威胁，并准备以加倍的打击去回答那些试图侵犯苏维埃国界之神圣性的挑战者。"而且敢于庄严的公开宣布："我们主张援助那些遭受侵略并为自己独立而奋斗的民族。"（斯大林）并在实际上援助中国抗战，且公开宣布，在任何条件下"决不改变对于中国抗战之援助"。显然的，这是由于苏联社会主义建设的胜利完成，第三个五年计划正在向共产主义社会迈进，以及建立在苏联公民爱护祖国的自觉热情及高度社会主义科学技术装备基础之上的红军和红色空海军的巩固与强大，而所有这一切，都是与列宁的名字分离不开的，都是表现着列宁主义的伟大胜利。

最后是表现在殖民地半殖民地革命运动的高涨。中国四年来的英勇抗战，就是最标本的例证之一。列宁曾经说过："在这个帝国主义时代，从殖民地和半殖民地方面发生的民族战争，不仅是可以指望的，而且是必不可免的。"这个伟大的预言，现在已经在中国实现了，别的殖民地半殖民地（如印度等等）也正在开始实现。没有问题，中国抗战正在经历着最艰苦最残酷的阶段，特别是在敌后，然而我们已具有足够的条件以及足够的经验来克服抗战道路上的任何危机和暗礁。无疑的，中国抗战及其他殖民地半殖民地的解放斗争与全世界的革命运动是分离不开的，与列宁主义的指导也是分离不开的。

没有问题，具有这样新鲜丰富的革命之实际内容的今年列、李、卢纪念节，为了完成历史所赋与的严重的革命任务，造成抗战建国的更伟大的胜利，以推动及配合全世界的革命运动，就要求更益学习列、李、卢的革命精神，创造列宁式的斗争典型。这里，对抗战建国的胜利的充分信心，在任何艰难危急之时绝不动摇失望，以及具体确实、实事求是地坚持和开展工作，这就是列宁式斗争典型的具体内容。

（原载一九四一年一月二十一日《新华日报》华北版第一版社论）

拥护中共中央九项主张

皖南茂林巨变是我国抗战历史上一个极重大的事变，这个事变爆发以后，引起了全世界范围内的震惊，形成了我国抗战以来最严重的危机局面。全世界的正义人士与全中国人民，正在对这个事件表示万分的焦虑和痛心，而"我们共产党人，和全国大多数军民同胞，深知在此艰危时局中，我们应该担负的责任和应该采取的措置"。

我们共产党人，坚决反对亲日派阴谋家反共派顽固分子制造茂林巨变的罪行，不仅仅因为新四军是我党所创造的优秀抗日队伍，不仅仅代表着广大民众反对亲日派反共派残害忠良破坏抗战的义愤，而主要是我们共产党人对国家民族负有绝大的责任，我们决不能容忍亲日派反共派以内战代抗战、以分裂代团结，"内战外和"的阴谋暴行；我们决不能坐视抗战中道而废，使全民族陷于沦亡之境。

本月十八日中共中央发言人的谈话，提出关于茂林事变的九项主张，正是为着制止亲日派反共派的阴谋暴行，从"内战外和"的严重危机中拯救我全民族。而这九项主张，任何一项都关联着我民族的存亡，任何一项都符合于民族的利益，任何一项都代表着广大人民的意志。显然可见的，必须严惩茂林巨变的罪魁，释放新四军所有被俘将士，抚恤新四军死伤将士及其家属，才能消释全国上下的公愤，解除全国上下的殷忧，平息全国上下的惊疑，转变目前疑危震撼的局势。必须停止华中数十万大军的剿共战争，平毁西北之反共封锁线，停止各地反共倒退现象，才能克服目前严重的内战分裂危险。必须肃清何应钦等一切亲日分子，反对一切破坏抗战团结之阴谋企图，严整抗日阵容，才能剪除敌寇羽翼，击破敌寇的政治进攻，粉碎敌寇分裂中国灭亡中国的企图。我们共产党人历来忠实于国家民族，历来忠实于自己的主张，说得到做得到，一定要采取必要的措置，和全国人民在一起，达到实现九项主张的目的。

全华北的共产党员，在党的中央领导之下，和华北一万万人民在一起，曾经为抗战事业建树了不少的功绩，创造了巩固的敌后抗日根据地与强大的抗日军队，把华北造成我国抗战的前哨阵地；曾经经历了无数次的民族危机，克服了这些危机，并且，在和这些危机作争斗的过程中考验了和锻炼了自己的力量。不久以前，曾经以"百团大战"的辉煌战果，制止了敌寇向我大后方的正面进攻。今天当着我全民族"处在抗战以来的最严重的危机局面"之中，也必将以最严重的斗争来战胜当前的危险，为我全民打开一条生路，而这个斗争的具体内容，就是实现九项主张，达到党中央所昭示的目的。

我们深刻了解，实现九项主张是一个斗争的过程，必须对亲日派阴谋家反共派顽固分子给以严厉的制裁，必须对他们反共媚敌内战外和的阴谋给以坚决的打击；对亲日派阴谋家反共派顽固分子任何宽宥和容忍，都是违背了民族的利益，都将使九项主张不能实现。这些国家蟊贼、人民公敌，他们是不惜用一切卑劣无耻的办法来继续其反共媚敌内战外和阴谋的，他们仍将挟持某些当权人物假借所谓"军令""国法"，悍然向全国人民进攻，使反共内战扩大，民族危机加深，而阻挠着九项主张当中任何一项的实现。为了实现九项主张，不是依靠别的，而是依靠于自己的战斗力量。因此，我全华北的共产党员及一切各党各派无党无派人士、全华北的八路军及一切抗日部队、全华北的一万万同胞，应该严厉注视亲日派阴谋家反共派顽固分子的阴谋，准备一切力量，制止这些民族败类的阴谋和挑衅，为实现九项主张而奋斗。

"我们深信全国各党派及无党派的大多数军民同胞，一定以国家民族命运为重，与我们站在一条战线上，反对少数亲日分子及民族败类，打破他们的内战外和，投降卖国的无耻阴谋。"同样，我们也深信全华北广大的抗日军民，数年来曾经与共产党八路军同生死共患难，并曾对敌作战，也一定能够和我们站在一条战线上，采取一切必要的措置，达到实现九项主张的目的，以制止目前最严重的内战亡国的危险。

全华北的共产党员紧张起来，全华北的军民紧张起来，为实现九项主张而奋斗！

（原载一九四一年一月二十五日《新华日报》华北版第一版社论）

华北军民当前的严重任务

自从茂林巨变发生以后,形成了我国内部抗战以来空前的严重局势,一方面各地仍在继续高涨着反共逆流,另一方面敌寇汪逆亲日派阴谋家等正在利用这个时机,加紧对我国的政治进攻,企图造成我国"内战外和"的危险局面。从敌寇汪逆亲日派阴谋家一直到反共派顽固分子,都把刀锋向着我全国抗战人民,向着我国最坚决抗战的共产党、八路军与新四军。这种严重局势如果发展下去,将使我民族在反共内战声中陷于分裂,将使神圣的抗战事业中道而废,将使我中华民族悲惨地趋于沦亡。

显然可见的,在这个严重的局势前面,我华北敌后的抗战事业,将增加千百倍的困难。敌寇回师华北"扫荡"

敌后的企图，目前已经有了事实上的证明。据最近报载，敌寇从华南华中等地抽调北上之兵力，已达五万之巨。与敌寇这些"剿共"之师遥遥呼应的是国内反共派的飞扬跋扈，反共派顽固分子在亲日派阴谋家的推动之下，可能丧心病狂，配合敌寇"剿共"之师向我华北敌后抗日根据地进行夹攻，如果全国军民不能及时制止当前的反共高潮，这种"突然事变"是随时可以发生的。

我全华北抗日军民，和全中国抗日军民一样，应该对于当前的严重局势，大大提高自己的警惕性，同时，也要清楚了解自己的任务和应该采取的措施。第一，应该以一切力量来制止全国的反共逆流。第二，应该更加加紧各方面的工作，巩固敌后抗日根据地。这是两位一体的工作，如果不能制止全国的反共逆流，敌后抗日根据地的巩固是困难的，如果不能巩固敌后抗日根据地，我们也就不能生长更多的力量，去把全国反共逆流制止，必须把这两项工作联系起来进行，才能在艰难危险的局面当中，打开一条出路。

制止全国反共逆流，不是一句空话，而是一个严重的斗争，这一斗争的具体要求，应该是中共中央所提出的关于茂林巨变的九项目的，这九项目的，是合乎全民族利益的，是合乎广大人民意志的，是制止反共媚敌内战外和亡国灭种阴谋的重要方针，而不是一党一派之私。我全华北抗日军民赞同这九项目的，就必须以各种实际步骤，使九项目的完全实现，就必须以无情的铁拳，粉碎亲日派阴谋家反共派顽固分子对这九项要求的抵抗，就必须给予共产党、八路军与新四军以切实的声援，再严重的危险局面中显示我华北军民的伟大力量。

目前全国反共逆流主要的具体的表现，首先是茂林的巨变（这个巨变现在已经遭受到全国人民的抗议），同时，在华中有二十万以上的国军被迫进攻新四军，在陕甘宁边区的四周构筑了防共的"万里长城"。在大后方各地，则是反共反民主反进步反团结的高压政策雷厉风行。上述这些地方的共产党、八路军、新四军、一切进步分子、一切抗日人民，目前正遇见反共内战和寇奸夹攻的威胁，我们华北抗日军民和这些地方的抗日军民是血肉相连唇齿相依的，决不能对于他们的困难危险熟视无睹或者袖手旁观。我们要以一切力量去援助他们，和他们并肩作战去制止当前的反共内战的危险。

正是为着要动员一切力量去制止全国的反共逆流，因此，在我们华北敌后的各个抗日根据地里面，责任是更加重大了。我们华北敌后的每一个抗日军人，每一个抗日人民，都要有足够的信心和决心，把华北造成为坚持抗战国策制止反共逆流的中心，把华北造成为抵抗敌寇汪逆亲日派反共派向我民族联合进攻的堡垒。我们要做到，在任何困难危险的局面之下，坚持华北抗战，坚持华北全体人民、各党派各阶层的团结，坚持华北抗日民主的进步方针。即使国内其他地区，不幸而暂时陷入内战分裂投降妥协的黑暗之中，我华北敌后抗日根据地就应该成为黑暗中火炬，照耀着全中国并指引着全中国的人民走向抗战建国的大道。

但是，必须进行切实的组织工作，才能达到这个伟大的要求，我全华北的抗日军民，应该更加加紧各方面建设工作。第一，要按期完成各地的扩军计划，加紧建军整军工作，没有军队我们就不能进行胜利的斗争。第二，要加紧经济建设，只有物质力量的生长，才能为我们的斗争奠定巩固的基础。第三，要把民主运动，在全华北各个抗日根据地内普遍而迅速的开展起来，只有实行民主，才能巩固全民族各阶级的团结，才能伸张民气，发扬广大民众中潜在的力量。第四，还必需更加开展敌占区域里面的抗日斗争，以求我抗日根据地的日益扩大与巩固。这些工作，都须配合着群众中反对内战反对投降的运动，使每一件日常工作都联系到当前迫切的政治任务。

如果在这些实际工作方面，我们能够获得胜利，我们就一定可以完成制止全国反共逆流，克服当前民族危机这一严重的任务。因为，我们坚决相信，全中国抗日人民是赞助我们的，是和我们站在一条战线上的（这是我们能够战胜亲日派反共派乃至日本帝国主义的主要的保证），只要我们坚决地走向斗争，走向胜利，胜利是一定属于中国人民的。

（原载一九四一年一月二十九日《新华日报》华北版第一版社论）

加紧动员　迎接敌寇新"扫荡"

我华北敌后各个抗日根据地，目前正处在极端严重的环境之中。敌寇正在调集重兵，配合全国各地亲日派策动的反共逆流，准备进行大规模的"扫荡"。

在这个极端严重的环境之中，"扫荡"与反"扫荡"的激战，和过去历次的战斗都有着重大的差别。第一，新的"扫荡"与反"扫荡"的战争，将是一个空前残酷的战争，这一战争将表现在政治、军事、经济、文化、交通战等等各方面，而敌寇的政治进攻，也将更加毒辣，各种新的欺骗宣传必将随新的"扫荡"以俱来。第二，敌寇将以"扫荡"华北敌后，作为对我国一部分大地主大资产阶级进行政治诱降的重要步骤，企图以敌后的"扫荡"战争，推动全国各地的反共逆流，达到分裂中国民族的目的。事实上，目前国内一部分大地主大资产阶级丧心病狂的代表们，也正在对敌寇"扫荡"华北抚掌称快。第三，由于敌寇与亲日派内外勾结，进行所谓"中日联合剿共"的阴谋，我华北敌后有些抗日根据地，可能遭受到敌奸的内外夹击，因此在敌寇进行新的"扫荡"之时，我们还须准备应付可能发生的内奸袭击的危险。第四，新的"扫荡"与反"扫荡"的激战，将较过去更为频繁，敌寇在华北各地大量增兵，以及加紧在其占领区域里面的经营，都预示着今后敌后的战局将更加艰苦，敌寇将反复不断地对我抗日根据地进行"扫荡"。前一"扫荡"与后一"扫荡"之间的间歇时间，将更加缩短，我们敌后抗日根据地将在不断的战争中锻炼而且壮大起来。我华北敌后全体军民，对于这些新的战争特点，必须有深刻的了解，和在实际工作中做充分的准备。

首先，应该在我华北敌后全体抗日军民当中，进行思想上的准备，使我各个抗日根据地，在任何困苦的战争局势之下，在任何突然事变的情况之下，不至于发生思想上的混乱与迷误。在思想准备的过程当中，必须和两种不正确的倾向做斗争。一方面，应该反对那些悲观失望情绪，不管这些悲观失望情绪，是由于过分夸张了敌寇汉奸亲日派的力量，是由于在实际的工作困难中屈服动摇，或者由于对抗战胜利前途失掉信心，都应该予以坚决的反对。另一方面，也要反对任何可能发生的"左"的倾向，这些"左"的倾向，或者过分夸张自己力量，或者对当前敌寇"扫荡"的严重局势估计不足，而陷于骄矜自满的状态之中，麻痹了自己的警惕性，或者在敌寇亲日派联合进攻之前，激于义愤，有时发生操切过分之举，而未能团结一切可能抗日的阶层参加反"扫荡"的斗争，以至紊乱了抗日根据地的生活秩序，这些倾向都将使我们的反"扫荡"战争受到损害，应该在发生之前，严厉防止，发生之后，坚决纠正。

其次，应该在我华北敌后各个抗日根据地，各个部门当中，进行组织上的准备，必须使我们的一切组织形式、工作方式、工作制度，都适合于新的战争情况之需要，都能够在长期不断的战争情况之下继续活动。有些部门应该立刻在实际工作上求得有力的转变，创造出一套战时的组织机构与工作作风，一切组织上的叠床架屋，庞大不灵，工作中的繁文缛节，形式主义，都需要迅速改进，必需使一切工作为着战争，一切工作适应战争，把这个精神贯澈到抗日根据地各方面的组织工作之中。

再次，各个抗日根据地，必需把建设正规军与发展群众游击战争两大工作，迅速开展起来，各地扩军工作与整军工作，要以突击精神，使之完成全部计划。在发展群众游击战争方面，更应该引起重大的注意。第一，必需迅速加强各地群众游击战争的领导，健全军区工作，充实各个地方武装中的指挥人员与政治工作人员；第二，必须加紧广大群众中的参战动员，扩大一切脱离生产和不脱离生产的地方武装，并使这些武装真正起着游击战争中应有的作用；第三，必须加紧锄奸工作，不仅仅要肃清敌寇特务机关在抗日根据地内外的活动，而且要对一切隐藏在民族阵营内部的奸细分子危害分子展开无情的斗争，消灭这些奸细分子的破坏行为；第四，必须加紧侦察工作与情报工作，而这个工作的成效，只有依靠群众，有些地区对于敌情了如指掌，就由于我们在这方面进行艰苦的组织工作，应该引起各个抗日根据地的效法；第五，必须切实进行空室清野的准备，使敌寇在进入我抗日根据地之时，遭受到各方面的困难，陷入疲劳不堪的境地，造成我军胜利的优良条件。

上述这些工作，必须依靠于广大民众政治觉悟程度与参战热情之高涨，因此，我各个抗日根据地的党政军民、机关，应及时进行深入的政治动员，只有深入的政治动员才是完成一切战斗任务的唯一途径。如果能够真正动员广大民众自觉地来参加反"扫荡"的斗争，那末，无论敌寇亲日派怎样向我们夹攻、无论新的战争局势怎样艰苦，我们都可以获得战争的胜利。

（原载一九四一年二月一日《新华日报》华北版第一版社论）

严重的时局

目前的时局，正处在抗战以来空前严重的危机之中，这个危机，是敌寇亲日派内外勾结策动的反共内战。

亲日派阴谋家在发动皖南茂林巨变以后，仍复不顾全国人民的公愤，继续其扩大内战分裂我国的阴谋，企图使过去十年内战局面重现于今日；企图使国共两党，全面分裂，兵戎相见，同归于尽；企图使我国抗战力量削弱与对消，以便于敌寇全部并吞我国。而某当掌权人物，宥于反共成见，竟不惜拾敌寇反共唾余，大肆叫嚣，步敌寇反共后尘，挥戈内向，这些人物置中国国民党命运于不顾、视国家民族的危亡如无睹，亡党亡国，无动于中，因此，反共高潮，未能下降，内战危机日趋严重。

一切反共媚敌的民族败类之流，自然要用各种欺骗宣传来掩饰这一内战危机，为的是要麻痹全国人民，以便毫无忌惮地继续布置各种阴谋暴行，以便逃避全国人民对于这些阴谋暴行的注视。但是，很显然可以看见的，这些民族败类却正在以各种欺骗宣传来作扩大反共内战的准备。他们过去高唱"军令""法纪"之类，以作为发动茂林事变的借口，此后自然也可以继续高唱"军令""法纪"之类，来发动新的反共战争。目前在华中准备数十万大军进攻江北八路军、新四军，在陕甘宁边区构筑"万里长城"的封锁线，及在全国各地的高压政策，都配合着所谓"军令""法纪"之类的口号，在他们发动全面"剿共"，全面分裂之时，也一定要以所谓"军令""法纪"之类作为新的借口的了。

由此可见，一切反共媚敌的民族败类之流，正在扩大我国的内战，正在策动我国的分裂，但他们却在隐蔽的方式之下来进行这一阴谋策动。他们口头上高唱着"军令""法纪"，甚至把"抗战""团结"等口号作为他们扩大内战的招牌，然而实际上他们却遵奉了日本帝国主义的意旨，来残杀最坚决抗日的共产党、八路军与新四军。假如不幸引起全面的反共内战与全面的国共分裂，应该由这些反共媚敌的民族败类负完全的责任，他们乃是挑动内战制造分裂的罪魁祸首。

我们共产党人，对于目前的严重局势，曾经迭次发表了严正的声明，我们坚决反对亲日派挑动反共内战的阴谋暴行，我们对于这些阴谋暴行将给以严厉的回击。但是，我们将始终一贯地拥护全民族的团结统一，坚持抗日民族统一战线政策，愿意和一切不反共不降日的党派坚持抗战到底，为了澈底实行三民主义而奋斗。我们对于目前严重的民族分裂危机，愿意与全国一切抗战党派抗战人士力求挽救之方，在我党中央发言人的谈话中曾经深刻指出，要挽救目前严重的局势，首先必须坚决肃清亲日派及制止国内的反共阴谋。亲日派一日混在抗战阵营之内，反共阴谋一日未平息，则内战分裂危机即一日存在。肃清亲日派与制止反共阴谋乃是挽救目前时局危机的关键。

如果亲日派未被肃清，反共阴谋未能平息，全面内战不幸爆发，民族命运陷于危亡之时，我们共产党人深刻明了自己的责任和应该采取的措置，我们一定要和全中国大多数人民一起，继续坚持抗战建国的事业，我们决不能容许亲日派横行无忌，决不能让抗战建国事业中道而废，决不能忍受自己的民族陷于灭亡。我们相信，全中国大多数抗日军民，国民党中大多数党员，各党各派以及无党无派的爱国志士，都是和我们站在一条战线上的，哪怕在将来严重情势之中，我们共产党人和全国爱国军民也有力量来收拾时局。

我们热切期望全中国抗日军民，立刻动员起来制止当前内战分裂的严重危机，使敌寇亲日派及其反共阴谋全部粉粹。同时，我们也热切期望全中国抗日军民百倍提高自己的警惕性，加紧自己的抗战动员，以便在内战分裂不可避免之时，来迅速挽救紧急危亡的局面。我们共产党人已经有了这样的决心和正在进行这样的准备，也深切相信全国大多数军民在这紧急危亡的局面中赞助我们的斗争，我们愿与全国同胞一起共同奋斗以消弭当前内战分裂危险，巩固民族团结，争取抗战最后胜利。

（原载一九四一年二月三日《新华日报》华北版第一版社论）

预祝太行青年支队的生长

……

毫无质疑的，在华北敌后青年运动中，这个号召有着十分重大的历史意义。第一，这个号召的提出，严厉回答了敌寇的疯狂"扫荡"，敌寇曾经用了一切军事政治经济文化的进攻，迭次"扫荡"我太行山区，屠杀了不少的青年抗日公民与青抗先队员（例如昔阳的西路事件），奸淫了青年妇女，烧毁了不少青年求知的学校与文化机关，破坏了不少青年的家庭，摧残了不少青年的组织，进行了极端无耻的奴化毒化淫化政策，掳掠了不少青年男女去编入他们的新民青年团、新民少女团，企图把我们伟大的中华民族青年变成日本帝国主义的奴隶。但敌寇一切打算都错了，敌寇的各种阴谋暴行已经激起了广大青年的义愤，晋东南的青年，特别是青抗先队员，曾经不止一次的给了敌寇以严厉的回击。就在百团大战这个短促的时期中，青抗先配合正规军作战达四百〇三次，参战人数达三千三百四十人，单独作战达三百十七次，参战人数达三千四百〇五人，俘获□众，战绩辉煌。这一次青救总会号召建立太行青年支队，一定可以给予敌寇以更大的打击，建树晋东南青年武装不朽的丰功。第二，这个号召的提出，正当着我国内部反共逆流高涨、民族分裂危机极端严重之时，晋东南青年这一伟大壮举，正是对亲日派挑拨内战分裂民族阴谋一个迎头痛击，预料将来太行山上飘扬着太行青年支队之旗，一定可以激励全华北乃至全中国的青年，一致起来反对亲日派的阴谋暴行。第三，这个号召的提出，标示着晋东南青年运动，向前推进了一大步，晋东南的青年运动，过去有过不少的成绩，但建立青年独立武装组织，却是一个空前的创举，这一创举对于国家民族有着极重大的贡献，对于青年本身也是一个献身报国的良机，这一创举更加丰富了华北青年运动的内容，起了推动华北各地武装青年工作的模范作用。晋东南青救总会不愧是晋东南青年的领袖，能够这样把青年的要求和国家民族利益结合起来，更加展开晋东南的青年运动，这个模范是值得华北许多抗日根据地青年来学习的。

我们热切地期望太行青年支队的顺利建立，并获得伟大的发展，而且，我们深信太行青年支队的前途是广大而光明的，因为，抗战三年半来的晋东南青年运动，已经为太行青年支队打下了巩固的基础，此其一；太行山区广大青年政治觉悟的提高与抗战热情的发扬，必将大批涌进青年支队，以实现自己救国的抱负，此其二；各地青抗先的积极活动，已经为青年支队做了组织上的准备，此其三；晋东南青救点会全体干部全体会员的努力，将领导着广大青年来把这个任务完成，此其四；太行山区的党政军民各个机关团体，一定会给予青年支队以应有的帮助，此其五。本报职司舆论，对于青年支队的一切工作，对于热烈参加青年支队的先进青年，对于勇敢作战的青年支队战士，都将尽可能地表扬，使青年支队，在群策群力之下，早日成立，早日建树伟大的战绩。

太行山区的广大青年起来，踊跃加入青年支队去，这是你们光荣的权利和神圣的义务！

太行山区广大的贤明父兄起来，勖励自己的青年子弟加入青年支队去，这是你们救国家与救自己的最光明的途径，这是你们爱护子弟的最好方法。

太行山区的广大妇女起来，欢送你们青年的丈夫、儿子、哥哥、弟弟们加入青年支队去，做一个光荣的抗日军人家属，做一个荣誉的先进妇女，动员自己的丈夫、儿子、哥哥、弟弟，粉碎敌寇对我中华民族妇女杀害侮辱的一切暴行。

各界爱国同胞、贤明士绅，大家一致来帮助青年支队，使这个支队迅速成立，并且成为战无不胜、攻无不克的劲旅，站立在太行山上，以便随时击破敌人对我太行山区的进犯，以便在太行山区青年武装自己的拱卫之下巩固与扩大我太行山抗日根据地。

（原载一九四一年二月五日《新华日报》华北版第一版社论）

纪念"二七"

"二七",血的日子,革命的日子,斗争的日子,中国无产阶级革命运动史上最光辉伟大的一页!

远在十八年前的今日,中国无产阶级的优秀代表者——京汉铁路全体工人,为了"争自由、争人权",要求组织自己的斗争领袖机关——"京汉铁路总工会",遭受了当时的封建大地主代表反动军阀吴佩孚、靳云鹏、萧耀南等的大屠杀,武汉、郑州、长辛店等各地工人死伤、被捕、被开除失业者达千人以上。这就是历史上著名的"二七惨案"。

"二七"虽是中国无产阶级自觉的参加全国政治生活,走上中国政治舞台的第一次,然而,它不愧是中国共产党领导下的革命队伍，它一开始就表现了中国工人阶级团结一致的精神，表现了不可战胜的英勇卓绝、坚决顽强的革命毅力，尤其是当反动军阀把罢工的领袖林祥谦同志绑于车站电杆上，迫其下令开工时，"头可断，工不可开"的壮语，曾使当场的军阀胆寒，士兵动容。

十八年来，中国无产阶级及其先锋队——中国共产党，正是继承了这种团结与顽强的革命精神，踏着"二七惨案"死难先烈的血迹，不避任何艰险，不惜重大牺牲，为完成现阶段革命任务——祖国解放与新民主主义共和国的实现而奋斗。特别在三年半的抗战烽火中，中国工人阶级及其先锋队——中国共产党，更是大大发扬了这种光荣传统。铁的事实证明：中国无产阶级不但是积极参战、抵御强寇、扑灭汉奸的模范，而且是艰苦不倦、争取民主、创立新民主主义共和国的模范。

正惟如此，所以日本帝国主义者及其走狗——中国大地主大资产阶级的反动代表者汪逆汉奸、亲日派、反共派，继承着十八年前封建反动军阀吴佩孚等的衣钵，一贯对中国无产阶级采取仇视的态度。他们无时无刻不在千方百计企图摧毁这支最忠实于中国民族、中国人民利益的力量，以达到他们破坏团结、破坏抗战、实现降日的阴谋。当着民国十四年到十六年的中国大革命中，中国无产阶级曾经为着民族与民主的解放而积极参加了当时反帝反封建的斗争，然而当时反革命的大地主大资产阶级代表者，为要实现其出卖无产阶级、分裂中国革命、达到投降帝国主义的目的，所以首先爆发"四一二"上海大屠杀工人的反革命事件，使得中国第一次的大革命开始遭受了分裂与失败。最近，我无产阶级武装，新四军江南部队之被诱歼，重庆军委会一月十七日反革命命令的发布，以及目前全国嚣张一时的反共逆流，正是一部分反革命的大地主大资产阶级的代表者，亲日的反共派，又在企图出卖中国无产阶级，分裂中国抗战，达到其降日目的的又一证明。

今年的"二七"，就在祖国这样艰危的环境中来到了！

显然的，纪念今年的"二七"，是更有它特殊的严重的意义。

首先，全华北的工人阶级，应该提高警惕，以自己团结模范的精神团结一切抗战的力量，与反共亲日派展开无情的斗争。我们坚决相信，只要我们无产阶级与全国抗日军民能共同奋斗，"日寇与亲日派总是要失败的"。因为今天的中国工人阶级及其代表者——中国共产党，已经不是"二七"时代和民国十六年时代的中国工人阶级与中国共产党了。

其次，全华北的工人阶级为要加强自己的力量，应该发扬过去的光荣传统，更加积极地武装参战，加紧生产建设，积极的参加民主活动，特别在生产建设方面，要发挥我们工人阶级特有的威力。在工业生产方面，要改良生产技术，提高生产质量，改善劳动方式，自动增加义务劳动，为完成工业生产计划而努力。在农业生产方面，要加紧准备春耕，调整主雇关系，争取□工复工，动员失业工人及工人家属参加生产，为保证抗日根据地丰衣足食而努力。以这些实际工作的成绩，来巩固抗日根据地，把根据地造成战胜敌寇亲日派的堡垒。

再次，为了顺利的完成上述政治任务，全华北的工人阶级，应该健全自己斗争的组织。改选各级工会的领导机关，发挥领导机关的威力；加紧组织各地的各业工人总工会，如产业工人总工会、□工、□工工人总工会等，大量培养提拔工人干部，提高工人干部的政治理论水平与工作能力，以这些实际工作，响应晋东南总工会等的号召，建立全华北工运指挥部——华北总工会。

全华北的工人兄弟们！团结起来！警惕起来！踏着"二七"死难烈士的血迹，踏着无产阶级的武装——新四军死难烈士的血迹，为肃清汉奸亲日派、为死难烈士报仇！应该□□抗日阵容，为坚持抗战到底而奋斗！为完成工农业生产计划！为巩固抗日根据地而奋斗！为健全本身组织，发挥工人阶级无比的伟力而奋斗！为实现"二七"死难烈士的伟大遗志而奋斗！

（原载一九四一年二月七日《新华日报》华北版第一版社论）

反共内战的必然恶果

上期本报登载了一则惊心怵目的消息：凶恶的日本帝国主义，乘茂林巨变亲日派走狗何应钦辈在重庆获得绝大胜利，蒋介石氏反共智昏，国共关系极度紧张，国内大局激荡万状之际，突然调集寇兵七个师团之众，于上月二十六日，分三路向河南大举进攻。一路约一师团兵力，由开封渡河南下，向许昌前进；一路由淮河西进，在占领豫东沈邱后，继续节节进逼，闻已尽占豫东各县；一路集中四个师团，约十万人之众，由信阳沿平汉线北进，一面攻陷平汉线上确山、西平、郾城等重要市城，直扑许昌，图与开封南下敌会合，占领许昌。同时则分兵西犯，在连续占领我泌阳、舞阳、上蔡、叶县后，更夺我豫西重镇之南阳县。据最近消息，且已占领镇平，距西安仅六七百里，犹继续向西猛犯，沿豫陕公路前进。如此，平汉沿线及两翼我军阵地，已悉数被敌夺占，洛阳重镇与黄河两岸全受威胁，而敌迂回潼关，道出陕南，大西北总后方岌岌可危。如目前集中于晋南临汾一带之敌，更由风陵渡、茅津渡、韩城等象分数路渡黄河南下，与河南之敌配合，对西安形成夹击之势，则不仅豫西陕南半壁河山势必尽陷敌手，即渭水关中地区也有不保之虞。至于受亲日派何应钦辈愚弄，原本部署停当，准备"进剿"华中新四军之各路"剿"共军，如我汤恩伯、李品仙、李仙洲、何柱国、孙桐萱、王仲廉等部，仓卒由剿共阵地撤回对敌应战，受敌七个师团之众的压迫包围，势必遭受重大损失，甚至有完全被歼灭之危险。即在陇海沿线与黄河北岸晋南地区作战之我中央军，也因侧后阵地之丧失而遭受重大威胁，并有被包围之可能。而向来驻屯西北，被何应钦等利用，列入反共计划，被强迫修筑万里长城，部署向陕甘宁边区进攻之胡宗南部三十万健儿，在目下中原战局如此紧急情况下，若为民族国家打算，当不能不毅然出动，效命前线。风雨半月，大好中原已然蹄骑纵横，到处啼痕，西北屏障则更沦丧殆尽，后患堪虞，抚今思昔，诚不胜悽然慨叹！悲愤何如？痛心何如？

　　益有甚者，与此同时，亲日派头子何应钦，在歼灭江南新四军，颁布一月十七日反革命命令，制造出亘古未有罪案，闯下了滔天大祸之后，竟循汪逆一九三九年投奔日寇时所走的旧路，一溜烟跑往昆明，至今不回重庆。据新华社电称，其葫芦里卖的是什么毒药，尚不得而知。但是我们知道，最近日寇正在越南海防大批增兵，并在海阳修筑飞机场，正图进攻我大西南后方。越南与我广西、云贵等省接壤，海防海阳更有铁路公路可通，西北经河口直达昆明，东北经镇南关而入南宁桂林。何贼豺狼成性，心怀叵测，固早已与日寇勾通，甘心事敌，若竟利用国内政局，从中策动变乱，乘机引狼入室，则寇兵朝发夕至，昆明桂林既危如悬卵，西南后方又将顿趋糜烂。如此，西北西南同时不保，日寇南北夹击，兵临重庆，其时蒋介石氏既无立锥之地，全国人民要想不做亡国奴也就难能了。抗战四年，祖国之危急状态，实未有如今日之严重者。若不急起挽救，将贻后世子孙万代之痛咒唾骂！

毫无疑义的，今日的严重局面，是何应钦辈亲日派阴谋家，通敌卖国，效忠其太上皇——日寇的"伟大功绩"，而蒋介石氏身为最高统帅，竟甘心受日寇与亲日派阴谋家利用，执行反共内战的祸国政策，实也不能辞其咎。溯自武汉失守以后，大地主、大资产阶级之一部分，以汪精卫为代表，既摇身一变，率领其狐群狗党，投奔敌寇，而其一邱之貉的亲日派，以何应钦为首，则犹匿迹抗战阵营，镇居要津，从内部来响应日寇与汪逆。这原本是汪逆精卫在出走当时所布置下的天罗地网。而何应钦本人，以参谋□长兼□政部长之资格，掌握所谓"军令""政令"大权，其日夕所筹划者，尽为有利敌寇不利抗战的"大业"。至于蒋介石氏既被何应钦等欺骗愚弄于魔掌之上而不自觉，而犹以"家长"自居，时刻夸耀自己责任之重大，挟其十年反共战□，置民族国家于脑后。两年余来，听信谗佞，屏斥忠言，在国民党五中全会中提出"反共""限共"之方针，颁布《限制异党活动办法》，把"反共"与抗战平行起来，□□在国民党六中全会，更决定了以军事"反共"为主来代替政治"反共"为主的政策，并在所谓"处理异党问题实施方案"等种种反动命令中，规定"反共""限共"的各种具体的方针与步骤，以致摩擦事件层出不穷，武装冲突纷至迭现，间至压迫抗日救亡运动，逮捕戕害爱国青年，种种倒行逆施，不一而足。而在国民党内部及其所把持与领导之政府与军队中，则遍设特务机关，使用"反共"教材，叶青等辈固被视为至宝，张国焘之流也居然被聘入国参会。甚至奖励囤积居奇，号召纸醉金迷。且大有我腐化不容人不腐化之概，名流学者如马寅初先生即因反对"发国难财"而被系□□。"爱国有罪，冤狱遍于国中，卖国获赏，汉奸弹冠相庆"，四年以前之恶劣现象，不意重见于今日，弄得后方既抑郁苦闷，前线尤愤激莫名。抗战虽入相持阶段，国力不仅未见增长，甚且日益对消于阋墙。而发展到最近一年，轻视日寇亡华毒计，竟将抗战推移到次要地位，坚决执行反共第一的总方针。抽调半数以上的精锐部队，耗费无数万万的人民膏血，不用之于抗战前线，而专以对付共产党、八路军与新四军。自从日德意三国同盟签订后，何应钦更联合所谓小诸葛白崇禧等人，结成所谓蒋桂何同盟，高唱日本不足虑，所虑者惟共产党，以及"宁赠外邦，不予家奴"之荒谬绝伦的邪说，麻醉与转移前线将士与全国人民的注意力于内部纠纷，松懈与忽视对于敌人进攻之戒备，另方面则实行大规模反共卖国计划。于是震惊中外之茂林巨变轩然爆发矣！一月十七日国府军事委员会之反动命令"堂皇"颁布矣！中原二十万大军在日寇进攻之下，空前可耻的败绩传闻矣！这一中原二十万大军之遭受严重损失，实系亲日派年来反共内战政策的必然恶果，尤为茂林巨变所直接引发。设使汤恩伯、李品仙等抗战劲旅不被部署剿共，勿向新四军进攻，而正当的部署对敌，配置于机动地位，何至临阵仓卒，张惶失措，遭受如此重大之惨祸？照我们想来，恐日寇也未必敢大胆从事，逞其凶残。盖正如新华社电报所说，茂林巨变，特别是十七日最反动最误国最殃民的反革命命令，明明是在通知敌人与全世界，中国现在是反共第一了，我们一起反共吧！日寇其不乘机扩张"战果"，灭亡中国，更待何时？而且，不难意想到，内奸何应钦实已早将最高当局反共内战之决心报告主子，故日寇能从容部署，集中七师团之众，发动大规模的战役进攻。这也就是所谓维护反动的"军令""法纪"，森严反革命的"国法"的成绩！是何白两参谋总长的大规模"剿"共内战计划的"丰功伟绩"！是最高统帅蒋介石氏执行误国殃民政策的报答！这就说明，为什么在茂林巨变发生以后，我们共产党人，一再大声疾呼，要求全国人民，一致紧急动员起来，严惩茂林事变的罪魁祸首，驱逐亲日派，制止内战，反对投降。因为茂林巨变，决不是一党一派一军一己的"小"问题，而是关系国家民族生死存亡的大事。蒋介石氏在其二十七号的谈话中，竟称茂林事件，毫无党派政治性质，现在事实证明了由于茂林事件所引起的日寇进攻，所引起的全国人民的怒吼，这难道还没有党派和政治性质吗？蒋氏休矣！自欺欺人者，必然自食其恶果。

很早以前，我们已经看到了亲日派阴谋家那种存心使中国亡国灭种的险恶毒辣阴谋，也看到了蒋介石氏那种误国殃民政策必然会招致到不堪设想的后果。我们曾经一再提出严重警告，说：亲日派阴谋家何应钦辈，是要诱胁蒋介石氏"下反共内战的命令，以便拉他下水，使他走进内战的泥坑，投入投降的陷阱，以便往后进一步把他踢开，自己取而代之"。是要置蒋介石氏于炉火之上，闹得众叛亲离，身败名裂；是要使全国各党各派无党无派的一切抗日人士，备受日寇铁蹄的践踏；是要使我抗日部队，沦为日寇任意枪杀的羔羊；是要使我全国人民，沦为日寇所奴役的牛马！而在茂林事变发生以后，我党中央革命军事委员会发言人在谈话中更正式警告他们："放谨慎一点罢！这种火焰是不好玩的！仔细你们自己的骨头！"奈良药苦口，忠言逆耳，蒋介石氏不但不翻然悔悟，悔过自新，乃竟甘冒天下之大不违，拾亲日派余唾，重弹"军令""法纪"旧调，甘以罪魁祸首自居，与共产党及全国人民站于对立地位。很显然的，茂林巨变，已使人神共愤，举国发指，不仅全国抗战军民，爱国同胞，以及世界正义人士均一致同声痛斥，坚决反对，即国民党中大多数人士也深恶痛绝，表示极端不满。它曾使国民党与国民政府在国际国内人士的眼光中，威信大损，而蒋介石氏本人则更声名狼藉，一败涂地。而由茂林事变所造成之严重恶果——中原战场的可以避免的重大损失，更使前线将士痛心疾首，后方同胞民怨沸腾，恨不能寝亲日派之皮而食亲日派之肉。它很可能使国民党内部分崩离析，四分五裂，而蒋氏本人更有立时陷于众叛亲离，身败名裂的绝境。"吾恐季孙之忧，不在颛臾，而在萧墙之内"也，蒋介石才真正是搬了石头打自己的脚！

诚然，亡羊补牢，犹未为晚！但是这已经不是解决一些枝节小端所能了事,更不是一派花言巧语所能混得过去(这只会激起全国人民更大的恶感与愤怒)。大病须服重药,全国人民"已日益警悟亲日派的阴谋,知非改组国民政府,改组国民党,将何应钦等亲日派首领驱逐出去,不能重整抗战阵营"。谚云"庆父不除,鲁难未已",内有奸逆,何能坚持团结抗战大业?欲图解除中原危局,挽救祖国危亡,唯有实行我党中央所提出的十二条办法。这便是:悬崖勒马,停止反共内战;立刻释放叶军长,释放一切被俘将士,抚恤伤亡,严惩皖南事变罪魁祸首何应钦、顾祝同、上官云相等;平毁西北之封锁线,撤退各地之"剿共"军;取消一党专政,实行民主政治,改革行政机构,召开真正代表民意的国民大会;释放张学良、杨虎城、马寅初等一切抗日救国的政治犯,保障言论、集会、结社、出版的自由;逮捕亲日派分子,交付国法审判。我们相信我党中央的十二项办法,不仅是共产党一党的主张,而且是各党各派进步人士(包括国民党大多数党员在内)以及全国爱国同胞的一致主张。"回头是岸",蒋介石氏如尚稍存国家民族观念,尚有团结抗战的意志,即应毅然决然接受共产党和全国人民的主张,并立时付诸实施。盖非如此,即不足以平复怒焰万丈之民情;不足以制止茂林巨变所造成的国内已经开始分裂之危局,以恢复国共两党关系;不足以重整抗日阵容,抵御敌寇进攻;不足以挽救国家民族脱离险境。时危矣!国危矣!蒋氏若再犹豫动摇,则诚爱莫能助了!

至于我们共产党、八路军与新四军,向来深明大义,不幸灾乐祸,不记仇报复。当华中各路剿共军,遭敌人打击而从剿共阵地撤退,转入抗日战场时,不但不采报复手段,而且立刻承认为抗日友军。这种情形,自然也可以用之于其他场合。同时,共产党、八路军与新四军,向来顾念大局,以国家民族利益为重,当去秋日寇准备向我大西北、大西南后方进攻时,八路军立时在华北发动"百团大战",以后新四军在大江南北也自动参加这一主动的战役出击,切断敌后华北华中的所有交通线,顿时打破日寇进攻大后方的战略计划。现在我们仍然自信,"不但有责任,而且自问有能力挺身出来收拾时局"!我们将与全国抗战军民、爱国同胞,坚持抗战,坚持团结,坚持进步,为争取最后胜利,建立三民主义新中国而奋斗!

(原载一九四一年二月九日《新华日报》华北版第一版社论)

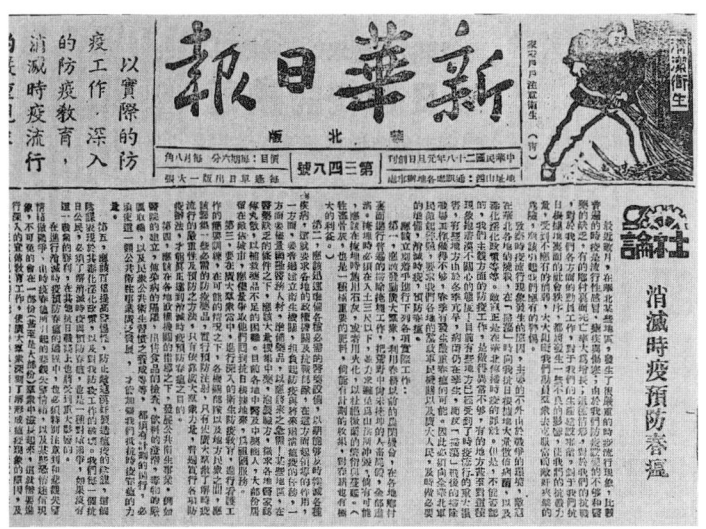

消灭时疫　预防春瘟

最近数月，在华北某些地区，发生了很严重的时疫流行现象，比较普遍的时疫是流行性感冒，疟疾与伤寒。由于我们防疫设备的不够和医药的缺乏，有的乡村里面死亡率大为增长。这种情形，对于我们的抗战、对于我们各方面的动员工作、对于我们的生产建设事业、对于我们抗日根据地里面的社会秩序，都将发生一些不良的影响，使我们的抗战力量受到不应有的削弱，大大阻碍我们动员群众去克服当前敌奸夹击的危险，应该引起我们应有的警惕。

考察时疫流行现象发生的原因，主要的不外由于战争的环境，敌寇在华北各地的烧杀、在"扫荡"时向我抗日根据地大量散布病菌以及毒化淫化政策等等。敌寇正是在华北传播时疫的罪魁。但是，不能否认的，我们主观方面的防疫工作，是做得异常不够，有的地方甚至对这种现象抱着漠不关心的态度！目前有些地方已经受到了时疫流行的重大损害，有些地方由于冬季亢旱，病菌仍在孳生，而反"扫荡"战后的扫除战场工作做得不够，春季有发生严重春瘟的可能。因此必须向全华北军民敲起警钟，要求我们各地的党政军民机关以及广大人民，及时做必要的准备，消灭时疫，预防春瘟。

应该立刻着手进行下列各项实际工作：

第一，应该发动广大群众，利用春耕以前的农闲机会，在各地乡村里面进行普遍的扫除掩埋工作，把荒野中尚未掩埋的人畜尸体，全部肃清。掩埋时必须在入土三尺以下，并力求避免为山洪所冲毁，倘有可能，应该在掩埋时施用石灰，或者用火化，以杜绝微菌的繁衍与蔓延。（牲畜骨灰也是一种极重要的肥料，倘能有计划的收集，对春耕也有极大的利益。）

第二，应该迅速准备各种必须的医药设备，以期能够及时扑灭各种疾病，这就要求各地的政权机关及抗战部队，在这方面起领导的作用，一方面，要普遍建立卫生机关，担负起防疫与将来肃清瘟疫的任务，一方面要尽量网罗医务人才，准备药品，以应将来之急需！某些地区，在医药缺乏的条件之下，应该大量搜集中药，泡制验方，征求各地医家秘传丸散，以补救药品不足的困难。目前各地中医及中药商人，大部分居留在敌占城市，应尽量争取他们回到抗日根据地来，为祖国服务。

第三，要在广大群众当中，进行深入的卫生防疫教育，进行看护工作的简要训练，在可能的情况之下，各机关部队以及地方民众之间，应该筹集一些必需的防疫药品，实行预防注射。只有使广大群众了解时疫流行的严重性及预防之方法，只有依靠广大群众力量，普遍实行各项防疫办法，才能真正达到消灭时疫预防春瘟之目的。

第四，应该在各地政权机关的指导之下，发展公共卫生事业，例如医院的建立，传染病的隔离，出售食品的检查，饮料的澄清，毒物的严厉取缔，以及民众公共卫生习惯之养成等等,都须有计划的进行。必须使这一类公共卫生事业广泛发展,才能加强我们抵抗时疫春瘟的力量。

第五,应该百倍提高警惕性,防止敌寇汉奸制造瘟疫的阴谋,这个阴谋表现于其毒化淫化政策,以及对我防疫工作的破坏。我们每一个抗日公民,必须了解消灭时疫与预防春瘟,也是一种对敌斗争,如果没有这一战斗的胜利,在其他抗日战线上也将受到重大影响的。

在进行消灭时疫预防春瘟的过程中,也必须特别注意到和悲观失望情绪做斗争,由时疫春瘟所引起的悲观失望情绪以及某些恐怖迷信现象,不可免的会在一部分(甚至是大部分)群众中滋长起来,这就需要进行深入的宣传教育工作,使广大群众深刻了解形成瘟疫现象的原因及完全消灭这种现象的可能,同时要以实际的防疫工作、防疫效果,证明给群众看,只要我们有足够的准备,就一定可以把这个严重现象克服。

(原载一九四一年二月十一日《新华日报》华北版第一版社论)

好男儿参加到抗日武装中去

我们紧急号召全华北勇敢有为的好男儿，成群结队的参加到抗日武装中去，首先是各地的子弟兵团——正规军，其次是各种民兵武装组织——青抗先和基干队、模范队。

在这时局危机空前严重、中华民族生死存亡的转变关头，提出这一紧急的号召，自然是有特殊重大意义的。茂林事变所揭露的亲日派的全部阴谋告诉我们，亲日派阴谋家和反共动分子，是要全部出卖祖国。首先是抗日力量最强大、抗战最坚决的华北，他们怂恿日寇，向华北增兵，最残酷的进攻华北的八路军（现在日寇已经有五万兵力增加到华北来），他们和日寇成立默契，要分工合作的进行联合"剿"共，"剿"灭华北华中的八路军新四军，摧毁我们辛勤缔造的各个抗日根据地。虽然蒋介石氏因为与亲日派联合，成立"蒋桂何联盟"，已经是搬了石头打了自己的脚，尝到了反共内战的恶果，但是亲日派和反共顽固派的反共内战的决心和投降卖国的阴谋却决不会就此改变或中止的。而日寇对于华北敌后的"扫荡"，也只会一天更比一天加紧，更会毒辣。目前，残酷的春季"扫荡"，必将迅速到来，要战胜日寇与亲日派反共分子的阴谋进攻，保卫华北各抗日的根据地，对日寇进行坚决的反"扫荡"作战，便需要更益增强我们的武装力量，便需要我们的好男儿去充实和壮大这些武装部队。只有武装战线上的胜利，才能够巩固我们的根据地，继续在这些根据地上安居乐业，享受自由与幸福。

同时，正因为时局逆转，国内分裂已经开始，全面内战投降的危机严重存在，就愈加需要增强我们的武装力量。事实告诉我们，国内分裂虽已开始，全面的内战投降危机虽更严重，但这危机之所以尚未立刻全面爆发，主要的是依靠着五六十万坚强的八路军和新四军作保障，如果现在没有这几十万坚决抗战的队伍，那末整个中国，老早就被那些无耻的卖国贼出卖完了。正因为有了这样一个伟大力量，所以每当国内困难和危机增长的时候，全国人民以及世界进步人士，便特别把注意力集中于华北，集中于共产党、八路军与新四军，而在现在这个空前紧张的局面中，他们必更关心华北，关心华北的各方面，特别是关心华北武装力量的不断壮大。他们企望和期待共产党、八路军和新四军来克服目前的危机，挽救目前的危局，这就加倍增加了我们华北全体军民的责任，就是说，我们不仅要对全华北负责，而且要对全中国负责。革命所课于我们的责任愈大，我们便愈需要增强我们自己的力量，以便能胜任愉快的担负起这个重任。因之，在这个时候参加到抗日武装中去，作为民族解放的先锋，是较任何其他时候更为光荣的。

在这个紧急动员的号召中，我们首先要号召我们自己的共产党员同志们——中华民族的最优秀儿女，以身作则，踊跃的投身到抗日的武装中去。在总结苏联战胜帝国主义武装干涉和白匪军队叛乱的联合进攻的经验中，联共党史曾经指出："红军之所以胜利，是因为布尔什维克党是红军后方和前线的领导中坚。"同时我们又看到当年轻的苏维埃共和国刚才成立，而就遇到武装侵犯，濒于危险境地时，在列宁"一切都为前线"的口号下，就有半数共产党员和青年团员，拿起枪枝，奔赴前线作战。虽然今天的中国情形和苏联当时的情形不同，今天中国的抗战，主要是反对日本帝国主义及其走狗汉奸亲日派，但是共产党员为着争取民族的解放与制止投降内战的危机而参加前线作战，仍然有头等重大的意义。晋察冀边区之所以能够不断粉碎敌寇最残酷的进攻，在最近又克复阜平，击破日寇割裂边区的阴谋，其原因之一，就在于边区在历次兵役动员中，都有大批的优秀的共产党员参加，在部队中形成骨干作用。为了祖国，为了革命，每个共产党支部都应该动员本支部一定数量的党员参加到部队中去。党员逃避兵役，甚至以为参加了共产党就可以不当兵，是可耻的错误观点。正惟我是共产党员，我是民族和人民解放的先锋战士，我就更有责任和义务，参加到斗争最尖锐的武装前线中去。在这里我们同样应该提出"我们的岗位在前线"这一英勇的口号。布尔什维克应该成为参军的模范，而且要以自己的模范行动，来领导和率领广大群众涌入到武装部队中，增加抗日武装——最重要的是铁的正规军团的力量。

同时，在这一紧急号召的动员中，我们要较任何时期更有计划的，有组织的来动员广大群众入伍。这里，各地两年来的动员兵役的经验，应该好好的整理起来并加以全部接收，特别是晋察冀边区动员新战士的模范的作法与经验，应该加以吸收和运用。我们要成立党政军民统一的动员新兵的机构——新兵动员委员会，求得统一的领导，和各方面密切的联系。这样才不至于你动我不动，或者是已经动员来了而无法巩固。

我们要经过群众团体，以组织力量来有组织的发动，特别是各种人民武装组织，更要提出富于鼓动性的口号，来激励自己的队员参加正规军。我们要和其他工作取得密切的配合，特别是春耕准备工作和改善民生工作。

要贯澈减租减息和增加工资，适当的正确的解决优抗问题和农村中存在着的土地纠纷，以及春耕中的困难等等，如此一方面可使动员工作更顺利的开展，另一方面又可打下春耕的基础。

全华北的优秀男儿起来！我们要以参加武装战线的英勇行动来反对茂林惨杀，反对亲日派阴谋家出卖华北、出卖祖国的罪行！要以涌入武装队伍的英勇行动，来迎接敌寇的"扫荡"！好男儿，当兵去，当兵是最光荣的！

（原载一九四一年二月十三日《新华日报》华北版第一版社论）

在惊涛骇浪中坚持既定的正确方针

时局已到了最严重紧张的阶段,由于亲日派走狗何应钦等逆贼,挑动反共内战,准备投降日寇,出于当权者决心企图重演大革命中上海"四一二"事变、长沙马日事变,发表了一月十七日的反革命命令,国内团结已开始破裂,日来函电纷飞,群情激昂,一致主张必须肃清内奸才能严整抗日阵容。而国民党当权者迄今尚无诚意接受中共中央挽救时局的十二项正确主张,亲日派走狗如何应钦之流则更疯狂一时,必欲立即使中国亡国灭种而后快。当此万分紧急关头,必有许多抗日爱国志士、热血青年,在愤慨之余,提出"抗日民族统一战线,是否仍须坚持?中国抗战前途到底如何"的问题的,我们谨对此加以简略的解答。

我们谨告抗日爱国的全体军民：日寇一天不驱逐出中国，中国抗战必须坚持下去。在整个抗日战争时期，无论在任何情况下，我们抗日民族统一战线的政策是绝对不变更的。

诚然，我们知道目前正处在国共两党开始分裂到全面分裂的过渡时期，这一过渡时期的长短，或者还有可能仍然继续团结抗战，这就要看全国抗日爱国军民的紧急努力如何？要看国际间的变化如何？要看国民党当权者为民族国家的诚意如何？在目前颇难肯定。但我们应该知道，中国共产党是始终珍重合作，真心诚意，愿意与任何抗日党派（包括国民党在内）辛苦同尝，共同抗日，携手并肩，共同建国的。"中国其他党派，包括国民党在内，其党员之多数，对于民族危亡之巨祸，必有很多不愿意投降与内战的。有些虽然一时被蒙蔽，但时机一到，他们也还有觉悟之可能。""中国军队也是一样，他们的反共，大多数是被压迫"，他们是愿意继续团结抗战的。"全国人民之大多数也不愿当亡国奴"，他们无分贫富老幼，都是愿意团结抗战的。因之，纵然分裂，也仅仅只是亲日派走狗何应钦之流，与汪精卫一样的被逐出抗战阵营，也仅仅只是和某些叛变抗日的国民党当权人物分裂，绝不等于与整个国民党分裂，绝不等于与各抗日党派、各抗战部队、各抗日同胞分裂。抗日民族统一战线不但不会因此而削弱，而且正因为滚出了一些民族败类，质量将更益提高。它的基础还依然十分广泛而巨大，它包含着抗日的民族资产阶级，开明的士绅地主；包含着各抗日党派以及国民党中多数爱国党员，进步元老；包含着前线各抗战部队。它在沦陷区与敌后方的基础更为广大，因为沦陷区及敌后的大地主大资产阶级，直接遭受日寇的抢劫、杀戮、压迫与摧残，他们也还是要抗战团结的。至于工农与小资产阶级，当然更是对团结抗战最坚决的基本力量了。

所以我们决不能粗心大意，恰恰正要在空前严重极度紧张的目前，更益巩固和扩大抗日民族统一战线，团结一切抗日的友军，团结一切开明士绅，团结一切不愿意投降内战的每一个人民，并且更益团结自己，为肃清内奸，为坚持抗战、团结、进步，为巩固与扩大抗日民族统一战线而坚决奋斗，这是绝不能有丝毫游移的！

同时，在各种政治问题上，我们更加要细致周密、更加要谨慎小心。这里，在关于政权组织、经济政策、运动政策、土地政策、保障民权、除奸政策、文化教育政策等，都将按照真正三民主义和孙中山遗嘱的原则进行。对此，本报已屡有论述，尤其是本月一日所发表的延安解放报《论抗日根据地的各种政策》一文，更为详尽而切适时宜，应该作为我们不易的根据。

时局更严重紧张，我们共产党人和全华北以及全国进步军民的责任也愈益艰难，右的悲观失望和左的气愤冲动，都是对革命抗日分万不利的。我们的紧急任务是"在于以最大的警惕注视事变之发展"；是在于以绝对的坚定性，坚持既定的正确方针，冲破任何惊涛骇浪，冲破任何黑暗反动的局面，战胜日寇亲日派以及反共顽固派！

同志们，"绝对不能粗心大意"！

（原载一九四一年二月十五日《新华日报》华北版第一版社论）

严整抗日阵容　坚持抗日到底

　　两年余来，本报曾一再大声疾呼，号召抗战军民，一致奋起，坚决驱逐汪逆党羽，严整抗日阵容，坚持抗日到底。华北军民响应本报号召，在历次反汪除奸运动中，亦曾再三作此严正表示。而且华北抗战军民，为了执行自己这种正确的政治主张，曾无数次以英勇的战斗行动，在根据地内展开反对汪逆党羽以及敌探奸细分子各方面的实际斗争。诸如反对石逆友三、侯逆如墉等辈的斗争，就是这条战线上斗争的具体的最好实例。这些斗争的胜利，会使我们根据地大大巩固起来。事实证明，这些分子确实是日寇汪逆派遣到我们抗日阵营和根据地内来进行破坏的奸徒。但在全国范围以内，这种隐藏的汪逆党羽，不仅未见清除，而且日益坐大。这些人是谁？即亲日派阴谋家何应钦等辈。

何应钦等辈之为日寇走狗，与汪逆同属一邱之貉，不仅全国人民早已摸清其骨头，对之怒目切齿，即日寇方面亦已直认不讳，宣扬其为亲日派巨头，忠实于日寇之走卒。抗战以来，何应钦辈侧身抗日阵营内部，高官厚禄，至为显赫，而日夕所筹划者，则无非为破坏团结抗战，策动投降妥协之阴谋。其所作所为与汪逆毫无二致。一切磨擦事件之发生，何应钦辈均起了从中播弄，挑拨离间的作用，一切黑暗逆流的横行，何应钦辈都是重要的参加者和主谋者。他们更且腐蚀我抗日阵营，败坏我军政机关，贪赃枉法，横行无忌；忠贞谋国者，尽遭排挤，原本领导抗战的国民政府，因此反成为汉奸败类遁迹渊薮，鬼影幢幢，黑幕重重，抗战国势，由是愤弱。茂林事变之发生，更是亲日派何应钦辈所一手造成，其企图是在策动全国大规模内战，陷祖国于四分五裂，然后一举而篡夺全部政权，充当中国的贝当，沦中国万世子孙为日寇的奴隶牛马，其计至毒，其心至险！

茂林事变，亲日派奸雄得逞一时，而日寇更乘机进攻，已使国内团结为之开始破坏，抗战力量大受损失，祖国前途岌岌可危。由此可见，今日欲求挽救祖国危亡，坚持团结抗战到底，争取最后胜利，就必须全国军民一致紧急动员，集中火力，打击亲日派阴谋家何应钦辈，坚决把他们驱逐出抗日阵营之外，重整抗日阵容。盖此辈奸臣贼子一日不除，内部纠纷即一日不了，而全面内战即有在他们策动下随时爆发之可能，抗战大业有随时被中断的危险。古今中外历史一再教训我们，从来没有一个国家，政府内部被奸细分子操纵把持，而能在对外战争中取得最后胜利。南宋之亡，亡于秦桧；普法战争法国之败，败于脱罗秀之辈；而西班牙抗战，则是被断送于米亚加、加萨陀等流。我们如要保卫自己的祖国不为这些奸徒出卖，便要及早加以肃清，制止他们更大的祸乱。我们必须像反对公开汉奸汪精卫一样，坚决的反对汪逆的同僚——隐藏的汉奸亲日派阴谋家。我们要尽情揭发他们的阴谋，撕下他们的人皮，显露他们的狗相，使他们不能在抗日阵营内藏身，而且受到人民的制裁。

我们号召全华北军民展开一个广泛的群众运动，以集会、签名、通电等等方式坚决表示我们的主张，主张逮捕一切亲日派奸细份子，铲除汪逆党羽，整肃抗日阵营；主张立即废止一党专政，召开真正民主的国民大会，改革政治机构，容纳各党各派代表参加，使国民政府真正成为全民团结的国民政府；我们主张开放言论、集会、出版、结社自由，释放全国的爱国犯，如张学良、杨虎城、马寅初等先生……我们建议各地机关团体，把这一工作作为目前的中心工作之一，动员一切老少男女来参加这一运动。我们还要求把这一运动与根据地内部的抗日除奸运动联系起来，检举隐藏在我们根据地内部的汪逆党羽敌探奸细分子，时刻提高警惕，慎防他们的破坏活动。我们丝毫不要张惶失措、不分皂白，乱加人家以汉奸帽子，但是我们也决不放纵一个危害根据地的奸细分子。我们一方面要在根据地展开除奸运动，肃清地方汉奸，另方面更在全国范围内严正的提出我们的主张：严整抗日阵容，坚持抗日到底！

（原载一九四一年二月十七日《新华日报》华北版第一版社论）

再论准备春耕

关于春耕问题，本报已一再著文论及，特别是上月五日社论《准备春耕》，对各项准备工作，均提供了若干重要的具体意见，最近冀太区且已正式成立春耕委员会，着手布置工作，并准备分遣干部到各地突击，可见这一问题，已引起各方注意。但因今年华北各地春耕，关系各根据地的巩固与繁荣至大且钜，因之本报值此瑞雪降后，各地春耕生产即将开始之际，特再就管见所及，不厌其烦，对春耕准备工作加以讨论。

较之以往，今年华北各地的春耕，一般都具有若干有利条件，但同时我们亦存在着若干困难，这些困难有的是去年所不存在的，有的去年即使存在但不像今年严重。要使今年的春耕工作顺利开展,百分之百的完成我们的春耕生产计划,就需要解决这些困难,各地各级春耕委员会的主要任务,首先也就在于克服这些困难。

究竟我们存在着一些什么困难,并且怎样克服这些困难呢?

我们存在着的第一个困难是战争的威胁与扰乱,我们早经指出,今年敌人对各根据地的"扫荡"一定要比去年频繁与残酷,而且为了破坏我们的生产,敌人很有可能在我们进行春耕的时候,来一个春季"扫荡"。因之,摆在我们眼前的第一个大问题,就是今年的春耕,必须有武装保卫,这就必须要有一部分好男儿参加到主力部队中去,保证主力部队的满员,强固主力部队的战斗力,使能随时随地击退敌人的进攻。同时还须加强军区地方武装的建设,除了参加一般自卫队外,青年和壮丁,还应涌到青抗先、基干队等各种民兵组织中去,并且至少要在每一个区成立一个模范队,训练出一批特等射击手,以我们自己的武装力量,来保卫我们自己的春耕,自己的家乡。各地的共产党员更应成为参加主力军,参加民兵武装的模范,成为武装保卫春耕的英勇战士,只有这样人力与武力结合,只有把春耕运动和军区建设联系起来,才能保卫我们的春耕生产,不为敌人所破坏。

我们存在着的第二个困难是劳动力问题,因为疫病的流行,死亡率的增加,敌人的诱征壮丁出境,以及青年壮丁一部份参加武装和其他各种工作,农村中劳动生产力的确有若干减少。克服这一困难的办法:第一就要开展农村中的卫生运动,医治疾病,防止春瘟,以增强劳动力;第二就要注意在春耕期内减少人民劳役,非绝对必要不准雇佣民伕(在这方面晋冀豫去年就作得很有成绩,但仍应注意);第三就要更有计划的调剂劳动力,组织劳动力,如帮助抗属春耕,发动各家互助等等,均宜视先后缓急,作严密的组织。并且特别要注意到那些流落各地的灾难民,帮助他们解决资本、农具、种子等等困难,把他们的劳动力有效的组织到春耕中去;最后,在最重要的是发动妇女儿童参加春耕。晋察冀边区在去年春耕,个别县份劳动力即感缺乏，但因发动妇女儿童参加春耕的结果，不但克服了这一困难，而且个别地方劳动力反比以前增加。如以平山为中心的五专区四个县的统计，去年春耕参加生产的劳动力占全人口的百分之七七点三，如果说人口比例是男女各半，那末就有百分之二七点三的劳动是妇女儿童出的力。虽然其他各区因为群众工作的基础不同，不一定能够做到如晋察冀边区这样成绩，但发动妇女与儿童参加春耕，或者是帮助作一部分工作，是十分必要而且完全可以办到的。在今年春耕中，我们必须把动员妇女儿童参加生产造成一个热潮，这就要求群众团体，特别是妇救会来充分的注意这一工作，给这个工作以有效的保证。

我们存在着的第三个困难是技术上的一些问题。由于敌人去年"扫荡"时的焚烧掳掠，根据地的农具种子损失很大，这在春耕时给我们增加了很多困难。关于技术上的问题，我们提出以下数点：第一，要扩大耕田面积。这里首先要保证今年不再有新的荒地出现，同时要集中力量开垦熟荒，修整滩地，并适当解决农村中存在着的一些土地纠纷，一则可以巩固统一战线，提高大家的生产热情，再则可也不致因土地纠纷而影响到田地荒芜；第二，要足够的补充一些牲畜和农具，除发动向外界购买一部份牲畜外，还应组织铁工，木工，开办农具生产合作社，按照需要制造补充农具。又若干地方已有改良的新式农具的发明，应加奖励推广，或在某些区村成立实验场，引起农民对新式农具购买和采用的兴趣；第三，要注意选择种子，并视土质的不同，劝导农民适当配植各种作物；第四，要保护增加肥料，对于已有肥料要好好保护，勿使养分发散，同时在春耕期内可发动儿童拾粪；第五，要兴修水利，如开渠挖井等，地方政府要勘测各该辖区，发动农民有计划的进行，并应尽力解除兴修水利中一切可能发生的纠纷；第六，要作低利借贷，政府贷款贫寒农民，解决春耕中农民资金口粮的困难，去年晋察冀边区政府的二百万春耕贷款，曾给春耕生产以很大刺激；第七，植树节将届，应发动男女老幼大量种植□□树，这对春耕生产也是大有裨益的。

我们相信上述三大问题，如果能够在目前准备春耕期间加以注意，加以适当的解决，那末今年的春耕是一定可以得到胜利的。全华北的党政军民各方面的工作人员们应该深切了解春耕是关系军食民生的第一件大事，我们必须以最大的努力来克服春耕中的困难！必须脚踏实地、一点一滴的考察春耕中的每一细小的实际问题，并竭尽我们的力量解决这些问题，以加倍的提高人民的生产积极性，使今年的春耕展开一幅新的画面。

（原载一九四一年二月二十一日《新华日报》华北版第一版社论）

纪念苏联红军的诞辰

在工农红军降生后二十三年的今天,无产阶级专政的祖国苏联,已经胜利的完成了社会主义的建设,把自己创造成为自由和幸福的乐园,吸引和团结着全世界的劳动阶级,成为世界革命的光明的灯塔;而工农红军自己,则已建设起了强大的社会主义的国防,继续捍卫祖国光明的国土,保护人民天堂似的快乐生活的不被侵犯,并使自己成为举世崇敬的和平堡垒,在动荡的国际大局中起其举足轻重的作用。在今天,全世界的无产阶级和爱好和平人士,必然会热烈庆祝这一有意义的纪念日,并对他们——苏联红军寄以无限同情与希望,希望他们继续迅速壮大,来解救人类的厄运。

在我们中国，我们和苏联红军的友谊，更是和其他国家不同的。苏联红军给予我们的实际有效的援助，使抗战奠定了胜利的基础，显示了祖国解放的曙光。但同时，我们在祝贺我们朋友的胜利的诞辰纪念的时候，我们自己的祖国却依然处在空前的危难之中。亲日派出卖祖国的罪谋和反共顽固派反共投降的暴行，更加深了民族的严重危机和困难，特别是敌后抗战，是一天比一天更加艰苦和紧张了。因之，我们纪念苏联红军的降生，就应该加紧吸收苏联红军胜利的经验，来强化我们抗日最坚决的八路军和新四军，壮大我们的力量，提高我们的战斗力，以应付这空前严重的局面，战胜日寇汉奸亲日派的联合进攻，使祖国走向胜利的坦途，这就是：

第一，要深刻认识坚持华北抗战的确切不移的正确方针。加强根据地的各项建设，特别是军事方面的建设，更进一步的巩固我们的根据地。军队如果没有竭力援助前线的坚固后方，那它就必遭失败。华北的各个抗日根据地都是作战的前线，同时又是主力部队休息生养的后方，我们必须把这些后方百倍强固起来，成为无坚不摧的堡垒。要做到这样，首先就要加强和健全各地军区和军分区的建设工作，真正从广大群众中创造出一大批和人民有血肉不可分的地方武装，在当地展开广泛的群众性游击战争，并要不断扩大和巩固这些地方武装，提高他们的军事技术和政治素养，使能在任何困难情形下独当一面，坚持作战。苏联主力红军，在国内战争和反对外国武装干涉时，所以能取得胜利，就因为有无数地方游击队和地方武装的配合和帮助。我们的主力部队在此严重时机，更应把帮助发展地方武装，加强军区建设，当作自己的神圣的责任。地方武装的强大，军区的健全，根据地的巩固，将必会使主力部队迅速壮大，并更能充分发挥自己坚强的战斗力。

第二，要坚决执行抗日民族统一战线的正确方针，联合各阶级、各阶层、各友军共同坚持抗战，这一中共中央所确定的方针，在整个抗日战争时期是不变的。我们的主力部队，无论在作战和驻防之中，都应该丝毫不打折扣的实行这一方针和根据这一方针所确定的各项具体政策。我们是忠实于抗日、忠诚于人民的，我们始终把抗日利益和人民利益放在第一位，我们所反对的是日寇和少数汉奸亲日派败类，我们始终坚持"人不犯我，我不犯人；人若犯我，我必犯人"的原则。这样，我们就必然能取得广大人民的拥护，我们就会无往而不胜利的摧毁敌人。

第三，要经常在部队中加强政治上、思想上的教育，提高战斗员和指挥员的民族意识和政治觉悟。我们要抓紧新鲜的事实的例子，作为教材，在部队中进行有系统的思想上的宣传和解释，我们要在部队中展开广泛而热烈的反投降妥协的斗争，造成每个战士对日寇汉奸和亲日派的同仇敌忾，求得部队政治上思想上的完全一致。"苏联红军之所以胜利，是因为：（甲）红军战士们了解战争的目的和任务，并觉悟到这些目的和任务的正确性；（乙）对战争目的和任务之正确性的觉悟，就巩固了他们的纪律精神和战斗能力；（丙）因此红军战士群众在与敌人斗争中，就常常显出无可比拟的、奋不顾身的气概和从所未见的群众英勇精神。"我们也应该向这一方面努力，要把每个战士陶炼成为刚毅果敢奋不顾身的铁的勇士。

第四，要加强部队的军事训练和政治工作，巩固和提高部队的战斗力。正规兵团除了积极作战行动外，还应该随时随地抓紧机会进行休整和训练。休整训练就正是为了增大部队的力量，使能在以后作战中求得更大的胜利。任何忽视或轻视整训的观念，都是不应该存在的。苏联红军的所以强大，就因为有经常的优秀的训练。我们要更加紧和深入部队的政治工作，严格注意敌探奸细的活动，减少和消灭非战斗的减员，保证部队旺盛的士气和纪律精神，以备迎接残酷的剧烈的战斗。

第五，要加强八路军、新四军部队内部干部的团结，一切共产党员干部，必须在思想上、政治上团结一致，把握"下级服从上级"的原则，保证全部队绝对服从中共中央革命军事委员会和各级部队首长的正确领导，并且要以自己团结一致的精神，去影响部队中的群众干部，求得全体干部的坚固团结；只有全体干部的团结，才能使整个部队团结得像一个人一样，才能严格部队的纪律，才能真正铸成铁的兵团。苏联红军之所以胜利，就因为："数十人、数百人、数千人乃至数百万人，都万众一心地按照中央所发出的口令而行动"。

自然，苏联红军的经验是很多的，我们只举出上述数点，希望大家——特别是部队同志——悉心研究苏联红军的经验，以之引用到今日中国民族解放和人民解放的事业中来！

（原载一九四一年二月二十三日《新华日报》华北版第一版社论）

论兵役动员工作

只有进步的抗日武装力量的扩大，才能坚持抗战到底，战胜日寇和亲日派阴谋家的军事进攻和政治阴谋，争取祖国的彻底解放；只有首先是武装战线上的胜利，才能胜利地坚持华北抗战，击破日寇的反复"扫荡"和各种方面的进攻，巩固我们的根据地。这一明确的真理，已经由将近四年抗战的历史事实，特别是这次亲日派所策动的皖南事变所完全证实了。本报之所以一再号召优秀男儿参加八路军者在此，而现在再论扩兵工作者在此。

在历次扩军运动中，各地都获得了光辉的成绩，特别是去冬的那次扩军运动，在几个先进的根据地中，已经造成了一个相当的热潮，大批勇敢有为的青年壮丁都振臂投入正规军中，披上戎装，拿起武器，站到祖国的最前线去。晋察冀边区就先期超过了动员计划，其他地区也基本上完成了任务，但是却也还有某些地区至今拖延不决，未能如期解决这一战斗的——就是说，未能达成预期的希望。

是不是说这一工作存在着难以克服的客观上的困难呢？显然不是这样的。华北拥有广大人口，这一人力条件的存在，便足以保障扩军工作的胜利。我们估计，从各根据地中动员百分之三的人口参加部队，是绝对没有问题的至低限度的要求。现在我们有没有已经超过要求的限度呢？华北有三年多群众工作的基础，特别是去年日寇在各地的毁灭式的"扫荡"，惨绝人伦的狂妄暴行，更燃烧起群众普遍的对敌仇恨，激发起他们的民族觉悟，造成了扩军的十分有利的条件。我们有没有充分运用了这一条件呢？三年来八路军在华北与人民共生死，同患难，已经在人民中建立起至高的威信，人民对之有无比的热爱，难道这不也是事实吗？这一切说明：某些地区之未能十足完成预定的扩军计划，应该从主观方面去寻找根由。

现在新的扩军任务又被提出了。这是一个突击性的任务，它要求各地区在短期内使各主力部队满员，并有若干的扩大。晋冀豫区规定是以二月十五日到三月十五日为此次新兵动员期，其他地区的限期，也都是十分急促了，在此时机，将过去扩兵工作经验加以检讨和吸收，并作为目前工作的一个提示，是万分必要的。

以往某些地区之所以未能充分实现扩兵计划，主要的自然在于群众工作的不深入，但除此以外，一般还存在着如下几个弱点：

第一是始终没有把参军运动造成一个群众运动，没有能从群众内部激发起一个广泛、热烈的参军浪潮。若干工作人员口里喊着政治动员，有的也确实希望多做些宣传鼓动工作，但又不知如何着手。而在实际行动上，却依然往往克服不了个别拉夫的方式。若干工作人员甚至根本没有想到要把参军激成一个群众运动，他们避难就易，偷便取巧，企图以归队工作来代替扩军工作（自然发动归队也是十分重要的，但决不能存心以归队来完全代替扩军），而就是归队工作，也并不一定做得很好。他们中有的算是做到了说服逃亡战士本人及其家属，但没有鼓动起一种普遍的群众舆论，有的甚至以为既然是归队，就不妨强硬一些，于是采取"捉逃兵"的办法，捆绑入伍。这种现象的存在，自然大大地妨害了扩兵工作的开展。在这次扩军工作中，我们必须严格的纠正这一切错误的有害的办法。要采取多种多样的宣传鼓动形式，与群众的切身生活，切身利益联系起来。进行宣传鼓动。必须深入了解群众的痛苦与困难，而从解除群众这种痛苦与困难中，来号召群众参军入伍。必须抓住敌人烧杀等最新鲜、最生动的活生生的具体事实，来激起群众的爱国心与同仇敌忾。再从这个基础上来鼓舞参军参战热情。必须彻底廓清农村中害怕上前线的心理，粉碎敌探奸细所散发的破坏从军的谣言邪说。必须掀起一个巨大的浪潮，根本转变农村中沉闷的空气，在群众中发动一个舆论，人人认为参加八路军是最光荣的。只有这样，兵役动员才会成为群众运动，青年壮士才会争先恐后自动入伍。

第二是兵役动员始终停留在个别扩大的阶段上，没有进行有组织的动员，利用集体入伍的方式，使得广大群众大批大批的自动报名参军。如某某地区，过去有一个时期，在新兵动员工作中，完全是地方党唱独脚戏，没有能通过群众团体，有组织的来号召自己的会员，并推动非会员踊跃入伍。或者即使发了书面号召，也并没有真正认真的进行深入的动员工作。兵役动员完全是一件群众工作，如果群众团体袖手旁观，不来号召与发动，则其成绩始终是有一定限度的。要使兵役动员工作得到胜利，要使兵役动员造成一个群众运动，首先就必须在各群众团体本身进行逐级的动员，特别是农救、青救和各种人民武装组织，要有计划的发动自己的会员、队员来参加正规军。各种群众组织要把兵役动员看作目前最重要的中心工作，勇敢地担当起这一任务，自己规定自己的动员数字，并且大家发动竞赛，如期完成数字。严格说来，在华北的兵役动员，个别动员阶段，基本上应该结束了，个别扩大是次要的，主要的是要有计划有组织的号召入伍。

第三是干部和共产党员的先锋作用尚嫌不够，还没有足够数量的干部和共产党员自动以身作则来领导和组织广大群众入伍。干部和共产党员模范作用的伟大意义，已经早由事实证明了，最近冀南吸收了晋察冀边区的经验，在这方面获得相当的成功。但是至今尚有某些县区认为干部当兵是未免太可惜了，也有某些干部则以为我既身为干部，当然不应再去当兵；而个别共产党员同志也往往保有此种错误观点，甚至公开宣称："我就是要不当兵才加入共产党的。"自然这是绝对要不得的。在这次兵役运动中，我们特别要在群众中郑重提出"干部和共产党员应作为参军参战的模范"这一响亮的口号。各地共产党支部负责人应该首先响应这一号召，有组织的领导本支部的党员参加到八路军中去，作为新兵的骨干。自然，还同样是要经过动员的，并且是应该有精密的计划的，决不能急躁浮动，也决不能因动员参军而影响了其他工作。干部和共产党员的参军，还不能只身独行其是的就算了，其主要意义，在于以此模范行动，影响推动和号召广大群众同来参军。因之每个干部，每个共产党同志在参军的时候，都应该团结、组织和率领成群的群众来共同入伍。

第四是党政军民各机关各团体在工作中未能密切联络，在配合上不够密切，而且尚有若干部门在动员兵役的时期，根本没有把这一工作当作自己的中心工作，以致在动员开始时，便步调不齐，未能联合一致，集中力量向这一中心工作突击，而在新兵动员到的时候，也没有专门机关来加以接收，加以教育，加以巩固。于是甚至有若干作动员工作的干部因之而心怀不满，神情懊丧。也有某些地区，在动员兵役之初，曾一时造成相当的热潮，但因领导干部的未能抓紧时机加以展开，且因工作顺利而骄傲自大，放松、忽视，结果致于最后总结时未能完成预定目的。这种种现象，无论在晋冀豫，冀南以及其他地区均有发生。为了克服这种弱点，在此次开始新兵动员的时候，若干地区已组织了统一的新兵动员委员会来统一领导，负责工作。但新兵动员委员会还只是一个组织的形式，实际工作上是否能真正步调一致，有机配合，尚有待于各部门的努力。不仅参加新兵动员委员会的工作人员应该努力，而且不参加动委会的各部门的负责工作人员，仍需经常密切联络，相互洽商，并发动自己的各级系统，求得一致的配合。只有党政军民四位一体，真正像一架大机器，一同开动起来，新兵动员工作才能保证取得百分之百的胜利。

这次的新兵动员，是一个巨大的紧急任务，我们需要集中火力，向这一工作突击，突击，再突击！丝毫不能迟缓、拖延、懈怠，以致到时不能完成，而又影响到其他中心工作。不仅如此，而且在此短期的突击之中，我们还要在群众中打下兵役动员的思想方面的基础，使今后的兵役动员能够组织化、制度化起来！

（原载一九四一年二月二十五日《新华日报》华北版第一版社论）

新四军杀敌讨逆大胜

被国民政府军事委员会以反动命令取消番号之新四军，自中共中央革命军事委员会正式任命陈毅为代理军长、张云逸为副军长、刘少奇为政治委员并改编为七个师的劲旅，由陈等统一指挥后，全军上下精神奋发，士气高涨，近以排山倒海之浩大声势，在苏皖豫一带，展开极猛烈之活动，杀敌致果，连续取得振奋全国之伟大胜利。即以近半月之作战而言，即有三大可歌可泣之战绩，计：（一）活动于皖豫边境地区之新四军某部，当日寇集中大军猛扑中原，中央军汤恩伯等部由"剿"共阵地仓惶溃退，遭受重大危害时，急由津浦路西出动，东向而击，节节追杀敌寇，牵制其正面进攻，会于十、十一两日，一鼓而下皖东北名城蒙城、涡阳，尽歼城内守敌，"扫荡"皖东妖氛；而其左翼则包围怀来，进逼蚌埠，右翼则抄袭太和，进击阜阳，并曾在亳县、永城等处，屡创顽寇，予敌以重大杀伤，实为皖豫敌后之一大奇捷；（二）挺进于苏皖边境地区之新四军某某等部，在苏北淮阴阜宁、皖东北泗县灵壁一带，纵横杀敌，大显身手，一路曾攻克青阳溪，直薄泗县，一路则尽拔阜宁附近敌占据点，兵临淮阴，苏皖边境，凯歌遍唱；而最后（三）苏鲁皖战区游击总指挥李长江，率部投敌，为虎作伥，受汪逆精卫委为伪和平救国军第一集团军总司令，并配合敌寇向海安兴化我国军猛烈进攻，韩德勤养虎为患，曾受相当损失，苏中地区顿时情况紊乱，消息不明，而久为李逆所盘踞之老巢泰州，更是乌烟瘴气，糜烂不堪。陈代军长等在当地友军与地方民兵纷纷请求下，乃颁布明令，出师讨逆，于十九日晨发动总攻，至二十日晨，在连克姜堰、苏陈庄后，即直捣李逆巢穴，光复泰州。诸凡李逆所部虾兵蟹将，如丁聚堂、王孝礼等部，均为我讨逆军所一一歼灭。而其深明大义，不甘附逆之某某两部，则在我讨逆军开入泰州时乘机全部反正。遂使祸害滔天之李部叛乱，得以及时平息，呻吟于寇伪魔爪下之苏中人民，乃又重睹天日，而敌寇汪逆之鬼蜮伎俩，也就再一次宣告失败。抗日锄奸，其战果实在是非常辉煌的。

上述三大战绩，又再一次证明新四军是忠于国家、孝于民族的最坚决的抗日部队，是热爱友军、敬爱人民的革命的先锋队，是民族利益和人民利益的真正维护者。国民党当局经常标榜的"国家至上，民族至上"，"抗战第一，胜利第一"，新四军才真正完全做到了。虽然亲日派千方百计陷害新四军将士，甚至作出无法无天之罪行，虽然重庆当局公开颁布反动命令取消新四军番号，把功高日月的全军领袖叶挺军长交付所谓军法审判，但新四军健儿在我党中央领导之下，仍一本初衷，矢志抗战，坚决执行抗日民族统一战线的政策。茂林之血迹未干，将士之悲愤犹殷，而我新四军纵在日寇汉奸与剿共军两面夹击、处境艰险万状之中，对国家民族有利之举，即见义勇为，舍身以赴，而对友军人民之请求，新四军虽赴汤蹈火，万死不辞。亲日派与重庆当局曾一再污蔑新四军,谓新四军叛变抗日,图谋不轨,现在事实证明,真正叛变民族,为敌作伥的,不是新四军,而却正是以这一套罪恶名词加害新四军的苏鲁皖战区司令长官顾祝同本人的部属,是顾祝同、韩德勤所统率的亲信部队李长江部,是最忠实执行何应钦、顾祝同、韩德勤辈反共意志的"剿"共先锋队,是重庆当局因其反共有功,而大加嘉奖过的郭村战役的演出者。毫无疑义的,李长江的叛国投敌,为害民众,首先就要李逆的顶头上司顾祝同、韩德勤辈负完全责任。同时反共当权者也决不能丝毫委卸罪咎。因为正是他们不顾新四军的一再呈控,甘心收容这样的民族败类,汪逆党羽;正是他们一再给以反共命令和反共教育,而最后遂使其更益丧失民族意志,而完全恬不知耻的摇身一变公开投敌。我们应该郑重指出,李逆的叛变,同样是重庆当局内战外和政策的必然恶果。如果重庆当局仍然执迷不悟,醉心反共,那末在那种反共教育的"熏陶"之下,必然将会有更多意志薄弱的部属离开抗日阵营,投奔日寇汪逆的怀抱。而且还必然会像李逆长江那样,反过头来为害家国人民,并且咬食你们自己。

新四军陈代军长等在就职通电中,曾明白宣布:"毅等誓遵三民主义,服从总理遗嘱,与万恶敌人——日本帝国主义及其走狗亲日派奋斗到底!"而在声讨亲日派通电中,更披沥肝胆,号召:"全国人民必须速起注意监视真正叛变者!"而这次三大辉煌战绩,实为新四军将士在接受中共中央革命军事委员会命令以后,实践自己抗日讨逆意志的第一声。新四军将士既然自动配合抗日友军,在苏皖豫地区予日寇以重大打击,又复接受人民请求出师戡平李逆长江的叛乱,真可谓是旗开得胜,马到成功。在这几次大战中,已经充分显示了新四军是无坚不摧的犀利的雄狮,确实证明新四军不仅有责任,而且有能力来坚持抗战,保卫祖国,讨伐叛逆,肃清奸邪。今天谁要是叛卖祖国,投降敌寇,新四军就会毫不客气的给以应得的惩戒,一如给予李逆长江的惩戒一样;今天只要人民对新四军有所请求,新四军就会责无旁贷,义无反顾的毅然决然出师加以征讨,一如征讨李逆长江一样。

同时在讨伐李逆的战争中，又很显著的证明一个真理，就是一切卖国投敌的部队，都必然是不堪一击的。这首先就因为它内部精神涣散，士气颓唐，大多数官兵都是有良心的中国人，决不甘充当日寇爪牙。因之，这种叛逆部队，一旦与我军交锋，几乎只要几个口号，便可把他们完全瓦解。试看新四军征讨李逆，仅在二十四小时以内，即连克重要城镇，完全解决战斗，李逆所部或则土崩溃散，或则遭受歼灭，或则大义反正，而李逆本人则仅能以残兵数百，保身逃命而已。李逆的命运，也就是将来所有亲日派叛逆分子的命运，谁要是愿受汪逆百万冥票，谁的头颅也就必然难保。

新四军在华中的一再告捷，予日寇以严重打击，特别是消灭伪和平救国军第一集团军，剪除汪逆在长江下游的可靠翼羽，自必引起日寇的极度震恐与仇恨。因之根据最后消息，日寇已由陇海、津浦各线，以至皖东、江南，抽调大批兵力，纷由海州、徐州、淮阴、如皋、高邮、涟水等据点出动，大举"扫荡"苏北苏中地区之新四军。鏖战累月之新四军，又复重陷于新的残酷的紧张战争中。但新四军早已抱定决心，要与苏北苏中人民共存亡，自当乘既胜之锐，与日寇一决雌雄，为保卫国土，保卫当地人民之生命财产而奋斗。此时，久附新四军侧背之"剿"共军，究将采取何种态度，当为国人所最关心的问题。前者，当日寇进犯中原，包围猛攻"剿"共军，"剿"共军遭受重大压迫，危急万状之际，新四军不但不计私仇，不存报复，而且积极在敌后发动大规模的对敌进攻，抢救由剿共军阵地撤退之友军，使其不至为日寇与亲日派所毒害，诸如李品仙等部，且曾因此而获得脱险，则揆诸常理，今日新四军在遭受日寇残酷"扫荡"时，"剿"共军自当秉民族国家的良心，稍稍放弃反共成见，勿再受亲日派之愚弄，或则竟效法新四军当日光明磊落之行动，配合新四军共同对日作战，奈事与愿违，据各方消息，"剿"共军不但不能以德报德，且反而以怨报德，近日又复集结于平汉线及豫东地区，摆开阵势，准备配合日寇，对新四军实行内外夹击，而"剿"共军李品仙部，则已积极向涡阳、蒙城等处新四军进攻，重演其"收复失地"的故技。似乎前一次日寇亲日派利用反共当权者剿共内战的弱点、大举进攻中原之惨祸，尚不足以教训若辈。鹬蚌相争，渔人得利，民族国家危急若此，而当局竟不顾一切利害，胡作横行到底，请问反共派的人们，你们究竟是何居心？试问，你们这样进行反共内战，其结果将置国家民族于何地？同时，也将置你们自身利益于地？一切剿共的将士们，请你们清醒的回忆一下半月前寇蹄深入中原的情况吧，勿再堕入亲日派何应钦辈之奸计，陷你们自身于身败名裂的危险境地。我们号召全华北军民，一致奋起，为制止亲日派暴行、援救新四军而奋斗！我们呼吁全国爱国同胞、世界正义人士，一致起来，督促重庆当局悬崖勒马，接受中共中央十二项主张，首先是停止对华中新四军的剿共军事行动！

（原载一九四一年二月二十七日《新华日报》华北版第一版社论）

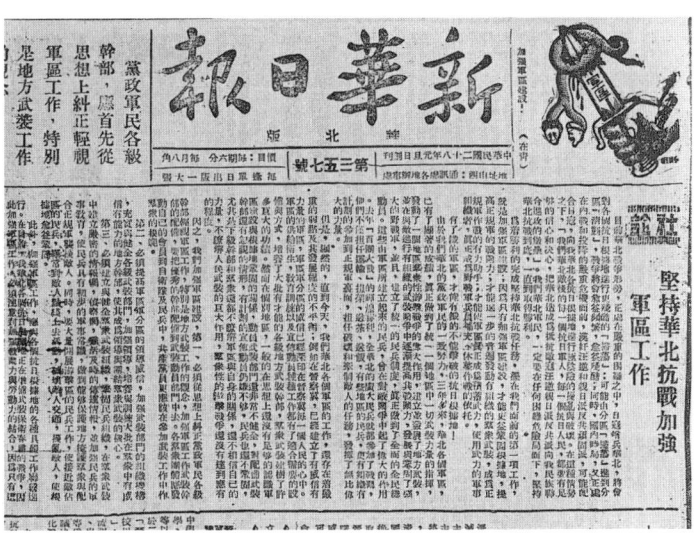

坚持华北抗战　加强军区工作

目前华北战争形势，正处在严重的困难之中，日寇增兵华北，将会对各个抗日根据地进行更残酷的"扫荡"；可能由分区"扫荡"进到分区"清剿"，战争将会愈益频繁，愈益残酷；同时，国内时局又正处在内战和投降的严重危机面前，汉奸汪逆和亲日派反共顽固派可能配合日寇，向我华北各抗日根据地进行极阴险的扰乱与破坏。在这种情势之下，"我们华北敌后的每一个抗日军人、每一个抗日人民，都要有足够的信心和决心，把华北造成为抵抗敌寇汪逆亲日派反共派向我民族联合进攻的堡垒"。我们华北军民，一定要在任何困难危险局面下，坚持华北抗战到底，一直到取得胜利。

为着胜利的完成坚持华北抗战任务，摆在我们面前的第一项工作，就是加强军区建设。因为只有加强军区建设，才能更益巩固根据地，提高正规军的战斗力；才能进一步的普遍发动有组织的群众武装，成为正规军作战的有力助手；才能使军区真正成为积蓄武力，使用武力的军事组织者，真正成为野战军兵员补充、休整作战的依托。

有了铁的军区，才能有铁的不能击破的抗日根据地！

由于我们华北的党政军民的一致努力，三年多来，华北各个军区，已有了显著的成绩，真正做到了统一一个地区中一切武装力量的指挥，发动了一个地区群众性游击战争的伟大作用，建立并发展了地方武装，并在与敌进行有组织的武装斗争中逐渐提高其战斗力，发展与巩固了强大的野战军，并且，建立了统一的民兵制度，真正做到了全面的全民总动员。这些由军区所建立起来的民兵，曾在对敌战争中起了伟大的作用。去年"百团大战"的辉煌胜利，全华北的广大民兵就都参加了战斗，他们不仅担任运输、担架、送茶、送饭，有些地区的民兵，更有组织有计划的参加到正规军里面，担任破坏和牵制敌人的任务，发挥了无比伟大的力量。

但是，显然的，直到今天，我们华北各个军区的工作，还存在着严重的弱点及其发展程度的不平衡。例如在晋察冀，已经建立了有威信有力量的军区，军区军分区的威信已经深印在晋察冀每一个人民的心中。军区的供给卫生、教育训练以及宣传动员种种工作都有了适合需要的设备与方式，培养了大批有才能的各级地方武装干部，群众武装建树了许多巨大的功绩。然而在个别地区，一般的在思想上还没有足够的认识军区建设与根据地巩固的关系，动员武装部门还非常不健全，对配备武装干部还有忽视的情形，有计划的宣传动员仍嫌不够，民兵也还不巩固，尤其是下级干部和群众还都不了解军区与自身的关系，还不相信自己的力量，不了解人民武装的巨大作用，群众性的游击战争还没有达到应有的程度。

因之，我们加强军区建设，第一，必须从思想上纠正党政军民各级干部轻视军区工作，特别是地方武装工作的观念，加强军区工作武装干部的配备，要把优秀的干部配备到武装动员部门中去。各群众团体应发动自己的会员到自卫队及民兵中，共产党员更应该在参加武装工作中作群众的模范。

第二，必须提高军区军分区的领导威信，加强武装部门的组织机构，充实与健全各级武装部门，加强领导，培养与训练大批在群众中有威信有能力的地方干部，使其成为领导与团结群众武装的核心。

第三，必须建立与健全群众武装组织，巩固民兵组织，在群众武装中建立严密的情报网、侦查网，灵活及时的传达情报，并加强民兵的军事教育，使民兵具有初步的军事常识，做到能够保护地方掩护群众与配合正规军袭扰敌人。同时，要大量开展游击区的民兵工作，使接近敌战区的民兵，经常到敌人点线上去活动，破坏敌人交通，扰乱敌人，使根据地愈益巩固。

此外，加强军区工作，应与各个抗日根据地的各种具体工作联系进行。在目前，我华北各个抗日根据地正在准备武装保卫春耕的战争，因此加强军区工作，必须注意到加强战斗力与劳动力的结合，因为只有这样，才能更益提高千百万群众参战情绪，更益提高军区威信，军区工作一定会有飞跃的进展。

（原载一九四一年三月一日《新华日报》华北版第一版社论）

论准备民选村级政权

今年的华北是战争年、生产年，也是民主年。除了晋察冀边区以外（因为他们已经于去年施行了一次大规模的民主普选运动，澈底改造了各级政权），华北的其他各根据地，都准备在今年，以普遍民选方式，把最基础的村区级政权作一澈底的改造。冀太行政联和办事处，且已把这一工作列为本年度四大工作计划之一，并具体规定以上半年度的半年时间，实现村政权的民选，下半年度的半年时间完成区政权的改造。不久将来，即可见着冀太地区掀起狂热的民主选举的大浪潮。

很显然的，今年的村选是和以往不同的。以往历次各地的村选，是无计划的，无组织的，而且多少是非正规性的。

因之在实行民选的步调上,既有此起彼落颇不一致的现象,而在进行选举的时候,也多少有些马马虎虎的情形。以致村政权虽有几次的民选改革,但收效不大,人民和政权的关系既未能真正十分的密切联系起来,所以行政效率的提高也就颇为有限。至于这次的民选改革运动,因为吸收了以往的经验,具有与过去不同的内容。政府当局已经把实行民主政治当作一件巨大工程,抱定一个远大的目标,要从普选村区政权着手,首先求得村区政权的澈底改造和真正巩固,然后以此为基础来改造上层各级政权。因之,在事先既颁布了区村政权的组织条例和选举法,并又确定一定的步骤,以较长时间来进行准备和选举。就是说,这次村选是一次统一的、普遍的、正规性的、有计划的选举。正因如此(这次村选便与过去历次不同,具有不同的意义),我们需要郑重其事的处理这一工作,有组织的推进这一工作。

冀太地区的村选,是以六个月为期,那末真正开会实行选举,当还有一个时期。但是民选的是否胜利,是否进行得好,并不决定于开会投票那天,而是在于正式选举前的动员、组织和准备工作。我们之所以要这样长的时间来做这一工作,也就是为的要有充分时间来进行充分的动员、组织和准备工作。因之,我们对于这一宝贵的时间,与带有经常性的准备工作,是丝毫也不能放松的。在目前,一个时期有一个时期的中心工作十分紧张的情形下,我们都要在每一个中心工作的进行中,配合着来充分完成村选的准备任务。如此,至少有两件事情在目前就需要着手来做的:

一是关于村选的宣传教育工作。以往村选工作所以没有真正做好,主要是宣传教育工作没有深入。这次要克服这一弱点,便需要在这方面多下些苦功。首先在干部中间要进行教育,特别是政权机关与群众团体的工作干部,必须真正澈头澈尾的了解村选的重要。并要深刻的研究和理解政府所颁布的有关村选事宜的法令,对村选的每件具体工作,每个具体节目,都能熟谙无遗,然后才谈得到去帮助、发动和领导群众去推行村选。为了达到这一点,政府最好能开办若干训练班,轮流抽调下级干部受训一次。

其次，对于群众的宣传教育工作，更必须时刻进行，要在各种群众大会上时刻提到这一问题，要出版一些通俗的小册子，传单（最好是有图画的）来实际教育群众。要发动群众反贪污浪费的斗争，使其在实际经验中了解村选是关系他们切身利益的事。要逐渐地在群众心地里栽植下村选热潮的种籽，而在村选快到的日子爆发出来。特别重要的是要克服群众中不愿或害怕当村长和村代表的观念。

二是一些实际的组织方面的准备工作，必须在村选前完成。如调查户口和登记公民的工作，划分公民小组的工作等等。这些工作看来十分简易，而实际上却包含着相当复杂的内容。如调查户口，就要顾到农民不识字的困难，必须发动小学教员等来协同进行。如登记公民还可能发生若干争执，我们不能允许汉奸敌探奸细分子，或已经被抗日政府剥夺公权的刑事犯乘机获取选举权。但也绝对不能随便加人帽子，排斥旁人，取消旁人公民资格。此外，在正式选举以前，有些地方最好能够进行一次试选，这也是准备工作之一。

时间是过去得很快的，不要说来日方长，村选的日子一霎眼便会到来。□不临时手忙脚乱、吃力不讨好，我们现在就应该一步步做起来。

（原载一九四一年三月三日《新华日报》华北版第一版社论）

开展敌占区及接近敌占区工作

深入敌占区,开展敌占区及其附近地区的工作,是封锁和缩小敌人占领地,巩固和扩大我们抗日根据地的重要一环。

自百团大战,杨尚昆同志在本报代论中提出面向敌占区、深入敌占区猛烈开展敌占区工作的伟大号召以后,近半年来,在各地党政军民人士一致努力下,华北各地的敌占区工作,已经表现出有显著的进步。近来各地敌伪军的不时自动成群结队反正,除了由于部队争取敌伪军工作的努力外,敌占区工作的开展也是重大的基本因素之一。

但是正由于敌占区及接近敌占地区工作的日益开展,我们发现了在这一工作中还存在着某些缺点和弱点。这些缺点和弱点相当障碍了工作的更益推进，甚至使敌占区工作和努力敌占区工作的干部，受到不少损失，如太南、太岳、冀南、冀鲁豫等处，时有努力敌占区工作干部被敌伪逮捕迫害，已有的敌占区工作遭受严重破坏的情事发生，这是值得我们万分注意的。

究竟我们的敌占区工作存在着些什么缺点和弱点？这些缺点和弱点的原因何在呢？

这首先在于我们对开展敌占区及其附近地区工作的基本方针缺乏充分的了解，对敌占区及其附近地区的环境缺乏正确的认识。敌占区环境显然是与我们根据地有很大不同的，统治敌占区的是敌人和汉奸，而不是我们的抗日民主政权，因之要明目张胆进行工作自然是不可能的。但在另一方面，居住在敌占区的毕竟大多数是中国人民，而且这大多数中国人中更有绝大多数是不甘心当亡国奴的，反之，他们因为日受敌伪的压迫蹂躏，有切肤之痛，更时刻怀念着祖国和祖国抗战的胜利，希望祖国抗战部队来拯救他们，这就给予我们开展敌占区工作以客观的可靠基础。但因为我们对这两方面缺乏足够的认识，就往往容易发生两种摇摆不定的不正确倾向：

一种是右的倾向。便是过高估计敌伪的统治力量，轻视或小看自己的能力，过分夸大敌占区工作的困难，否认或忽视开展工作的有利条件，以致产生一种"恐日病"，对敌占区及其附近地区视为"畏途"，裹足不前。甚至即使已经打入敌占区，也不敢埋伏在那里耐心的开展工作，或者是不敢利用各种形式和方式开展工作。某些游击地区，甚至于在抗日力量达得到的地方，对公开的无恶不作的汉奸，都不敢加以逮捕。以至工作日益枯缩，我们的阵地只能一步步向后撤退，这自然是十分危险的。

另一种是左的倾向。就是不充分估计敌占区及接近敌占地区的特点，甚至根本否认敌占区及其附近的特殊性，把它看作与抗日根据地一模一样。或者是过分夸大工作的有利条件和自己的主观力量，无视敌伪的统治力量及其对我进攻的残酷性和毒辣性。以致丧失警惕，麻木不仁。至于把我根据地所施行的一套政策法令，如减租减息、合理负担等，原封不动的搬到敌占区去推行。而在工作方式和方法上，也就不是一点一滴，长期埋头苦干的办法，而是大刀阔斧，雷厉风行的作风，如开大会、办大规模的训练班等等，居然也拿到敌占区去运用。这样自然会遭到敌伪的破坏和打击。

上述无论那一种倾向，都是对于工作十分有害的。特别是后一种左倾办法，不但毫不会使敌占区工作开展起来，而且可使许多宝贵的地方工作干部遭受无谓的牺牲，而在受到一次数次打击以后，又会使地方工作干部发生右倾情绪，使工作的开展反而更加困难。这种血的教训，是我们应该郑重的加以充分接受的。

此外，直到如今，若干地区仍存在着把敌占区当作"殖民地"的恶劣的错误倾向。虽然上级军政机关三令五申的一再指出这点，加以批评，教育和严厉的指责，甚至不惜以法令和纪律加以制裁，但仍有人偷偷地到敌占区去"抓一把"和"游击一番"。他们始终没有看到敌后抗战的长期性，没有把工作作长期的打算，为了解决自己某一部分的一时困难，就不惜破坏整个敌占区工作。他们不知道多为敌占区民众着想，不谅解敌占区民众的痛苦，不去解除他们的痛苦，反而去增加他们的痛苦。这种不良倾向和不良行为的存在，更大大地阻碍了敌占区工作的开展。

我们怎样开展敌占区和接近敌占区附近地区的工作呢？

第一，要正确认识开展敌占区工作的总方针。敌占区及其附近地区的工作是有充分可能开展起来的，但必须采取深入的、长期埋伏的、隐蔽的、精干的政策，不要求功于一旦，不能希望一天两天便作出成绩来，更不能立时予取予求，为所欲为。为要这样，就首先必须开展反对上述错误倾向的斗争。要反对视敌占区为"畏途"的"退却逃跑主义"，也要反对无视敌占区的特点的那种过分突出的，头角毕露的不适合于敌占区工作环境的作法，更要坚决反对"游击主义"的观点。必须明确认识敌占区的工作环境及其特点，适如其分的足够估计敌伪的统治力量，细心研究敌伪统治的方式和方法，然后对症下药，执行正确的方针，敌占区工作就一定可以得到开展。

第二，要确定正确的敌占区工作的任务。因为敌占区和接近敌占地区的环境与我根据地不同，因之我根据地的政策和法令决不能原套搬到敌占区去施行。敌占区的统一战线的社会基础更要比我根据地广泛，因之我们必须执行更广泛的抗日民族统一战线政策。敌占区的主要任务是在团结沦陷区同胞，积蓄力量，准备反攻。因之，我们暂时不能对之有过多要求，而要长期的埋头苦干，利用一切可能利用的形式，来逐渐个别的组织广大不愿当亡国奴的同胞。对于敌伪军和伪政权，要采取长期争取的方针。对于一切动摇的两面派的汉奸，都要通过各种关系，努力加以争取，对于日寇和死心塌地的汉奸，则要加以孤立。在争取动摇的汉奸的工作中，还要顾到他的困难，切忌暴露他的目标，危害他的地位，使他发生危险。总之，我们要争取和团结一切可能团结的力量，以备将来反攻时的应用。

第三，要适应敌占区的环境，正确运用敌占区的工作方式和方法。敌占区有一套特殊的工作方式和方法，我们根据地里那一套公开的工作方式和方法自然是绝对不能适用的，主要的应该采取秘密工作的方式和方法，而且就是这种工作方式和方法，也应该灵活运用，随机应变，不能墨守成规，一成不变。进行敌占区工作的人士，在实际工作的经验中，一定还会创造出许多新奇的巧妙的工作方式和方法，应该着于细心体会和不断学习。

第四，要适当地选择敌占区工作的干部。不是任何人都可以作敌占区工作的，也不是任何人都可以在敌占区站得住脚的。深入到敌占区进行工作的人员，必须有坚强的政治觉悟和高度的政治警惕性，不致受物质环境的引诱而腐化堕落，也不致麻木不仁随便被人逮捕和迫害。而且必须相当了解敌占区的环境，敌占区工作的政策、任务，并能相当运用各种工作方式和方法。只有这样，才能胜任愉快，完成所要求达到的目的。

此外，还需指出，接近敌占地区以及敌我争夺的游击区与敌占区的环境是或多或少有些不同的。在那些地区更要视敌我力量对比的不同，正确的运用政策，执行任务，灵活地施用工作方式和方法。在那些地区要尽可能运用我们自己的抗日武装力量的配合来展开工作。在那些地区更不能有保守观念和徘徊不前的悲观失望情绪，但同时也更要注意保护自己的力量，免受敌伪的摧残。

我们的口号仍然是：面向敌占区，深入敌占区，开展敌占区工作。

（原载一九四一年三月五日《新华日报》华北版第一版社论）

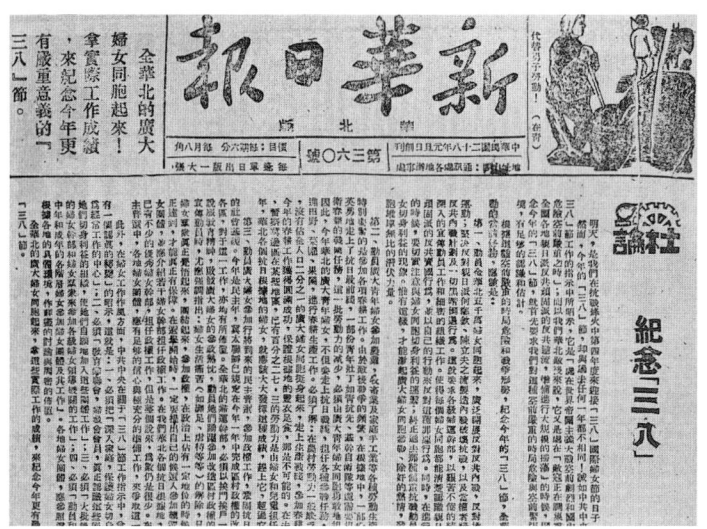

纪念"三八"

明天,是我们在抗战烽火中第四年度来迎接"三八"国际妇女节的日子。

然而,今年的"三八"节,却与过去任何一年都不相同!诚如中共中央在关于"三八"节工作的指示中所昭示,它是"处在世界帝国主义大战空前剧烈和国内投降分裂危险空前严重之时";而以我们华北敌后来说,它又是处在敌寇正在调集重兵,配合全国各地亲日派反共顽固派的反共逆流,准备进行大规模的"扫荡"的时候,显然的,纪念今年的"三八"节,就首先要求我们对这种空前严重的时局危险与空前紧张的战争环境,有足够的认识和估计。

根据这种空前严重的时局危险和战争形势,纪念今年的"三八"节，全华北妇女运动的当前任务，应该是：

第一，动员全华北五千万妇女同胞起来，广泛开展反对反共内战，反对投降分裂的运动；坚决反对亲日派何应钦、陈立夫之流制造内战破坏抗战，以及当权者祸国殃民的反共内战计划及一切黑暗倒遏行为。这就要求各级妇运干部以艰苦不倦的精神，进行深入的宣传动员工作和细密的组织工作，使得每个妇女同胞都能清楚认识亲日派和反共顽固派的反共卖国行为，并以自己的行动来反对这种罪恶行为。同时，在进行这一工作的时候，要切实注意与妇女同胞切身利益的连系；纠正过去那种偏重抗战动员，忽视妇女切身利益的现象。惟有这样，才能激起广大妇女同胞参战、除奸的热情，发挥妇女同胞雄厚无比的潜伏力量。

第二，动员广大青年妇女参加农业，牲畜业及家庭手工业等各种劳动生产，在目前特别要紧的是参加各项春耕工作。由于敌后战争的频繁，在根据地中，一部分青年壮丁英勇地走上了抗日最前线，一部分青年壮丁如青抗先、基干自卫队等还需要担任武装保卫春耕的战斗任务，这一批劳动力的减少，必须由广大青年妇女同胞勇敢地担任起来。因此，今年华北的广大青年妇女，不但要走上抗日战线，担任各种参战任务，而且要走进田野、菜圃、果园，进行春耕生产工作。必须了解：在农村劳动力一般缺乏的现况下，没有占全人口二分之一的广大妇女同胞挺身起来，走上生产战线，参加春耕，想要使今年的春耕工作获得圆满成功，保证根据地的丰衣足食，那是不可能的。在去年春耕中，晋察冀边区在某些地区，已有百分之二七点三的劳动力是由妇女和儿童担任的，在今年，华北各个抗日根据地的妇女，就应该大大发挥这种成绩，赶上它，超过它。

第三，动员广大妇女参加行将到来的民主普选，参加政权工作，巩固抗日民主政权的社会基础。今年是民主年，冀太联办已规定在今年一年中完成区村政权的改造；其他各区，对于这一工作，亦均有所布置。全华北的妇运干部，必须以挨门挨户一点一滴的说服教育精神，启发广大妇女的参政热忱,动员她们踊跃参加改造区村政权的选举。在宣传动员时,尤应强调指出:妇女生活痛苦(如缠足、虐待等等)的解除,只有在广大妇女群众真正觉悟起来,团结起来,参加政权,在政治上占有一定地位的时候,才能真正达到,才能真正有保障。在选举开始时,一定要提出自己的候选人参加竞选;各地妇女团体,并应介绍若干妇女干部担任政权工作。在我们华北各个抗日根据地,过去虽然已有不少的优秀妇女干部,担任政权工作,但是整个说来,为数仍是很少。在今年的民主普选中,各地妇女团体,应有足够的信心与极充分的准备工作,来争取这一胜利!

此外,在妇女工作作风方面,中共中央在关于"三八"节工作指示中,曾有"必须有一个认真的转变"的昭示,这就是:一、必须把"深入家庭,保护妇女切身利益,作为经常工作的中心";二、必须"教育妇联会,妇救会会员,真正认识这些团体是保护她们切身利益的组织,使她们自愿地加入这些团体工作";三、必须"大批吸收非党员的妇女干部和妇女群众来参加各级妇女领导机关的工作";四、必须"动员和吸收老年中年和成年的各阶层妇女参加妇女团体及其工作"。各地妇女团体,应参照这些指示,根据各地的具体环境,作详尽的讨论与周密的布置。

全华北的广大妇女同胞起来,拿这些实际工作的成绩,来纪念今年更有严重意义的"三八"节。

(原载一九四一年三月七日《新华日报》华北版第一版社论)

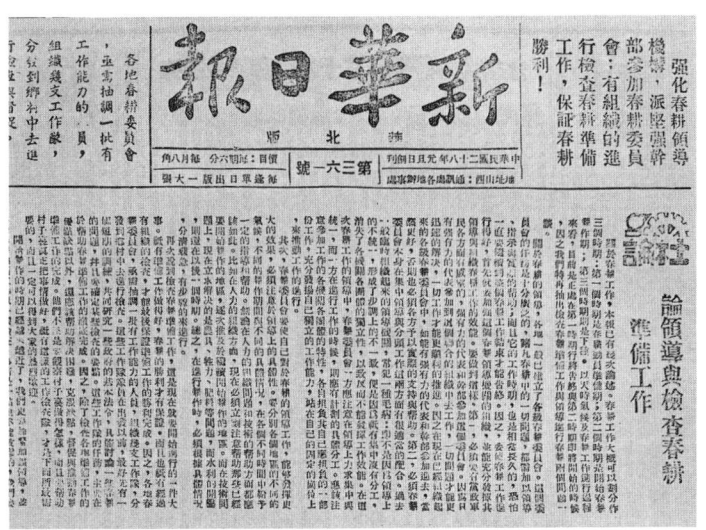

论领导与检查春耕准备工作

关于春耕工作,本报已有几次论述。春耕工作大概可以划分作三个时期:第一个时期是春耕动员准备期;第二个时期是开始春耕耕作期;第三个时期则是下种。以天时气候及春耕工作进行过程来看,目前是正处在第一时期行将告终与第二时期即将开始的时候,因之我们特再抽出检查春耕准备工作与领导进行春耕两个问题一谈。

关于春耕的领导,各地一般已建立了各级春耕委员会。这个委员会的任务是十分广泛的,诸凡春耕中的一切问题,都需加以领导、指示与实际的帮助;而且它的工作时期,也是相当长久的,恐怕一直要继续到整个春耕工作结束才能告终。因之,要使春耕工作进行得好,首先就要加强这个春耕领导机关的组织，并能充分发挥其领导与组织春耕工作的效能。要做到这样，第一，必须要有党政军民各方面有威望的，强有力的代表和干部参加这个委员会。因为只有强有力的代表参加到这个联合的组织中去工作，一切问题才能更迅速的解决，一切工作才能更顺利的推进。因之在现在已经组织起来的各级春耕委员会中，如能有强有力的代表和干部参加进去，当然更好，否则也必须各方予以实际的支持与帮助。第二，必须春耕委员会本身在集中领导与分头工作这两方面有很适当的配合。过去一般临时组织起来的领导机关，常犯一种毛病：即不是因为领导上的不统一，形成了步调上的不一致，便是因为只有集中没有分工，消失了各机关各团体的独立性，以致反而不能发挥工作效能。在这次春耕工作的领导中，春耕委员会一方应注意在领导上力求集中与统一，而一方在进行工作的时候，则应有计划的具体分工。应该注意参加工作的各机关各团体的特性，各自担负其自己应担负的一部分工作，充分发扬自己独立的工作能力，站在自己的固定的岗位上，来推动工作的进行。

其次，春耕委员会要使自己对于春耕的领导工作，能够发挥更大的效果，必须注意于领导上的具体性。要分别各个地区的不同的气候，不同的耕作期间与不同的具体情况，在各个不同时间中给予一定的指导和帮助。无论在人力的组织问题和技术的帮助方面都应该如此。比如在人力的组织方面，现在必须立刻注意帮助那些已经要开始耕作的地区，逐次推及于继续开始耕作的地区。而在技术问题上，现在立求解决的是农具、牲力、肥料等问题，而水利的开凿，则还在以后一个时期。总之，在进行耕作时，必须根据具体情况，分清缓急，有步骤的来进行。

再次说到检查春耕准备工作，这是现在就要开始进行的一件大事。只有准备工作做得好，春耕的胜利才有保证。而且也只有经过有组织的检查，才能最后保证准备工作的胜利完成。因之，各地春耕委员会，亟需抽调一批有工作能力的人员，组织几支工作队，分发到乡村中去进行检查。这些工作队队员在出发以前，最好先有一个短期的训练，共同研究一些政府的基本法令，具体讨论一些春耕的问题，并且要确定某些检查的要点。这些工作队的任务，主要在于帮助春耕准备工作的澈底完成。因之，除了检查各地准备工作的优点缺点以外，还应该帮助解决困难，克服缺点，督促与推动春耕准备工作的完成。他们不仅是要观察村子里做得怎样，而且要帮助村子里真正把事情做好，只有这样的工作检查队，才是下面所最需要的，而且一定可以得到大家的热烈欢迎。

开始耕作的时期已经越来越近了，我们更要加紧加强领导，并要给春耕准备工作以一个检查。事情是一点也不能放松的，我们要一个时期紧接一个时期的有计划的推动工作。

（原载一九四一年三月九日《新华日报》华北版第一版社论）

纪念孙中山先生

明天是中华民国的国父、民族革命的导师孙中山先生的忌辰。在此国是日非，疮痍满目的日子，纪念我们的民族领袖，不能不使人弥增感慨。我们之所以感慨是因为孙中山先生弃我们而逝虽已十六年，但中山先生遗留给我们的三民主义还未见在全国范围内付诸实行，中山先生未完成的国民革命的事业：对内争取民主自由、对外争取民族解放的神圣伟大事业，迄今仍未完成。今天抗战虽然已经到了第五个年头，然而因为有一部分国民党上层分子的叛变中山先生的革命遗志，并决心实行反共内战，遂致国内团结遭受破坏，神圣的抗日战争，又有中道而废的危险。我们想到：明天，当着我们沉痛庄严纪念中山先生的时候，而事敌南京的汪逆精卫,却会以两只妓女的污手,捧一簇臭恶的所谓"鲜花",装媚作态,摇摆于总理陵寝之前,演一番所谓"祭陵"的丑剧,侮辱总理,欺弄世人;明天,同样是明天那些叛变总理遗嘱、叛变中山先生的亲日派独裁者们,会照例召开什么纪念会,举行所谓追悼式,作一套耗子式的假哭,而在假革命的词句掩盖下,来曲解、□改中山先生革命的三民主义,诬蔑践踏中山先生的革命主张,玩弄与利用中山先生这一伟大的名词,作为其内战投降的辩护与借口;而真正能自由地不受政府压迫,不受任何人阻挠而真心诚意地纪念孙中山先生的,则唯有抗日民主区域的广大爱国军民。思念及此,其能不令人恻然神往?

汪逆精卫是孙中山先生的第一个最大的叛逆,但他却还恬不知耻地自号为中山先生的忠实信徒。他无耻的窜改中山先生所有一切的革命主义与主张,把它变成为日寇御用的工具,把它变成为掩饰自己投降卖国、掩盖自己凶险丑恶、诌媚日寇、欺骗人民的幌子。他曲解中山先生的民族主义,改头换面成为大亚细亚主义,也即是日寇所称的大东亚新秩序,或大东亚共荣圈的主张,死心□地的要把中国的领土主权,一股脑儿奉献日寇。他修改中山先生的民权主义,一变而为希特勒的法西斯主义,也即日寇所谓的"新政治体制",想把四万万五千万炎黄子孙置于日寇的"新体制"的奴役统治之下。他歪曲孙中山先生的民生主义,代之以中日经济提携,要把中国的一切财富资源,供给敌寇开发利用,并要中华民族子孙,世世代代受日寇的剥削掠夺。他侮蔑中山先生的伟大人格和忠贞气节,他把中山先生说成一个向来主张屈辱投降的卑污小人,以掩饰其自己的投敌叛国、祸国殃民的罪行。并企图以此来欺蒙国人,要大家来跟着他做日寇走狗。但是汪逆的这种心机是枉费了,今天全中国人民,哪一个不知道汪逆是中华民族的败类,天字第一号的卖国贼。

另外还有一些自号为继承总理衣钵的所谓正牌总理"信徒",同样也背叛中山先生的一切主义和主张,并效法汪逆的鬼蜮伎俩,阉割、曲解以至出卖孙中山先生的三民主义。他们高唱"民族至上，国家至上"，而其实际所作所为，却无一不是违背国家民族利益，根本置国家民族生死存亡于不顾。他们最近还在叫嚣所谓"国防第一，军事第一"，而实际上却玩弄"国防"，松懈或放弃抗战军事。他们企图在"国防"与"军事"的词句掩盖下，取消孙中山先生的三民主义，根本剥夺人民由抗战中得来的一丝儿民主权利，更加压榨和恶化人民的生活，把全国造成为一个黑暗的大监狱。他们企图以"国防第一"和"军事第一"为借口，再演所谓"整饬纲纪"的故伎，就是说，发动大规模的反共内战和进行日屈膝投降。他们高唱"民权发展"，而在实际上却取消一切言论、集会、结社、出版的自由权，恣意摧残舆论机关，封闭与取缔一切救亡书报杂志，他们不给各抗日党派以丝毫自由，他们随意侵犯人权，屠杀人民。而在最近更企图玩弄民意，因之特别派遣一批特务奸细，如张国焘之流，混入国参会，以改变国参会过去相当进步的本质。他们高唱"民生乐利"，而在实际上却苛征暴敛，贪污浪费，以致饿殍载道，民不聊生。他们不把国家的款银用以改善人民生活，却以人民膏血的一万万以上的巨款，用来建筑西自宁夏灵武，东迄黄河河滨，纵深百里的封锁陕甘宁边区的万里长城。他们外汇，投机自肥，他们囤积居奇，操纵物价。这些自称为中山先生的"信徒"们，他们就是这样实行了并且还在继续实行着中山先生的三民主义。

孙中山先生所手创的三大政策，主张联合苏联，力求祖国的独立解放，而他们则一心一意投靠帝国主义，甚至企图充当中国式的贝当，而对中苏友谊则千方百计加以破坏。中山先生主张联共，而他们则决心充当反共的"好汉"，倾全国半数以上兵力来对付共产党，与共产党所领导的军队，配合日寇"扫荡"，从八路军新四军后面来夹击抗战最坚决的武装。在那些所谓中山先生忠实信徒所统治的地区，则大肆捕杀共产党员与八路军新四军家属，甚至彭副总司令的家属也不能幸免。孙中山先生主张扶助工农，并在遗嘱中郑重叮咛说要"唤起民众"，而他们则残酷地压迫剥榨工农，摧残民众抗日运动。他们逮捕爱国志士,把名经济学家马寅初先生押解贵州,而美其名曰送赴前方考察。他们拘禁热血青年,系诸缧线,却冠其词曰组织国民劳动服务。他们高唱忠孝仁爱,信义和平,而其行为却是作奸犯科,残害忠良,置信义于死地。总之,他们全然背叛总理遗教,背叛三民主义,背叛孙中山先生的所有主张,而且背叛孙中山先生所指示的为人道德。在纪念孙中山先生的时候,这些所谓中山先生的"信徒"们,如能扪心自问,也该汗颜无地!

只有我们共产党和全国爱国军民,才真正在遵循中山先生的遗嘱,努力继续中山先生的未竟之志。只有陕甘宁边区和敌后抗日民主根据地,才真正在执行中山先生所规定的政策,我们在敌后执行民族主义,无论战争如何残酷紧张、环境如何艰难困苦,始终坚持敌后抗战到底。我们执行民权主义,初步改造了各级政权,并实行政权民选,以"三三制"原则,联合各党派各阶级各阶层的抗日人士参加政权工作。我们严格保障人权,赋予人民以神圣的民主权利。我们执行了民生主义,努力生产建设,实行减租减息,改善人民生活,施行统一累进税则,减轻了人民的负担。我们执行与坚持了统一战线的政策,联合了农工商学共同来抗日,造成敌后及抗日军民的大团结。

在今天纪念孙中山先生的时候,我们看到汪逆精卫之流已经早就公开叛变中山先生而投入日寇怀抱了,也看到某些自号"正统"的中山先生的信徒,也正在企图澈底叛变孙中山先生,而且已经开始在千方百计的曲解中山先生的主张了。我们要坚决反对中山先生的第一个大叛徒汪逆精卫,也要严密监视那些正在企图叛变的人们,并坚决反对他们叛变的行为。我们要高举孙中山先生的旗帜,坚决为三民主义的全部实现而奋斗。

(原载一九四一年三月十一日《新华日报》华北版第一版社论)

论"三三制"政权的理论基础

"三三制"政权这一原则的提出,差不多将近一年,在敌后已经成为流行的口号,而且在某些地区且正在或已经开始初步实行了。但在实行的过程中,却发现了某些问题:

一方面某些人注意到了"三三制"政权应该团结各抗日阶级和各抗日阶层这一基本内容,但却忽视了在"三三制"政权中,共产党员应占三分之一的十分重要的原则。特别是对于下层区村政权的成分构成上,往往表现出漠不关心的态度。某些地方掌握区村政权的,往往不是工人、农民,不是小资产阶级,也不是公正开明廉洁奉公的士绅,而是平素渔肉乡民的土劣地痞。这使整个根据地的建设工作受到很大的影响。而在另一方面,则至今还有不少人对"三三制"本身表示怀疑，他们总是要求单纯，要求痛快，而没有想到今天更重要的是要团结各阶级各阶层人士共同抗战，因之在实际工作的执行上，不是借故推诿抗拒，便是有意消极怠工。而很可能的，在目前时局危机万分严重的时候，更会有人以为从此再也不必实行"三三制"了。这就使我们感觉有从理论上来说明"三三制"的必要。

"三三制"主张的提出，决不是一种凭空设想，而是有其一定的理论根据和社会基础的。"三三制"政权，实际上便是统一战线的政权，也便是新民主主义的政权。因之"三三制"政权理论的根据，便是整个统一战线理论的根据，同时也就是全部新民主主义论的根据。毛泽东同志在《新民主主义论》中指出，中国目前的社会是个殖民地，半殖民地，半封建的社会，目前中国社会的矛盾最主要的是中华民族和日本帝国主义的矛盾。因之中国目前革命的任务是对外要驱逐日本帝国主义出中国，对内要打倒汉奸走狗卖国贼，如公开投敌的汪逆精卫之流和准备投敌的隐藏的亲日派何应钦等辈。因之，现阶段的中国革命的性质，依然是资产阶级性的民主革命，但二十世纪二十年代以后的资产阶级民主革命，已经不是旧范畴的旧的民主革命，而是作为世界社会革命一部分的新范畴的新的民主主义革命。参加这个革命的，在今天抗日战争中，不仅有工人、农民、小资产阶级，而且包括一切抗日的地主资产阶级，而革命在最近所要达到的目的，则是建立统一战线性的新民主主义政权。这个新民主主义的政权，既不是资产阶级的一党专政，也不是无产阶级的一党专政，而是工人、农民、小资产阶级、民族资产阶级等一切革命阶级联合的民主专政。而"三三制"则便是新民主主义政权内容的具体化，也就是新民主主义政权"国体"构成的具体表现。

"三三制"是抗日民族统一战线总方针下，具体的最基本的政策之一。因之，无论时局发生如何变化，在整个抗日民主革命阶段之中，这一基本政策是不变的。只要抗日战争继续一天、抗日民族统一战线存在一天，这一基本政策便要执行一天。而且，即在抗战胜利以后，只要国内阶级关系没有重大变化，"三三制"政策也就继续有效。

"三三制"原则规定代表无产阶级的共产党应占三分之一，这是因为中国无产阶级是对于革命最坚决、最澈底而且具有高度觉悟性组织性的阶级，而中国共产党又是全国范围内群众性的政党，并有丰富的革命经验和坚决顽强的战斗精神，它应该参加对于政权的组织与领导。

"三三制"原则规定代表农民和小资产阶级的进步力量，应占三分之一，这是因为农民和小资产阶级都是"决定国家命运的基本势力"，"必然要成为中华民主共和国的政权构成的最基本部分"之一。毛泽东同志还指出："中国的革命，实质上是农民的革命，现在的抗日，实质上是农民的抗日，新民主主义政治，实质上就是授权给农民。"

"三三制"原则规定要民族资产阶级和开明的地主士绅在政权中占三分之一，这同样是有一定理由的。中国资产阶级内部有买办资产阶级和民族资产阶级的区别。买办阶级直接为帝国主义服务，并与农村中封建势力勾结，一般不是革命的动力。但因各帝国主义有矛盾，因之在革命主要是反对某一帝国主义的时候，属于别的帝国主义系统下的买办资产阶级，也有在极小程度上与极短时间中参加当时反对某一帝国主义之战线的可能。民族资产阶级则具有一种两重性，有一定时间一定程度的革命性，与对革命敌人的妥协性。同时民族资产阶级内部，又有大资产阶级与中产阶级的区别，大资产阶级的妥协性较大，而中产阶级，尤其是中等民族资本家，则比较多带革命性。至于地主阶级，其内部也有区别，大地主阶级最为反动，但中小地主，特别是破产的或半破产的中小地主，则在反帝与反大地主时，往往能保守中立或暂时参加革命。而敌后的地主，其情形与大后方多少有些不同，其中颇多开明之士。今日一部分以日本为后台的大地主大资产阶级，以汪精卫为代表，已经公开投降日寇，成为日寇的走狗，另一部分亲日的大地主大资产阶级，以何应钦辈为代表，正准备投降日寇，成为日寇的帮凶，但还有不少民族资产阶级和开明的地主士绅，是主张抗日的，他们是革命的中间力量。我们认为抗日民族统一战线愈广泛愈好，抗日力量团结得愈多愈好，因之我们应该欢迎一切抗日而不反共的人士参加到抗日民主政权中来，共同为争取抗战胜利而努力。

我们主张在全国范围内实行新民主主义政治，我们便首先主张在敌后抗日根据地执行"三三制"政策，因为"三三制"就是新民主主义政权。

（原载一九四一年三月十三日《新华日报》华北版第一版社论）

坚持华北抗战到底

皖南事变发生后，混入或潜伏在我抗日根据地内的汉奸敌探以及特务奸细分子，在其主子日寇唆使下，便隐然蠢动，到处散放种种无稽谣言，进行恶意的欺骗宣传。不是说"国共正式开火，八路军即将退出华北"，便是说"华北抗战完了，'皇军'和中央军要来接收华北"。窥其用意，无非是企图以此种无耻谎语，来淆惑听闻，动摇人心，造成我根据地内部的不安，懈怠我抗战军民的战斗意志，以达到其摧毁我根据地的目的。本来，挑拨离间、造谣生事原是敌寇汉奸以及特务奸细分子的惯技，但少数不明事实真相的人，对于寇奸此种愚弄，竟有受其影响，发生悲观失望的情绪。这是亟需立刻克服的。

我们向全华北同胞郑重宣布：我们共产党八路军是一定要坚持华北抗战到底的。无论国内时局如何变迁，敌寇"扫荡"如何严重，以至敌后困难如何增加，我们是决不放弃华北抗战阵地的坚持的。

坚持华北抗战原本是我们共产党八路军的既定的基本方针。在八路军开到华北来的第一天，我们便抱定决心要与华北人民共生死，同患难，坚持华北抗战到底，一直到最后战胜日寇，把日寇驱逐出境。本着这样既定的方针，在太原失守当时，我们便提出了"发展敌后游击战争，创造抗日根据地，坚持华北抗战"的神圣任务。为着实现我们自己的这种主张和方针，我们已经和华北一万万同胞手携手地与日寇汉奸战斗了三年多。在这三年多的抗战过程中，经过我们和敌后人民的共同努力，以无数流血牺牲的代价，到今天已经在华北广大领域上，创造起了近十块的基本上巩固的根据地。在这些根据地上，我们建立了抗日民主政权，进行着初步的经济建设，开拓了大众的文化教育事业；而且，最重要的，在这些根据地上，我们创造了数十万雄厚坚强的主力军，培植了百十万的人民武装。我们在华北生长壮大，华北是我们八路军的家乡。我们和华北以及华北人民有血肉不可分的亲密关系，正如家人父子一样。我们爱护华北像爱护我们自己的生命，我们孝顺华北人民像孝顺我们自己的母亲。在过去，我们为了保卫华北和华北人民，曾经无数次的粉碎敌寇对于我们的"扫荡"，曾经一再击退亲日派和反共顽固派从后面来的对于我们的进攻。在今后，我们也将继续进行不屈不挠的斗争，坚决卫护我们华北光明广大的领土，保卫我们华北千百万人民的生命财产。我们是决不放弃华北的，我们一定要坚持华北抗战到底的。

华北抗战是全国抗战的最重要的一部分，没有华北抗战的坚持，全国抗战绝不能继续到底。华北抗日根据地是全国抗战的最坚强的阵地，在今天是敌后抗战的中心，在将来是进行对敌反攻的前进阵地，没有这一基本阵地，抗战决不能得到最后胜利。而且，华北是全中国最进步的地区，是抗日民主的模范地区，它以自己种种建设的实际情形，给全中国一个示范，告诉了全国人民奋斗的方向，没有华北就决不能推动全国的进步，使三民主义新中国在全国范围内实现。华北是抗战的模范，也是建国的模范，我们不仅要在华北坚持抗战到底，而且要在华北首先实行新民主主义的建设。愈是敌寇的进攻加紧，愈是国内的时局严重，便愈加见得华北的重要。所谓八路军退出华北，只是敌寇汉奸亲日派的主观的愿望和幻想。我们可以郑重声明：我们是绝不退出华北的。

而且我们可以更进一步的指出：所有今天国内的种种变化，所有今天敌后的困难情形，是我们早就估计到了的。在毛泽东同志《论持久战》和《论新阶段》两大辉煌文献中，便已经指出：抗战到了相持阶段，必然会有一部份没有民族气节的败类分子，叛变抗战，出卖祖国，并且配合着日寇向我们进攻。敌后抗战的形势会一天天严重，困难会愈加增多。但是我们具备着克服困难，战胜日寇汉奸亲日派的所有一切必要条件。今天事变的发展，完全证实了毛泽东同志那种英明远大的卓见。虽然汪精卫已经叛变了抗战，何应钦辈亲日派分子正准备公开投入日寇的怀抱，虽然某些当权的独裁者们对抗战剧烈动摇，决心以内战代抗战，执行新的"安内攘外"的政策，但是我们已经生长起了巨大的坚决的抗日力量，足以击败日寇汉奸和亲日派阴谋家的一切危险阴谋。而且，华北抗战始终不是孤立的，我们有其他敌后地区的配合，有全国抗战的配合，有全国爱国同胞和全世界正义人士的同情和援助。即使当局少数分子叛变抗战，全国广大爱国军民还是仍然要与我们华北军民共同坚持抗战到底，并且一定要取得最后胜利的。

最近日寇派遣敌酋畑俊六继任"中国派遣军总司令"，在其就任的第一天就说："将以政治办法，解决战事。"这就是说，日寇将更益加紧其政治上的诱降阴谋。在日寇这种诱降的政治进攻下，一部份没有民族气节的分子，便必然会更加动摇，但这决不能停止我全国爱国军民的抗战怒潮。同时，日寇也必然会更益加紧其对我敌后的军事"扫荡"和政治进攻，必然会造作更多离奇古怪的谣言，施行挑拨离间的鬼蜮伎俩。我们切不可误听谣言，堕入日寇汉奸以及特务奸细分子的阴谋。反之，我们要时刻高度警觉起来，坚决揭破敌伪这一切阴谋诡计。我们要紧张我们的战斗意志，完成我们一九四一年的建设计划，以实际工作来强硬的回答寇奸的军事和政治进攻，坚持华北抗战到底！

（原载一九四一年三月十五日《新华日报》华北版第一版社论）

创造民兵堡垒——模范基干队与铁的青抗先

——祝晋冀豫全区民兵武装大检阅胜利成功

我们谨以无限的兴奋,祝晋冀豫全区第一次民兵武装大检阅胜利成功!

自去年"八一"太行军区会议,响亮地提出"创建民兵,保卫家乡,保卫根据地"的口号以来,全晋冀豫区的民兵建设已有惊人的成绩,尤其在整个"百团大战"以及最近几次反"扫荡"战争中,获得了实际的战斗锻炼,大大的提高了民兵的质量,创造出千百桩可歌可泣的战绩,为今后民兵的建设,打定了坚实基础。

就在这一基础上,太行军区及晋东南青救总会决定在有三重历史意义（"巴黎公社"七十周年纪念、"北平惨案"十五周年纪念、晋东南青救总会成立第二周年纪念）的"三一八"纪念日，举行全区民兵的武装大检阅。显然的，这在迎接敌寇"扫荡"，随时警惕国内亲日派和反共顽固派重演"三一八"法国资产阶级以梯亥尔为首的投降外敌的旧戏，在开展保卫春耕的战斗、在提高民兵质量上，都有着重大的意义。

这次民兵武装大检阅，对日寇将是一个武装大示威，由此使日寇知道我们不但有足够的不可战胜的正规军和地方武装，而且有千百万民众自己武装起来的民兵——青抗先和基干自卫队，来配合正规军作战，粉碎日寇的"扫荡"。这次民兵大检阅，对中国的梯亥尔之流，也将是一个警告，告诉那些亲日派和反共顽固分子，我们中国人民，尤其是久经战争锻炼的华北人民，是不可欺辱的！同时由于这种雄伟力量的显示，在提高民兵今后对敌斗争的信心和决心上，更有其实际的作用。

同时，这也将是今后提高民兵质量、发挥民兵作用的一个竞赛大会。不难想见，参加这次检阅的每一个单位、每一个民兵，将在各地"广大强壮"的队伍，优良武器，光辉战绩，以及在大会行进中每一个生动节目的实际教育里，大大激起他们杀敌、除奸、争取模范的热忱。因为这些"广大强壮"的队伍，这些优良武器、这些光辉战绩，对于每一个参加检阅的民兵自己，必将是一种最大鼓舞和兴奋！

但是，我们还不能满足于晋冀豫全区民兵建设的目前状况，我们希望，在这次会议上，还应提出几个更有战斗意义的口号，作为全区民兵今后奋斗的目标。这就是：

创造模范基干队和特等射击手！创造铁的青抗先与高等射手！创造千百个太行山区模范射击手如刘二堂者，使到处掀起创造刘二堂的运动。在青抗先中更应该造成一个参加太行青年支队的浪潮，使这支青年自己的武装，能迅速地生长壮大；在基干自卫队中，应该切实做到"武力与劳力的结合"，完成武装保卫春耕的任务。各地民兵的领导者，并应根据实际情形，在检阅大会上，宣布自己今后在一定时期内所要完成的任务，向各地兄弟们展开竞赛。

没有问题，在这次武装大检阅中，一定有某些地区获得模范的优胜，但千万不要以此为满足，应该百尺竿头，更进一步，求得今后更大的发展与巩固；也一定有某些地区成绩较差，但也不要自馁，应该取人之长，补己之短，以最大的决心，向优胜地区看齐，准备在下次武装大检阅中，夺取模范，夺取锦标。

在最近的妇女自卫队检阅中，晋冀豫区妇女同胞，一定将显示她们的英勇，显示不可磨灭的光辉成绩。但我们也不应以此自满，在今后民兵及一般自卫队工作中，对于妇女自卫队的发展，还必须予以更多的帮助。各地民兵和自卫队队员，应该随时协助广大青年姊妹，使她们的武装也和青年兄弟一样，更加壮大，更加坚强起来。

时局正处在惊涛骇浪之中，敌后抗日根据地正处在紧张的战斗环境中，坚持华北抗战，更将是华北青年儿女的光荣任务，全晋冀豫区的青年兄弟，特别是基干队和青抗先的英勇队员，应该千百倍地发挥自己过去在参战、生产中的光辉作用，挽救时局危险，粉碎日寇即将到来的"扫荡"；在实际战斗中，把自己锻炼成民兵的堡垒——模范自卫队和铁的青抗先。

（原载一九四一年三月十七日《新华日报》华北版第一版社论）

论公安工作

在敌后抗日根据地中,公安局是负责执行锄奸任务、肃清汉奸敌探奸细、巩固抗日后方、维持社会秩序的一个专门机关,是抗日民主政权的一个必不可少的组成部分。如果公安局工作作得好,那末,可以说锄奸工作就作好了一大半,根据地内部的巩固也就有了保障。在目前敌寇加紧对我政治进攻,汉奸敌探以及特务奸细分子到处蠢动的情形下,公安局工作的建立和加强,更见万分急需。可是直到今天,华北敌后抗日民主政权的公安局工作,除了晋察冀边区已经有了初步比较健全的基础外,其他各个地区,还仅仅在开始着手建立过程中。因为这一工作,在今天的情况下,有新的内容,与过去公安局工作不尽相同,而我们还缺乏新的经验，因之在某些基本问题上，尚有值得检讨之处。为了加强根据地的锄奸工作、安定社会治安，本报愿就公安局工作的某些基本原则问题，加以论述，以供参考。

要建立和加强公安局工作，首先必须对于公安局的性质有明确的确定。抗日民主区域的公安局，显然和旧式公安局不同。旧式公安局是敲诈镇压人民的工具、凌辱宰杀人民的机关，而公安局的警察官吏，更是一群渔肉人民、无恶不作的流氓恶霸。在那些地方，人民视公安局为黑暗的血污的牢狱，对之恨之骨髓，因过去旧式公安局，往往具有特殊的无上权威，可以为所欲为。至于我们抗日民主区域的公安局，则便具有完全不同的性质。我们的公安局是负责镇压少数破坏抗战、扰乱抗日根据地、危害人民利益的敌探汉奸以及特务奸细分子的锄奸机关；是维持根据地秩序、安定社会治安、保护人民权益的专门的工作部门。它不但不与抗日民主政权以及广大人民立于对立地位，而且正是抗日民主政权以及全体人员利益的最忠实的保护者。我们的公安局决不能是与任何方面没有联系的特殊的独立的东西，更不能是驾乎一切之上的神秘莫测的机关；反之，却是整个抗日民主政权的一个有机的组成部门，始终应该坚决服从整个抗日民主政权的领导，担任整个抗日民主政权所赋予的一部分工作。我们公安局工作的领导者以及工作人员，必须是忠实于国家民族、忠实于人民利益，具有坚强政治觉悟的进步分子。任何把公安局与整个抗日民主政权割裂甚至视为无上权威机关的企图，都是不正确的、有害的。

其次，必须对于公安局的任务，有明确的规定。根据上述公安局的性质，那末，很显然的，公安局的任务，便是在于保卫抗日根据地，保卫抗日民主政权，保障各抗日党派的合法权利，保障人民的生命、财产以及其他各种自由权利；便是在于镇压敌探汉奸及其他破坏抗日根据地的分子，以维持根据地中抗日民主的社会秩序。我们的公安局的任务，只能是这样，应该是这样，而没有其他什么特殊的超越范围的任务。

再次，必须对于公安局的工作有明白的规定。为了完成上述任务，公安局的具体工作应该是：（一）侦察破获勾结敌寇，破坏根据地军事政治经济文化交通等建设工作，危害根据地党政军民机关团体工作人员以及全体人民利益的敌探汉奸；（二）肃清一切破坏抗战团结，破坏军事政治，危害人民抗日安全的奸细分子；（三）稽查户口，办理民商迁移、居住、出行等手续，检查邮电交通，盘查往来敌占区的商旅，防止汉奸盗匪出没及匿藏活动；（四）揭破敌伪阴谋，教育广大民众，开展除奸运动；（五）办理汉奸自首等主要是锄奸范围内的工作，其他如公共卫生事务、统治贸易事宜以至交通运输管理等工作，则不应划归公安局工作范围，因为这将会分散公安局的锄奸力量，丧失公安局的工作重心。

最后，必须对于公安局的权限有明白的规定。公安局是侦察检查机关，而不是司法执行机关，因之在普通情况下，公安局对于查明有确实证据的各种刑事犯，仅有侦察、逮捕、检举之权，在检查完毕后，对于普通刑事犯，即应送司法机关审讯处理；而对于特种刑事犯，则可向军法机关提起控诉。同时，逮捕人犯均须有一定法律手续，除已经剥夺公权的分子外，逮捕一般公民，须经县政府之批准，逮捕区级以上政府机关公务人员或民众团体工作人员，则更须经由高级政府机关批准。只有在特殊情况下，不及履行上述手续时，公安局方有直接逮捕人犯之权，但在事后必须呈报政府追认批准。公安局无处决人犯之权，只有在游击区或敌占据点附近捉获首要敌探汉奸，查有实据，而又因战时敌情紧急无法携带的情况下，公安局方有相机处理的权宜，但事后亦同样必须将经过详报上级政府与上级公安局审核备案。如上级认为处理不当时，则负责处理人犯的公安局长应负完全责任。我们认为，必须对公安局权限有如此明确规定，才足以更进一步保障人权，避免发生错误。

上述四个问题，都是公安局工作的基本问题，只有把这些原则分辨认识清楚，然后根据这些原则树立内部的各种制度规则，公安局工作才能真正健全和加强，才能正确执行除奸政策，才能更加安定根据地的社会秩序！

（原载一九四一年三月十九日《新华日报》华北版第一版社论）

拥护成立晋冀豫边区临时参议会

中共中央北方局,近委托邓小平同志,向冀南、太行、太岳联合办事处第二次行政会议提议成立晋冀豫边区临时参议会。消息传出,必使万众感奋,同声赞助。因为这一提议,实际上不仅代表了中共中央北方局的主张和意志,而且代表了全晋冀豫边区全体共产党员暨全体人民的意志和愿望。

很久以来,我们便深切感到晋冀豫边区有成立全区最高民意机关的必要,我们热切期待着至少在最短期内能够首先成立一个临时性质的全区民意的代表机关。因为成立各级民意机关,民选各级行政官员,实现澈底的民主政治,原本是我们共产党人的一贯主张,也是全国人民一致努力的目标。以晋冀豫边区来说,它是一块具有战略意义的重要抗日根据地,而因其地位适处于华北各战略根据地的中心,并与大后方相毗连,在连接各抗日根据地及其与大后方的联系上,更具有特殊的重大意义。在这块根据地上首先组织真正的民意机关,实现澈底的民主政治。第一,足以增强本根据地,以至全华北和全中国的抗战力量,使华北抗战以及全国抗战的胜利,得到更加确定的保证。特别是在日寇对敌后的军事"扫荡"和政治进攻日益加紧,亲日派和反共顽固派内战投降的阴谋日益加甚的今日,进一步实行民主政治,以更加巩固我们的根据地,战胜日寇亲日派和反共顽固派的进攻,实尤为当务之急。第二,一方面可以在本区奠定民主政治的建设,树立建国的楷模,同时也可推动全国的进步,促使三民主义共和国的早日实现。

在过去我们就有这种要求,但因三年以来,晋冀豫边区是处于初步的创建时期,加以反共顽固派的多方阻挠,有系统的成立各级民意机关和建设民主政治,在客观上确也存在着不少困难。最近,自从"联办"成立以来,行政机构和政府令既趋统一,而半年工作的结果,尤使各方面的建设工作日渐走上轨道,实际已确立了上述实行建立全区民意机关,实现全面民主政治的可能。特别是此次"联办"颁布区村政权的民选法令,在根据地内展开了下层政权改造运动以后,更使我们深切感到没有一个真正由人民选举产生的有权利的全区最高民意机关的存在,终究是一个不小的缺陷。然而,只要不是存心玩弄民意,说要在短期以内便由全区人民以直接民选方式立即产生一个正式的全区最高民意机关,在敌后存在着种种困难的环境中,是绝不可能的事。因之在下层各级民意机关尚未有系统的建立起来,下层各级政权机构还没有澈底改造完善以前,首先成立一个晋冀豫边全区临时性质的参议会,实在是适应客观条件和主观要求的最合理、最切实、最妥善的办法。晋冀豫边区临时参议会的成立,一方面可更进一步奠定本区民主政治建设的基础,同时也可保证目前正在开展的下层政权民选运动的胜利的成功。而在后一建设的胜利的基础上,在将来又可促使全区正式的最高民意机关的早日建成。

在这里我们更要提醒全区同胞以及各党各派人士注意的，是在邓小平同志这一提议中，我们共产党人又着重提出了"三三制"政权的主张。我们始终认为"三三制政权形式，不仅是抗日民主政权的最好形式，是符合于抗日民族统一战线的政权形式，且为将来新民主主义共和国的最好形式"。因之，即使是临时性质的参议会，我们仍然希望其组成成员，能切合于"三三制"原则，能真正代表各党派各阶层的意见。邓小平同志不仅在提案中作这样郑重的提议，而且在其自己所提出的关于晋冀豫边区临时参议会的产生办法上还能保证"三三制"原则的真正实现。按照其所提办法，临时参议会议员的产生，除了规定由一般各县各推选一人以外，商界、学界还可推选一定数量的代表，而且更主张由"联办"聘请一定数量的公正士绅和名流学者为临时参议会的议员。这就是说，特别欢迎开明的地主士绅、民族资产阶级以及社会上有地位有声望的人士参与临时参议会。我们认为这种主张是非常宝贵的。

"联办"的行政会议正在进行之中，我们热切期望这次行政会议能通过这一光辉的提议，并即具体规定召开临时参议会的办法。我们更号召全边区同胞一致举起手来拥护这一提议，督促行政会议通过这一提议，并帮助政府实行这一议案，使"晋冀豫边区临时参议会"的辉煌大旗能在抗战建国四周年纪念日飘扬于太行山的巍峨山巅！

（原载一九四一年三月二十一日《新华日报》华北版第一版社论）

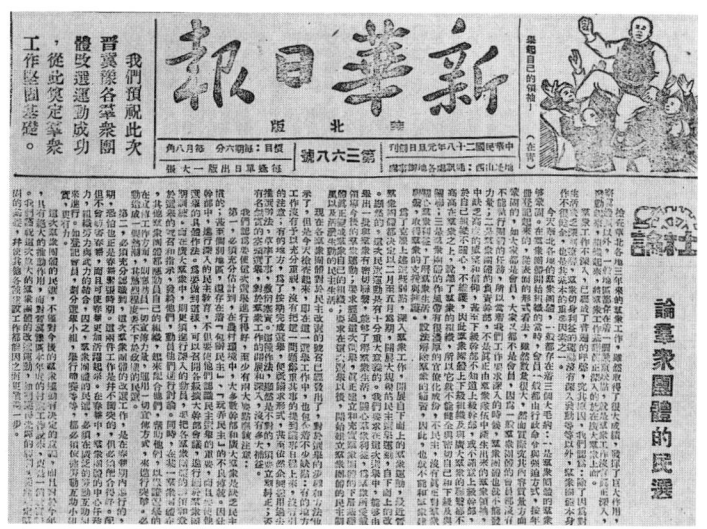

论群众团体的民选

检查华北各地三年来的群众工作,虽然取得了很大成绩,发挥了巨大作用,但是除了晋察冀边区以外,一般地区都存在着一个严重缺点,就是群众工作没有真正深入,真正把群众发动起来、组织起来,将群众工作基础真正深入的放在广大群众上面。

群众工作不深入,已经成了普遍的呼声,究其原因,我们认为:除了因为对于群众实际生活缺乏深刻了解、群众切身利益的运动没有深入发动等等以外,群众团体本身的组织和工作不很健全,也是其基本的重要因素之一。

今天华北各地的群众团体,一般都存在着三个大毛病:一是群众团体的群众基础小,不够巩固。在群众团体开始组织的当时，会员一般都由行政命令与强迫方式，按年龄、性别抄名册登记起来的，从表面的形式看去，虽然数量很大，然而实际究其内容质量方面，却是极不巩固的。如大家都是会员，大家又都不是会员，因为一般群众团体的会员都没有组织生活，不能执行团体的任务，所以当着我们工作要求深入的时候，群众团体也就不能发挥它巨大的力量；二是群众团体的负责干部，不是真正由群众队伍中产生出来的群众领袖，在广大群众中缺乏高度的威望和信仰，甚至下级干部不知道上级干部，或不满意上级干部，广大群众对于自己组织不关心、不维护，因此群众团体上下级组织及与广大群众的联系都不密切，它是高高在群众之上、脱离了群众的组织，所以它就不能健全与密切自己和下级及与广大群众的关联；三是群众团体的作风带有很浓厚的官僚化成份，不民主，没有真正对群众负责，深切关心群众利益，了解群众生活，设法解除群众的痛苦，因此，也就不能和群众建立更密切的联系，取得群众的支援与拥护。

为了克服上述这些弱点，深入群众工作，开展自下而上的群众运动，最近晋冀豫区各种群众团体都决定以二月至五月为期，开展大规模的民主选举运动，自下而上的改选各级组织。显然的，这次民选运动是有十分重大意义的。我们要求在这次选举中，能够由群众自己选举出一批与群众有密切联系，能够了解群众生活，关心群众利益，为群众所爱戴的领袖，来领导今后的群众运动；要求经过这次选举，真正建立和充实群众团体的下层基础，把群众团体真正变成群众自己的组织；要求在这次选举以后，开始建立群众团体的民主制度、民主作风以及活泼生动的民主生活。

现在各群众团体对于民主改选的号召已经发出了，对于选举的步骤和方法也已经有了指示了，但是今天检查起来，即在这一选举工作中，也包含着不少缺点：有的地方，对于这一工作没有予以充分重视，没有把这一问题郑重其事的提到议事日程上来，没有引起广大群众的注意；有的地方，为了按期完成选举,便只讲求形式,甚至依然企图采用过去那种简单的推选办法,草率了事,敷衍塞责。这种作法显然是不对的,须要立刻纠正,否则又会变成有名无实的空头选举,对于群众工作的开展和深入,没有多大补益。

我们认为要使这次选举进行得好,至少有两大要点应该注意:

第一,必须充分估计到,在农村环境中,大多数干部和广大群众是缺乏民主的经验和习惯的,甚至个别地区,还存在着"包办民主""玩弄民主"的不良传统。因此,首先应在干部中,进行深入的民主教育,不但要使他们认识民主选举的重要,而且要使他们知道民主选举的具体作法。为要做到这样,可以召开各级扩大干部会议,进行关于群众团体民选的短期训练。而在广大群众中,则更须进行深入的动员,要把各群众团体的纲领和章程,以及对于选举的号召和指示,发给他们,动员他们进行讨论。同时,在某一群众团体在进行选举时,其他群众团体都应动员自己的组织,起来配合他们,帮助他们,以保证选举的胜利。至于在宣传工作方面,则应动员一切宣传力量,运用一切宣传方式来进行突击。必须把选举运动造成一个热潮,其热烈程度要不下于政权的民选。

第二,必须充分认识到,这次群众团体的改选工作,是在春耕期内进行的,选运高涨时期,恐怕也正是春耕紧张时期。这两件工作是并不冲突的,但必须配合得好。配合得好,不但不会妨害春耕,而且可使春耕更加活跃起来。在春耕中,群众团体的中心任务是组织劳动力,组织劳力与武力的结合,因之,群众团体的民选,必须在广泛的劳动互助组织的基础上来进行。如登记会员、划分选举小组、举行竞赛等等,都必须依据劳动互助小组,才能更切实、更有力。

这次群众团体的民选,不仅对今后的群众运动有决定的意义,而且对于今年的春耕运动,具有绝大的推动作用,而对晋冀豫区本年度的村选工作说来,更是一个最实际的准备步骤。我们谨祝这次伟大的群众团体的改选运动，如期获得光辉的胜利，从此奠定群众工作的坚固的基础，并使其他各种建设工作都能因之而更推进一步。

（原载一九四一年三月二十三日《新华日报》华北版第一版社论）

加紧争取伪军

编组伪军，用中国人打中国人，这是日寇整个"以华制华"政策的重要的一部分。年来华北因为敌我斗争剧烈，日军消耗重大，内部人力大感困难，因之其对"建设"伪军工作更不遗余力。这表现于伪军数量较前增加，而日寇对于伪军内部之统治也日益加强。据可靠调查，河北一般地区，驻守的日伪军数量已成一与三之比，即平均有一个日军，就有三个伪军。冀中冀南地区，已成敌伪交错杂居之状态，若干据点更完全利用伪军据守。在编组伪军工作中，日寇提出了所谓"建设正规化的中央军"的口号，齐燮元的伪治安军，去年只有八个团，而今年已增加到二十二个团。敌人并利用所谓"'满洲国'建设正规国军"的经验，竭力强化其特务统制和奴化训练。对于以往旧的伪军，敌人则大加"整训"，强迫其绝对听从日寇指挥，稍有不合眼之处，便加以镇压和打击。此外建立地方性伪军，也成为日寇所谓中心工作之一，如县警备队、伪保安团、伪自卫团、伪自警团等等，名目繁多，不一而足，各县至少在一百人以上。敌人的企图是：以正规性伪军对我进攻作战，而以地方性伪军作为防守据点之用。尤可注意的，是日寇在华北各地到处诱征青年壮丁，实施军训，充当进攻中国的炮灰。河北一省，去年一年之中，被诱征出境受训者，即达十四万人之多。所有以上种种，均说明了华北伪军问题的严重性。最近日寇为了加紧南进，兵力大需补增，其对诱征壮丁，组织伪军的工作，必然将更疯狂进行。我们对于争取伪军的工作，也就更需猛烈的展开。

事实证明，争取伪军工作的开展，存在着许多客观上的有利条件。虽然日寇对于伪军内部的统制日益加紧，但自抗战进入相持阶段以来，伪军内部的动摇和"不稳"，只有一天天加甚。特别是去年威震全国、轰轰烈烈的"百团大战"，确实曾给予伪军以莫大的影响和刺激，更增加了它内部的剧烈的动摇，使我更可能争取他们。自从前秋我党中央和八路军总政治部一再大声疾呼，号召努力争取伪军工作以来，华北各地军民对于这一工作，确已引起相当注意，而且已经得到了若干显著的收获。如最近河北、山东、山西各地伪军成群结队携械反正，时有所闻，均系努力争取的结果，其与抗战初期伪军无组织的反正，有其不同的特点。再如，无论在行军作战，以及敌占区游击区工作中，很多地方，伪军都给予我们不少的帮助。河北、山东等处，常有伪军里应外合，配合我们作战的故事出现，最近晋西北若干据点的克复，其得助于伪军兄弟者，尤非浅鲜。

但是检查以往的争取伪军工作，一般仍存在着若干缺点。这些缺点，归纳起来，始终还是对于争取伪军工作认识不够。有些地方，没有把争取伪军当作重要工作之一，不愿接近伪军，向伪军进行有系统的争取工作；或者是害怕接近伪军，与伪军发生一定的经常的关系。有些地方，又不了解争取伪军是件耐心的说服教育和组织工作，因之，他们往往犯着一种急性病，一与伪军接触，便希望人家立时反正；或者是企图逞快一时，以军队一打了事。所有这些观点和办法，自然是不正确的。其次，以往争取伪军工作，一般都是军队方面进行得多些，而未引起政府和民众的严重注意，因之，在军队政府与民众团体各方面工作的配合上是异常不够的。其实，地方政府和民众，一般与伪军的接触更多，其对伪军的争取工作，也比军队容易进行。没有政府和民众起来共同配合，争取伪军工作的进行，总得不着广泛开展的。

为了加紧争取伪军工作，使这一工作发生更大的效果，首先必须确定对于争取伪军的政策。关于这一点，解放报的社论，曾经说过："对于敌军伪军的俘虏，采取释放政策，不加以侮辱，对于其中多数带有抗日性的分子，则争取其为抗战服务。"必须深刻了解，争取伪军政策，是整个抗日民族统一战线政策中的一部分；争取伪军工作，是整个抗日民族统一战线工作中的一种。我们主要的目的，是要"争取其为抗战服务"。因之，不能有过高的要求和过苛的条件。而且，其为抗战服务的方式，也不一定直接表现于反正。反正已经是深入争取工作的结果，是为祖国服务的相当高级的形态。除了反正以外，伪军还有许多服务抗战的工作可做，由争取伪军到伪军反正，是一个长期的工作过程。在这过程之中，我们主要应该启发他们的民族意识，提高他们的民族觉悟，并以各种各样方式与他们保持一定的关系，争取他们为祖国做些工作。

其次，必须确定争取伪军是党政军民大家应该努力的工作，特别应该把它当作敌占区工作的重要的一部分。敌占区工作，如果得不到敌人的军事力量——主要系指伪军而言——的帮助，或者相反的，反而遭到他们的反对，这是决不能顺利地迅速地开展敌占区工作的。我们要开展敌占区工作，首先便应注意争取伪军。大家都要努力寻求和通过各种复杂的关系，分头并进的进行这一工作。如政府机关可经常把布告传单散发到敌占区和伪军中去，民众团体可发动伪军家属向其伪军官兵写信等等，要竭尽一切可能做到的办法，去和伪军接近，争取伪军。

争取伪军工作，过去任何一个时期都没有比现在更紧要了，而且以后还将更加紧要起来。我们于此特提醒大家的注意，希望各方一致努力，使在争取伪军工作这条战线上，得到更大的胜利和更多的收获。

（原载一九四一年三月二十五日《新华日报》华北版第一版社论）

猛烈开展的世界革命运动

　　帝国主义战争的主要战场，虽然在东地中海和非洲，但战争的烽火，正在向全世界飞驰。这表现在两大帝国主义阵线中的盟主，美德两国更直接更公开的尖锐对立，这表现在美国日益飞向战争。

　　帝国主义战争的延长与扩大，带给人类空前的灾难和浩劫。目前，威吓、压迫、严刑、剥削各种悲惨现象，已经充满着整个世界。因之，"这种情形，毫无疑义的，将激起所有各资本主义国家的被压迫人民，所有各殖民地半殖民地的被压迫民族，觉醒起来，团结起来，反对帝国主义战争，组织革命战争，其规模将较第一次世界大战时候要大得多"（毛泽东同志）。"资本主义经济已经走到尽头了，大变化的革命时代已经来到了。现在的时代乃是战争与革命的新时代，把黑暗世界整个的改造为光明世界的时代。"（同上）这一正确的分析与估计，现在已被各资本主义国家的被压迫人民、各殖民地半殖民地的被压迫民族的英勇行动所证实了，我们只要注意日来大规模的世界革命运动，就不难看到：

在英国，人民反战运动和共产主义运动正在猛烈开展，共产主义的文学书籍在各处流传，为广大人民所爱好。当《工人日报》被封闭时，立刻引起了各个工厂中极大的骚动，工人以延缓生产速度来回答战争制造者的军需工业生产。同时，英国一百万军需工业的工人，正在要求增加工资。在意大利，米兰、都林各地，人民掀起反战暴动，在意国统治下的阿尔巴尼亚土人不断地袭击意军，使意法西斯前线军事遭受失败。

因背弃人民而亡国的法兰西政府，使人民陷在极端饥饿与贫困中，失业人数达两百余万。维琪政府虽联合德国法西斯，把数千共产党员及进步人民抛入牢狱和集中营，但法国共产党以卓越的灵活性，仍然在人民中广泛的进行工作。在非洲，阿比西尼亚土人反抗意法西斯的战争正在进展，南非约安里斯堡人民也引起反战暴动。在希腊，共产党虽然是非法的党，但他们从未因恐怖和迫害而放弃反对帝国主义战争及为争取希腊人民自由而斗争，并且他们已经开始在组织农民。巴勒斯坦、伊拉克、叙利亚人民正发出反英反法的忿怒吼声。罢工浪潮，在印度更普遍的高涨着，非军事不服从运动，广泛的展开来。虽然人民领袖尼赫鲁等被反动当局逮捕了、虽然数千人民在被审判，但要求民主自由和独立的斗争，正弥漫全印。

在太平洋彼岸，美国的工农群众、共产党及和平人民，在美国国内形势恶化，美国资产阶级反民主自由的逆流高涨中，正进行着英勇的斗争。华盛顿五千多青年的反战大会上，他们高喊"美国人民并不需要战争，大家联合起来，反对将我们牵入血腥战争中去"的口号。美国和平人民热烈拥护共产党，援救白劳德同志的呼声，日益响亮起来，皮兹堡、底特律及各重要工业城市里，反战罢工运动更如野火燎原一样的开展着。目前有二十八个工厂罢工浪潮尚未平复，一周间，竟损失了十二万劳动日，军火生产遭受重大的打击。墨西哥的共产党、工人阶级和人民，对于白劳德同志的被判，严重抗议美国统治阶级。职工协会第二次全国代表大会，更痛斥反动派及资本家之恐怖政策。他们设立救济辩护组织，援助全世界被迫害的进步人士。拉丁美洲的智利，人民战线党在国会选举中获得胜利。古巴的工人，为要求增加工资，而实行反战罢工。

世界革命运动，正在全世界广泛而尖锐的展开，冲击着整个腐朽的资本主义制度。这里，应该特别指出：

第一，在过去资本主义世界比较稳定一环的美帝国主义，今天，革命运动却特别高涨。过去美帝国主义所喜欢炫耀的"和平""民主"等好听名词，今天对于美国和平人民已完全感不到兴趣，因为他们清楚的看到：统治者正在剥削人民的民主自由，正在延长扩大资本主义制度屠杀人类的时间和范围，正在飞速的走进帝国主义大战的火线。因此，美国人们大吼着："我们的最危险的敌人，不是在欧洲，它就是近在眼前的国内战争狂的帝国主义！"

第二，伟大的马克思列宁主义，今天已经成为一切和平人民反战运动的灵魂和旗帜，一切和平人民已经紧紧的团结在无产阶级伟大政党——共产党的周围了。苏联的壮大和巩固，成为不可战胜的伟大力量，已经成为全世界一切被压迫民族，被压迫人民的仰慕中心。华盛顿空前的青年大会上，五千三百多青年的吼声，特别强烈的号召保卫共产党的权利。当白劳德同志被捕时，纽约竟举行了四个拥挤不堪的大会，一致以"释放白劳德"为口号，并宣告将不屈不挠的斗争，直到共产党的领袖获得自由为止。英伦的人民大会，也清楚的提出，要联合伟大和平的苏联。在墨西哥、希腊、法国、德国、日本及其他许多国家，共产党都热烈的为人民拥护着。这些，都证明着伟大的马列主义学说、各国共产党的英勇奋斗是完全适合于全世界人类的根本利益和历史要求，也正是各国工人阶级、和平人民的灯塔和依靠。

第三，这个世界革命运动，特别深入到广泛的各阶层之中，普及到工厂、军营、学校、商店、街头，甚至于走入了基督教堂，走入了"神学院。"

资本主义制度已经走到了尽头，世界革命运动还将更强大的开展。尽管"英国资本主义，向来就是，现在还是，而且将来也会是最凶残的人民革命的绞杀者"（斯大林），尽管英、美、德、意、日等帝国主义企图将战争、迫害、剥削、奴役加诸人民，来挽救自己，但这是绝对无效的。他们只有更加煽旺世界革命运动的火焰，覆灭他们自身。第一次帝国主义战争，会被当时的反战革命运动，缩小了资本主义世界六分之一。这一次帝国主义战争中的反战革命运动，无疑的又将冲溃一部分或全部分资本主义的基地。

我们中国人民，应该认识清楚，"中国革命是世界革命的一部分"。世界革命运动的猛烈开展，正是我国抗战的有利条件，我们必将与全世界英勇的革命人民紧紧的站在一起，为粉碎亲日派、反共顽固派反对人民革命、准备投降日寇而斗争到底，为最后战胜日寇而斗争到底！

谁如果看到这汹涌澎湃的世界革命运动正和我们抗战有着密切关联、正都是我们的援军，那末谁就一定会坚信胜利一定是中国人民的！

（原载一九四一年三月二十七日《新华日报》华北版第一版社论）

纪念黄花岗七十二烈士

岁月匆匆,又是黄花岗七十二烈士殉国三十周年纪念节了。

黄花岗之役,是辛亥革命的序幕。当时革命志士,想攻夺两广总督署,作为革命的大本营,起义之前,因事机不密,被当时两广总督张鸣歧所侦知。张乃下令严密戒备,并到处搜捕党人。然而黄克强先生及国民党忠实同志八百人,激于他们对国家民族及对孙中山先生的无限忠诚与英勇牺牲的精神,仍在百般艰难困苦情形下,于三月二十九日(辛亥年)实行起义;当即攻入两广总督署等各机关,与当时黑暗反动的统治者展开壮烈巷战,碧血横飞,浩气四溢。卒因众寡不敌,不幸失败,死难者达七十二人,黄先生亦负伤走香港。死难烈士七十二人，合葬于广州城北之黄花岗。这次起义，虽然失败了，它却是辛亥革命前夜的一次壮举，它给辛亥革命的影响是很大的：它震动了全国以至全世界，它掀起推翻满清专制政体、建立民主共和国的浪潮；也正因为如此，才展开了半年后的辛亥革命，才颠覆了满清王朝。

黄花岗七十二烈士起义，虽然失败了，然而它却充分显示了我中华民族优秀儿女追求民主自由、推翻黑暗反动统治、建立近代民主共和国的斗争决心与牺牲精神；同时，也充分表现了我中华民族优秀子孙对敌人斗争坚决澈底、不屈不挠的革命传统精神。黄花岗七十二烈士虽然牺牲了，然而它们却无愧于国家民族，无愧于自己的祖先和子孙，无愧于中国国民党及其领袖孙中山先生，他们给中国人民，留下了千古不朽、万世景仰的模范。

黄花岗七十二烈士这种革命精神，毫无疑义的，应该为我们全国人民所接受、所发扬，更应该为中国国民党每个党员所继承、所光大！然而痛心得很，今日中国国民党中的亲日派与反共当权者，却完全背弃了七十二烈士的革命遗志与革命精神，天字第一号大汉奸汪精卫等固无论矣，即今天犹隐身抗日阵营中的亲日派与反共当权者，他们的所言所行，也是甘心以七十二烈士的叛徒自居，而为革命的大罪人。黄花岗七十二烈士，为了国家民族的利益，不惜以身殉国，今天国民党中的亲日派与反共当权者，却完全不顾国家民族的利益，他们驱使数十万抗战有用的军队，去进攻英勇抗日、卫国卫民的新四军与八路军，去残杀自己的同胞兄弟；他们把一万万元人民血汗脂膏，用来建筑从事内战的西北万里封锁线，他们"说的是团结，做的是分裂；说的是抗战，做的是破坏抗战；说的是巩固国防，做的是破坏国防"。

黄花岗七十二烈士为了追求民主自由，建立民主共和国，不惜壮烈牺牲，今天国民党中亲日派反共当权者，却完全实行反动专制的政策、黑暗倒退的勾当，他们借口国防第一实行一党专政（其实只是国民党中少数亲日派与反共当权者的一手包办，大多数国民党员是没有民主权利的），不给人民半点民主与自由，他们大批杀害绑架忠勇为国的共产党员及一切进步爱国分子，他们大量的摧毁抗战进步书报的出版与发行，最近，他们竟公然奸污损坏了战时初步民意机关国民参政会的信誉，他们"说的是民主，做的是反动"。

　　黄花岗七十二烈士是忠实于他们的领导者孙中山先生的，当他们接到了孙先生广州起义的指示后，他们虽然仅仅不过八百多人，然而他们决然起义，奋勇作战，不惜肝脑涂地，写下了中华民族解放史上最光荣的诗篇。今天国民党中的亲日派与反共当权者，却完全背叛了孙中山先生的三民主义三大政策与一切遗教。孙中山先生三民主义主张抵抗强寇、实行民主、改善民生，他们却是外降内战，标榜国防第一，不讲民主民生；孙中山先生的三大政策主张联俄联共、扶助工农，他们却是利用苏联，实行"剿共"，压迫工农群众抗日运动。国民党中亲日派与反共当权者这些破坏团结抗战，实行黑暗倒退，背叛三民主义、背叛总理遗教的一切行为，与黄花岗七十二烈士忠于国家民族、追求民主自由、忠实于孙中山先生努力实现主义的光辉精神毫无相似之处。这是黑暗与光明的对照，这是倒退与进步的对照，这是解放与奴隶的对照！黄花岗七十二烈士有灵，亦必含冤于九泉，痛恨今日国民党中亲日派与反共当权者之不肖。

　　然而，黄花岗七十二烈士的革命遗志与革命精神，却正为中国共产党及各抗日党派（包括多数国民党员在内）与全国广大抗日军民所接受、所承继，所发扬光大；他们反对内战投降，坚持抗战到底；他们反对分裂倒退，坚持团结进步；他们过去如此，现在如此，将来还是如此。这是可以告慰于黄花岗七十二烈士之英灵的。

　　我们今天来纪念黄花岗七十二烈士的壮烈殉国，就应该更清楚地认识今日国民党中背弃七十二烈士革命遗志与革命精神的叛徒——亲日派与反共当权者；就应该更进一步发扬七十二烈士的革命精神与牺牲精神，踏着七十二烈士的血迹，为肃清、打击七十二烈士的叛徒，完成七十二烈士的伟大遗志——外抗强寇、争取民主自由而奋斗，这正是我们今天的神圣责任。

（原载一九四一年三月二十九日《新华日报》华北版第一版社论）

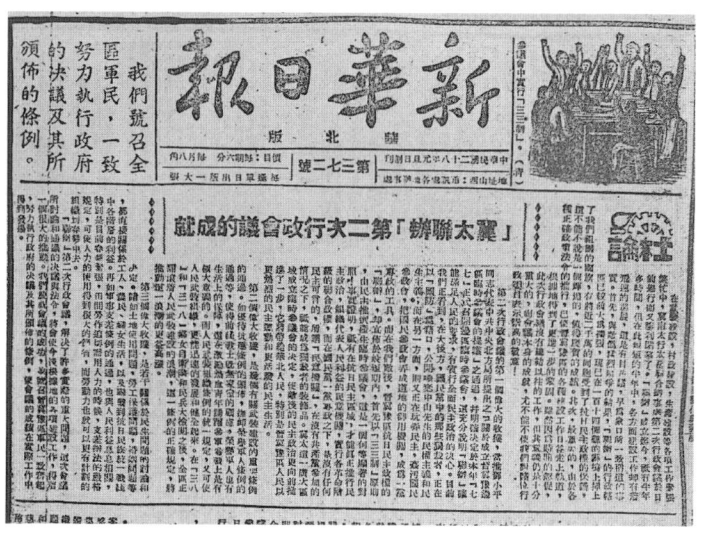

"冀太联办"第二次行政会议的成就

在武装建设、村政建设、生产建设等各项工作紧张繁忙中,冀南太行太岳联合办事处第二次行政会议于日前举行而又胜利闭幕了。"联办"成立迄今,只有半年多时间,但在此短短的半年中,各方面建设工作却有着飞速的进展,这是有目共睹、早为众口所一致称道的事实。首先,与敌伪猛烈斗争的结果,"联办"的行政辖区已较前大为扩张,现已在一百十四个县的县境上插上了我们祖国的国旗,有将近二千万的同胞受到了抗日民主政权的保护,这不能不说是一个辉煌的、值得庆贺的成绩。其次,最重要的,由于各种正确政策法令的推行,已使晋冀豫区的各种建设工作日益走上轨道,根据地得到了更进一步的巩固。虽然因为时间的忽促，此次行政会议没有总结以往的工作，但其意义仍是十分重大的，而会议本身的成就，尤不能不使我们对诸位行政委员表示崇高的敬意！

第二次行政会议的第一个伟大的收获，当推邓小平同志代表中共中央北方局所提出之《关于成立晋冀豫边区临时参议会的提议》之通过，并明确决定于本年"七七"正式召开边区临时参议会，这充分说明"联办"确能满足人民的要求，有实行全面民主政治的决心。目前我们正看到，在大后方，国民党中的那些独裁者，正在以"国防"为借口，公开唾弃中山先生的民权主义和民生主义；而在另一方面，则又正在玩弄民主，奸污国民参政会，把国民参政会弄成地道的御用机关，成为一党专政的工具。而在我们敌后，晋冀豫区抗日民主政权的"联办"，却宣布于最短期内，首先以"三三制"原则，由民主推选产生临时参议会，这是一个何等显著的对照！事实证明，只有在抗日民主区域，才能真正推行民主政治，组织代表人民利益的民意机关，实行各革命阶级的联合政权，而在国民党一党专政之下，是没有任何民主可言的，所谓"民意机关"，在没有共产党参加的情况之下，只能成为独裁者的装饰品。冀太这一广大区域成立临时参议会的决定，使敌后的民主政治更向前推进了一步，它将带给华北人民，特别是晋冀豫区人民以更热烈的民主运动和更活泼的民主生活。

第二个伟大收获，是几个有关武装建设的重要条例的通过。如优待抗属条例的颁布、抚恤荣誉军人条例的通过等，使得前线战士既无家室的顾虑，荣誉军人也有生活上的保障，这在激励热血青年踊跃参军参战上是有极大意义的。而人民武装组织条例的统一规定，又可使人民武装组织更能迅速的发展和健全起来。在"三八"和"三一八"妇女自卫队和民兵大检阅之后，全区正翻滚着人民武装建设的浪潮，这一条例的正确规定，将推动这一浪潮的更益高涨。

第三个伟大收获，是若干关系于民生问题的讨论和决定。诸如土地使用问题、劳工保护问题、婚姻问题等，都直接关系于工人、农民、妇女生活，以及联系到抗日民族统一战线中各阶层的利益。再如军事支差条例的通过，也与人民利益息息相关，特别是目前春耕紧张，田间劳作迫切需要人力的时候，支差办法的严格规定，可使人力的使用得到很大的节省，而劳动力也就可以更有计划的组织到春耕中去。

"联办"第二次行政会议，解决了许多实际的重大问题，这次会议所讨论和通过的决议与法令，将会使今后根据地的各项建设工作得着一个很大的推动。我们庆祝会议的成功，并号召晋冀豫区军民一致奋起努力执行政府的决议及其所颁布的条例，使会议的成绩在实际工作中得到发扬。

（原载一九四一年四月一日《新华日报》华北版第一版社论）

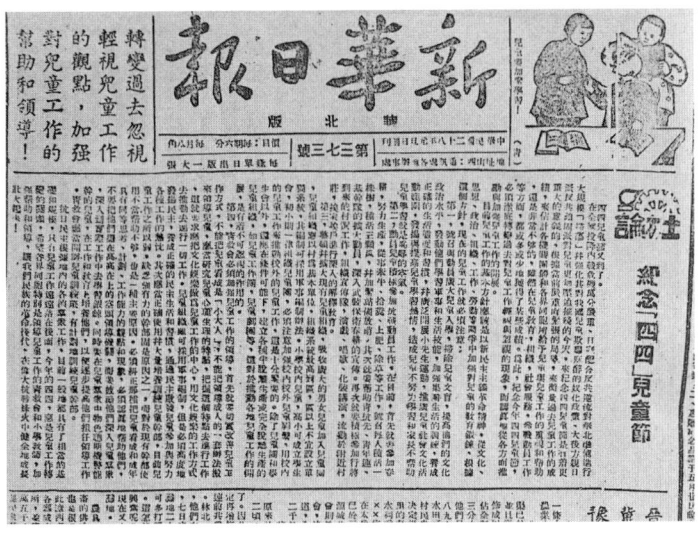

纪念"四四"儿童节

"四四"儿童节又到了。

在全国投降内战危急万分严重、日寇配合反共逆流对华北准备进行大规模"扫荡"并强化其对我国儿童欺压麻醉的奴化政策、大后方亲日派反共顽固派对儿童更加压迫摧残的今天,来纪念"四四"儿童节是有着更重大的意义的。根据当前严重而紧张的局势,来衡量过去儿童工作的成绩、来估计各机关团体和各界同胞所给予儿童与儿童工作的重视和帮助,还是非常不够的,虽然在儿童教育、组织、社会服务、参战动员工作等方面,都或多或少地获得了某些成绩。为此,纪念今年"四四"儿童节,必须澈底转变过去对儿童工作轻视与忽视的现象,而认真地从各方面推动与加强儿童工作的开展。

目前儿童工作的基本方针应该是以新民主主义革命精神,从文化、思想、政治、组织、工作、劳动等斗争中加强对儿童的教育锻炼,根据这个方针,现在的儿童工作就必须注意：

第一,号召与动员广大儿童入学,扫除儿童文盲,提高他们的文化政治水平,发动他们学习军事和生活技能,加强集团生活的训练,养成正确的生活态度和习惯,并广泛开展小先生运动,推广儿童社会文化活动范围,发扬与提高儿童学习热情,造成儿童不努力学习和家长不帮助儿童学习就是耻辱的空气。

第二,动员儿童积极参加抗战动员工作。在目前,首先就要参加春耕,努力生产,从事牵牛、拾粪、上肥、除草等工作,号召每人种活一株树、种活三颗瓜,并加紧站岗放哨。其次就要帮助青抗先、青年连、基干队的扩大动员,深入武装保卫春耕的宣传。再次就要积极参加行将到来的村选工作,组织宣传队演戏、唱歌、化装、讲演,流动于附近村庄,挨家挨户进行深入的解释教育。

第三,整顿并扩大现有儿童组织,吸收广大的男女儿童加入儿童团。儿童组织应以村为基本单位,组织系统最高到区,区以上不宜设立单独系统,其编制可采用军事编制办法。小学校内儿童、高小可成立学生会,初小则一律组织儿童团,必须注意加强校内校外儿童联系,用校内的儿童工作来推动校外的儿童工作,这是十分紧要的。除了儿童团和学生会以外,还应在条件可能下,建立各种半脱离生产或完全脱离生产的儿童组织,如儿童工作团、儿童剧团等。这对于推动各地儿童工作的开展,是有着不可忽视的作用的。

第四,青救会必须加强儿童工作的领导。首先,就要切实改善儿童工作方式,不能把儿童看成是"小大人",不能把领导成人的一套办法搬来领导儿童,应当研究儿童心理生理的特点,把握这个特点去进行工作,这就要求应把文化娱乐作为儿童工作的中心,用文化娱乐的工作方式去推动去进行一切工作。儿童组织虽可采用军事编制,但是必须高度地发扬民主,养成正确的民主生活和习惯,通过民主启发儿童参加与努力各种工作的热忱。其次,应当正确使用并大量培养训练儿童干部,目前儿童工作之所以弱,缺乏强有力的干部固是原因之一,而对于现有干部使用不当帮助不够,也是一种主要原因。必须纠正那种把儿童看成和成年具有同等思考、计划、工作能力的观点和现象,必须认真地帮助他们,不要把他们摆在高高在上的空头领导机关,而要鼓励他们深入儿童群众,深入到实际工作中去学习锻炼。同时要在儿童群众中物色聪明机警能干的儿童,在工作和教育上培养他们,以便逐步提高他们担任领导工作。青救会应当开办儿童训练班,有计划地训练儿童干部。

抗日民主根据地内的各种群众工作,目前一般地都具有了相当的基础和规模,只有儿童工作远远落在后面,今年的"四四",应是儿童工作转变的开头,希望各界同胞特别是领导儿童工作的青救会和小学教师,加强帮助和领导,让我们民族的革命后代,在伟大抗战烽火中健全地成长壮大起来!

(原载一九四一年四月三日《新华日报》华北版第一版社论)

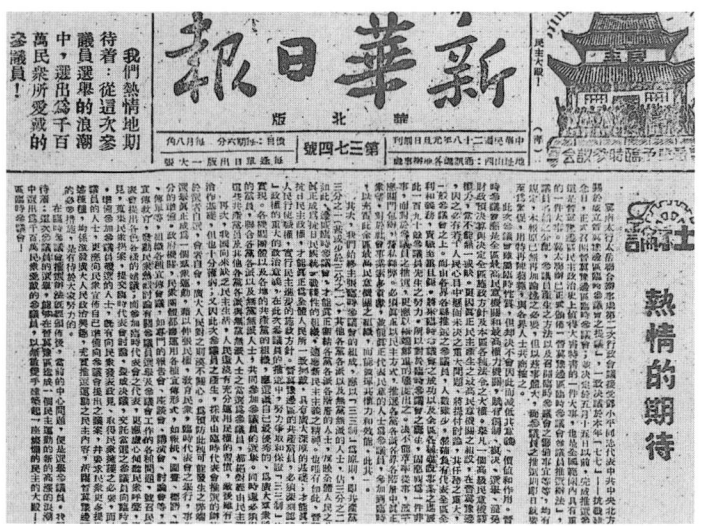

热情的期待

冀南太行太岳联合办事处第二次行政会议接受邓小平同志代表中共中央北方局所提出《关于成立晋冀豫边区临时参议会之提议》，一致决议于本年"七七"——抗战建国四周年纪念日，正式召开晋冀豫边区临时参议会，并决定于五月十五日以前，完成推选参议员工作。这是晋冀豫边区民主政治史上值得大书特书的一件大事，也是全国范围内具有重大政治意义的一件大事。冀太联办已正式颁布《晋冀豫边区临时参议会参议员推选办法》，对于诸凡参议员名额之分配、参议员产生之方法以及召开临时参议会之筹备事宜等等，均有详尽明确之规定，本报原已无再加论述之必要，但以兹事体大，而参议员之推选则即日就要开始，为时至为紧促，用特再陈刍荛，与各界人士共商榷之。

此次参议会虽属临时性质，但却决不会因此而减低其意义、价值和作用。晋冀豫边区临时参议会应是全区最高民意机关和最高权力机关，赋有创制、复决、选举、罢免以及审查财政预决算与决定全区施政方针及本区各种法令之大权。举凡一个高级民意机关所应秉有之权力，当不能无一或缺。更因真正民主产生之最高民意机关之组设，在晋冀豫边区尚属创举，因之必有若干人民心目中悬而未决之重大问题，将提付讨论，其任务之重大，势必有过于一般参议会之上。而由各界各县推选之参议员，人数虽少，然确负有代表全区全体公民之权利和义务，责职至重且巨，将来临时参议会之成功以及全区各种建设事业之进展，均有赖于此一百九十余参议员先生之努力。所以对于临时参议会之诞生，固应视为一件非同小可的大事，而对于参议员之推选，更应以极端郑重的态度出之，决不能草率从事，滥竽充数，更不应关门包办，营私舞弊。必须真正以民主方式，推选各党各派各界各阶层中真正有地位、孚众望，对于社会事业素多贡献并能真正代表民意的人士为参议员，参加到临时参议会中去，以充实此全区最高民意机关之组织，而能发挥其权力和效能。此其一。

其次，我们始终主张临时参议会的组成，应以"三三制"为原则，即共产党参议员只占三分之一（甚或少于三分之一），其他各党各派以及无党无派的人士占三分之二。因为唯有如此，边区临时参议会，才能真正团结各党各派各阶层的人士，反映全体人民之公意；才能真正成为抗日民族统一战线性的组织，适应新民主主义之精神。也唯有如此，晋冀豫边区的抗日民主政权，才能真正为全体人民所一致拥戴，具有广大深厚的基础，才能真正代表全体人民行使职权，实行民主进步的施政方针。晋冀豫边区的共产党员，必须深刻认识"三三制"政权的重大的政治意义，在此次参议员的推选中，努力争取和保证"三三制"的真正全部实现。各机关团体以及各地的共产党的组织，应选派自己最优秀的、为广大群众所信仰爱戴的党员，联合各党各派以及无党无派人士，共同参加参议员的选举。同时还必须保证，所有这些共产党员及其他各党各派与无党无派人士之当选为参议员，都绝对经由民主选举产生。

再次，我国向来缺乏民主生活，人民还没有充分运用民权的习惯，敌后虽有三年民主政治作基础，但也十分薄弱，又因此次参议员之产生，采取由临时代表会推选的办法，更易流于选者自选、会者自会，广大人民对之则漠不关心。为预防此种可能发生之弊端，并使此次选举真正成为一个群众运动，借以伸张民权，教育民众，临时代表会之举行，事先实应有充分的准备。政府机关、民众团体都应运用各种宣传形式，如报纸、图画、标语、诗歌、戏剧、传单等，组织各种宣传会议，如专门的报告会、座谈会、讲演会、讨论会等，向民众进行宣传教育，发动民众热烈讨论有关参议员选举及参议会工作的各种问题，号召民众向临时代表会提出各色各样的建议。而参加临时代表会之代表，更应虚心倾听民众呼声，征求民众意见，搜集民众提案，提交临时代表会讨论，制成决议，交托当选之参议员向临时参议会提出。准备参加参议员选举的人士，既有向民众发表政见、取得民众拥护之必要，而已当选为参议员的人士，更应向民众宣布自己准备向参议会提出之议案，并要求民众更多提供意见。上述种种，均系激发广大人民政治兴趣，充实推选运动之民主内容，活跃晋冀豫边区民主生活的必要措施，是有待于大家努力的。

在临时参议会推选办法既经颁布后，当前的中心问题，便是选举参议员。我们热情的期待着这次参议员的选举能够在晋冀豫区造成一个民主运动的新的高涨的浪潮，从这浪潮中选出为千百万民众爱戴的参议员，以无数双手建筑起一座灿烂的民主的大殿——晋冀豫边区临时参议会！

（原载一九四一年四月五日《新华日报》华北版第一版社论）

拥护中共中央北方局对于晋冀豫边区目前建设的主张

　　正当敌寇诱降阴谋有甚无已，亲日派反共顽固派叫嚣跳梁，抗战危机万分严重，全国同胞殷殷瞩望于我华北敌后之时；正当敌伪军事政治进攻日益加紧，华北敌后抗战愈趋艰苦困难，巨万军民遍地怒吼之际；正当冀太联办明令宣布定期本年"七七"正式召开晋冀豫边区临时参议会，并已颁布参议员推选办法，全区人民热情奋发，掀卷起新的民主运动的巨大浪潮的时候，我党中央北方局乃以一片至诚，掬尽衷怀，向全区各党各派人士暨各界同胞，公开提出我对晋冀豫边区目前建设的主张，贡献我对晋冀豫边区今后发展之意见，以为全边区党政军民各界努力于晋冀豫边区抗日民主根据地建设之参考，这是具有极伟大的政治意义的。

晋冀豫边区抗日民主根据地，开拓于太原沦陷以后，三年来，赖全区军民的一致努力，英勇奋战，曾一再粉碎敌寇的"扫荡"进攻，击破寇奸的政治阴谋，斩断反共顽固派的危害行动；而又埋头苦干，经之营之，乃得在今日缔造成一个拥有冀南、太行、太岳、冀鲁豫等四块区域，包括数十万平方公里地面的光芒万丈的抗日民主根据地。其在军事、政治、经济、文化等各种方面的建设，均已粗具规模，成为华北敌后较巩固的根据地之一，久为中外人士所关心与注意。但值此行将到来的第一次粉碎敌九路围攻纪念日，检阅以往工作，成绩固多，而去理想程度尚远，至于瞻念未来，则种种应与待举之事犹多，有待于我们全区军民的百倍努力。中共中央北方局主张的提出，其目的即在求推动根据地各种建设事业的猛烈的进展，更进一步的巩固与扩大我晋冀豫边区。中共中央北方局所发布的主张虽只有寥寥十五条，但扼要中肯，带有全面性质。其内容或则在于克服以往的弱点，纠正过去的缺陷；或则在于发扬以往的成绩，扩大现有的基础；或则在于提示今后的方针，确立努力的目标，都具有极伟大的积极意义。诚如原文所云："均系根据目前晋冀豫边区实际情形提出，实为更进一步建设根据地所必需。"而且，这十五条主张的无论那一条，不仅是必需做到的，而且只要我们决心努力，都是充分可以做到的。

十五条主张的第一条，我们共产党人首先郑重宣布："坚持华北抗战，誓死与晋冀豫边区人民共存亡。"说明"坚持华北抗战，是我党既定方针，这一方针，无论在任何情况下决不变更"。这又再次给予日寇汉奸特务奸细分子的造谣离间阴谋以严厉打击。我们共产党八路军既然和华北人民手携手地创造了许多抗日民主根据地，自然仍将继续在这些抗日民主根据地上与父老兄弟共生死、同患难的坚持下去，奋斗到底。实际上，整个十五条主张的其余各条内容，无一不以坚持华北抗战，保卫晋冀豫边区为前提。十五条主张向全区同胞说明，我们共产党八路军不仅有坚持华北抗战到底的主张和决心，而且有把华北建设为将来新民主主义共和国的模范地区的信心和毅力。我们不仅要在华北坚持抗战，而且要在华北实行建设。

十五条主张的第二条，我们共产党人再次明白宣布："与一切抗日党派亲密合作，坚持抗日民族统一战线到底。"并且确切不移的说明："不管国内外政治形势如何变化，不管亲日派反共顽固派如何挑拨内战，破坏团结，我们共产党人仍与抗日的国民党及其他一切抗日党派、抗日军队和阶层，共同抗战到底，合作到底！"实际上，整个十五条主张的其余各条，都像一根红线似的贯澈着抗日民族统一战线的精神和内容。我们主张切实优待一切抗战军人家属，不仅是八路军，而且包括中央军、决死队及其他地方部队；我们主张实行"三三制"政权，一切抗日党派、抗日团体、抗日人民均有集会、结社、言论、出版、居住、信仰之自由；我们主张保障人权，保障一切抗日人民的财产所有权；我们主张适当增加工人工资，减少工人工作时间，但又必需保障资方利益；我们主张实行减租减息，但有一定限度，而在减租减息以后，佃户应按期如数交租，债户应按期如数交息，不得再行拖欠或减免；我们主张实行所得统一累进税，最高额不得超过全收入百分之三十，而纳税者应有百分之八十的公民，使负担不致集中于少数人；我们主张根据地内实行自由贸易，我们欢迎海内外人士来根据地投资……所有这些主张，都说明我们是如何忠实于抗日民族统一战线。我们相信如果所有这些主张都能切实见诸实行，根据地中的各党各派以及各阶层的团结，必然会更加巩固，统一战线必然会更加发展。

主张的第三至第十五各条，这是我们共产党人对于晋冀豫边区目前建设的具体意见，举凡武装、政治、经济、文化、教育等建设事业之建设方针与努力方向，以及民族问题，妇女问题，开展敌占区工作之方针和原则，均有详尽细微的指陈。而且条条均以客观现实为出发，在现有成绩的基础上，力求更向前推进和深入一步。而所有这些，则都是在于澈底实现孙中山先生的三民主义和抗战建国纲领。如果所有这些建设和工作能够作好，则晋冀豫边区抗日民主根据地的抗战堡垒将更加巩固、更加坚强。

我党中央北方局对于晋冀豫边区目前建设的主张，不仅是晋冀豫边区一定期间奋斗的目标，而且是目前行动的方针。实际上不仅代表了我党全体党员的主张和意见，而且代表了全边区人民的主张和意见。实行这十五条主张，抗日民主根据地会更有力的屹立于华北敌后，成为无坚不摧的堡垒；实行这十五条主张，抗日民主根据地会愈加欣欣向荣，人民更可安居乐业；实行这些主张，会更进一步的奠定新民主主义共和国的初步基础，向全中国全世界显现其光明灿烂的姿态。我们共产党人是坚决执行自己的主张的。我们首先号召全边区共产党员一致奋起，在此澎湃的民主推选运动中，热烈宣传我们十五条主张，向各地人士提出我们十五条主张，并且首先以身作则实行我们十五条主张。同时我们更热切希望全边区各党各派人士暨各界同胞，对我们所提出的十五条主张加以商讨，共策共勉，为全部实现此十五条主张而奋斗！

（原载一九四一年四月七日《新华日报》华北版第一版社论）

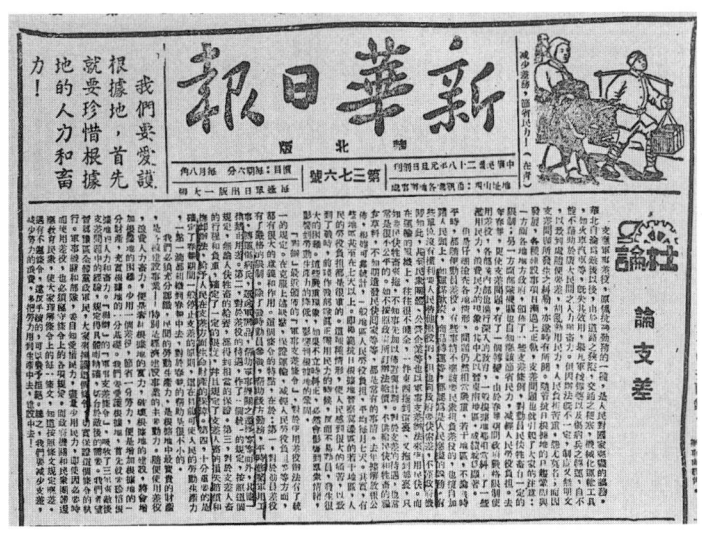

论支差

支应军事差役,原系抗战勤务的一种,是人民对国家应尽的义务。华北自沦为敌后以后,由于道路之狭隘、交通之梗塞,机械化运输工具如火车汽车等,既失其效用,举凡军械弹药以及伤病兵之转运,自不能不借助于广大民间之人力与畜力。但因办法既不一定,制度又无明文,以致到处随便要差,胡乱动用民力,人民负担苦重,怨尤莫名;而因支差问题所发生之纠纷,亦遂时有所闻。随着抗日根据地的日趋巩固与发展,各种建设事项日渐迈上正轨,支差问题也就引起了大家的注意:一方面各地地方政府颁布了一些支差条例,对动员民夫牲畜有一定的限制;另一方面部队机关也自知应该节省民力,减轻人民劳役负担。去年春耕，更使支差问题有了一个转变。由于春耕期间政府严格限制使用差役，各部队内部也进行深入的教育，一般根据地都相当纠正了一些滥用民力、浪费民力的现象，其中尤以晋东南地区，成绩最为显著。

但是仔细检查各地情形，问题仍然相当严重，若干地区，不论战时平时，都随便动员差役。有些事情不应该要民众担负差役的，也擅自加诸人民头上，如运煤驮炭、商品转运等，都认为是人民应尽的义务。有些单位没有权利要人民替他服役的，但也向政府要夫索差，不仅政府机关如此，甚至民众团体、公营企业等也以军事支差办法来使用民夫。而在运输的组织上，往往很不健全，一件东西拖到这里，又拖到那里，只知要民夫牲畜来拖，不知事先加以布置与计划。对于支差的待遇，也常常是很不公平的。如不按照政府所定办法给价、不供给民夫和牲畜的粮食草料、不如期遣发民夫回家等等，都是常有的事情。去年据解放报公布，根据可靠统计，一般地区人民劳役负担，平均每月七天。其实，有些地区甚至在七天以上。即模范抗日根据地晋察冀边区的若干地区，人民的劳役负担都是很重的。这种种情形，使人民感到很大的痛苦，以致到了战时，前线作战部队真正需用民力的时候，反而不易动员，发生很大的困难。这些严重现象，如果不立时纠正，必然会影响到群众情绪，影响到劳动生产力的降低，影响到根据地的巩固。

"联办"最近颁布的《军事支差条例》，对于使用差役办法有了统一的规定。在克服上述缺点，保证运输、减轻人民劳役负担等等方面，都有很大的意义和作用。这个条令的特点在于：第一，对于动员差役有了严格的限制。除了战时动员参战、帮助后方勤务、平时修筑军用工事、转运伤病兵、运送军需品、帮助军事机关之迁移等等而外，其他一律禁止用差。第二，对于差役的待遇，作了一个统一的规定。按照这个规定，无论人夫牲畜的给养，都得到相当的保证。第三，对于支差人畜的行程和负重，确定了一定的限度，并且规定了支差人畜的损失赔偿和抚恤办法，给予人民在支差方面生命财产的保障。第四，十分重要的是确定了春耕期间一般停止支差的原则，这在目前可使人民的劳动生产力，一点一滴都组织到春耕中去，对于春耕的帮助是很不小的。

我们必须充分认识，民间的劳动生产力，是根据地中最宝贵的财产，是各种建设事业——特别是经济建设事业的主要动力。随便使用差役，浪费人力畜力，便是奢□根据地的实力，破坏根据地的建设，将会增加根据地的困难。少用一个差役，节省一分劳力，便是增加根据地的一分财产，充实根据地的一分基础。我们要爱护根据地，首先就要珍惜根据地的人力和畜力。"联办"的《军事支差条令》，吸收了三年来敌后支差问题中的经验，规定得具体而精确，切合于敌后的需要。我们希望晋冀豫区全体党政军民，大家来拥护这个条令，切实保证这个条令的执行。军事机关和部队，要自知爱惜民力，尽量少用民力，即使因必要时而使用差役，也必须遵守条令上的各项规定。而政府机关和民众团体还应教育民众，使大家理解条令上的每一条文，知道按照条文规定应差。遇有不遵条令，违反手续的，可以严予拒绝。总之，我们要减少支差、减少劳力的浪费，多把劳力用到生产中去，建设中去！

（原载一九四一年四月九日《新华日报》华北版第一版社论）

纪念"四一二"

　　大革命的发展和北伐战争的胜利,使千千万万广大群众日益卷入于革命的巨浪之中,奔向民族解放澈底胜利的途径。帝国主义者因之便大起恐慌,想尽一切方法来破坏中国的革命。起初是积极组织和支援北方军阀,抵抗北伐军的进攻,其后甚至想直接出兵干涉中国,扑熄当时如火如荼的革命势力。待至前者既无效果,而后者又难能做到时,帝国主义者便采取了一种最毒辣最阴险的政策,这就是引诱中国资产阶级投降,分化我革命统一战线。中国资产阶级因为自身的软弱,缺乏政治的远见,就不幸而中了帝国主义挑拨离间的诡计,错认友敌,颠倒阴阳,于是在上海劳动者反帝反军阀的三次起义胜利之后,突然发动十四年前的"四一二"的苦迭挞，公开叛卖了革命。

"四一二"事变，充分暴露了中国资产阶级的两重性——革命的动摇性和反革命的残酷性。当时帝国主义的买办、汉奸小丑黄郛陈群等辈，假清党之名，大肆屠杀在大革命中与国民党共生死、同患难的共产党人，屠杀革命的先锋的工农群众，上海的工人纠察队被解除武装，无数的革命青年惨被机枪射杀，闸北尸横满街，堆积如山，血流成渠，江水呜咽。民族革命英雄陈延年、赵世炎等就在事变先后英勇牺牲，而杀人不眨眼之刽子手陈群、杨虎也由此得到了"虎群"的征号，证明这些家伙是最无人性的东西，毫无人类天良可言。在今日纪念"四一二"的时候，我们看到这些当时扬名一时的吃人魔王，不少已经充当了公开的汉奸，如陈群缪斌之流，在南京和北平高踞日皇所赐的"宝座"，为虎作伥。这也正是他们的必然下场。但也还有一些当时的豺狼，如何应钦等辈，还匿迹抗战阵营，企图重演第二幕"四一二"，叛变抗战，出卖祖国。茂林事变就正是这部杰作的预演，我们应该极度提高革命的警惕性，时刻戒备，慎防类似"四一二"的袭击。

然而历史毕竟是不能在旧轨道上再演的，今日的情形已经是和大革命当时完全不同了。那时世界资本主义正处于相对的稳定，还有可能联合起来绞杀中国的革命，而今天帝国主义正遭受着空前的危机，一幕拼你死我活的大战，正在世界范围内进行，这就削弱了帝国主义的力量。而中国目前所直接反对的目标，却是一个日本帝国主义，那时苏联无论如何没有今天这样强大，而今天苏联却已经有足够力量来援助弱小民族的民族解放运动和世界革命运动。那时中国人民大众的觉悟性还非常不够，而今日则已非一派花言巧语所能蒙蔽，他们都知道自己应走的道路。那时中国无产阶级还缺乏斗争经验，今天则已经有了坚强的磨炼，并且建立起自己的铁的军队。而最重要的是，那时中国共产党还相当幼弱，并且是在陈独秀机会主义领导之下，犯了许多不可饶恕的错误；而今日中国共产党已经发展成为群众性的大党，拥有数十万党员，具有卓越的战斗经验，并且有全国人民所敬仰的英明领袖毛泽东同志作为自己的舵手,全党上下执行正确的布尔什维克的路线与政策。无论如何谁要叛变抗战,出卖革命,重演"四一二",谁便会受到全国人民的铁拳的打击。

"四一二"的苦迭挞,给予中国革命以许多惨痛的教训。这些教训中最重要的一个,是关于建立革命的武装的问题。陈独秀机会主义者因为不了解中国革命的特点,犯了右倾机会主义的错误,轻视武装力量,不在革命军队中建立工作,放弃对武装的领导;不发动武装民众,甚至解除民众已经建立起来的武装;不创造革命的武装,树立革命的基干,以致变起仓卒,唯有束手受缚。斯大林同志说:"中国革命是武装的革命反对武装的反革命。"没有强大革命的武装,就决不能坚持抗战到底,保证革命的胜利。中国共产党在长期的革命过程中,已经创造了一支威震全国的革命武装,但无论就数量和质量来说,均去客观的要求尚远。在此寇患深入,进攻无已,而内战投降危机又严重存在之时,更需继续强化和发展革命主力,繁殖地方武装,以克服一切可能到来的困难,争取中华民族的澈底解放。

同时,"四一二"事变也给了中国国民党一个严重的教训。在"四一二"以后,国民党在群众中的声誉便一落千丈,当时许多国民党人都公开承认,凡是国共分裂的地方,一切腐化堕落的分子以及官僚政客便钻入了国民党内,为非作恶,腐蚀内部,以致迫着它不得不向帝国主义和恶势力低头。只在抗战开始以后,国民党在全国人民中的地位,才有了起色。然而,三月前的茂林事变和"一一七"反动命令,又使国民党当局招致全国人民的不满和指责,连蒋介石氏也不能不承认人民都批评国民党在腐败衰老,这的确是值得国民党当局自身好好反省的。现在敌人已在南京组织所谓"国共摩擦研究会",企图专门收集和研究国共两党关系的材料,更进一步施行挑拨离间的奸计,分化我抗日民族统一战线,加紧诱降的政治阴谋。国民党当局要勿再腐败下去,陷入敌人奸计才好!

(原载一九四一年四月十一日《新华日报》华北版第一版社论)

武装保卫春耕

春耕的准备阶段已经过去，现在已快到播种的日子。然而就在最近，各铁路公路沿线的敌人都积极活动，企图破坏我播种工作。因之，武装保卫春耕，成为我们目前的最迫切的任务。

敌人这次破坏春耕的活动，是与其扩大占领地的阴谋，配合着来进行的。它在军事上采取游击式的"清剿"，经常由其所占点线出动小股兵力，少则四五十，多至数百人，一般也在百人左右，乘我不备，突入我根据地，包围、袭击、洗劫我一村或数村，焚烧我房屋，掠夺我牲畜，破坏我农具，屠杀我人民，使我无法进行春耕，或耽误播种时间。而在另一方面，敌人复派遣敌探汉奸，利用流氓地痞，组织伪特务队，潜入游击区附近或抗日根据地内，妖言惑众，骚扰滋事，并暗中策动组织会门与伪维持会，帮助日寇扩大占领地，置我良善同胞于日寇铁蹄之下，特别还强迫我人民以肥沃良田种植鸦片，减少粮食收获。敌人的这种阴谋是十分狠毒的。

针对着敌人的这种阴毒的活动，我们的保卫春耕，也要分作两方面来进行。首先，要巩固我根据地内部，避免或减少敌人给我的破坏和损失。这就需要：（一）实行空舍清野，把不必要或暂时用不着的东西整理和收藏起来，以免多受损失。此外还要觅妥隐蔽的场所和埋藏的地方，以便遭遇敌人攻击时，可随时把一切什物埋藏，而人畜则可作有计划的转移，不致临事张惶失措，顾此失彼。（二）厉行抗日戒严，加紧站岗放哨，严格盘查行人，使汉奸敌探无法潜入我根据地活动。而已经埋伏着的汉奸敌探也可把他检举出来。（三）健全通讯情报网，加强村与村的联络，可以随时得到前方的消息，避免遭到冷不防的袭击。而在接近敌占区的地区，更要有计划的把民兵组织起来，轮流派出侦查，探听敌人的动静，监视敌人的活动。总之，我们要提高警惕性，时刻戒备，慎防敌人的袭击和进攻。

其次，要积极组织武装保卫春耕的军事行动。要保护春耕不为敌人所破坏，仅仅采取防御的办法，是十分不够的，而更要主动的打击敌人，迫使敌人处于防守地位，无法深入我根据地逞其凶残。这就需要发动民兵和地方上的游击队，积极配合部队，经常深入敌占区或敌占区附近进行活动，到处扰乱敌人，袭击敌人，消耗敌人的精力，错乱敌人的步骤。而遇到敌人出扰，即在当时当地予以措手不及的打击，把他们击退回老巢去。这种出击的行动，必须有计划的组织，应该轮流更调人力，配备一定武器，派遣一定的坚强的干部领导，注意勿为敌人的阴谋诡计所算。同时，在游击队和民兵武装深入敌占区和敌占区附近活动时，还应组织相当的政民工作队等，随同进行政治工作，如宣传解释我根据地的政策，安抚宣慰敌占区同胞，揭破敌人的阴谋诡计，争取和瓦解伪维持会、自卫团和会门等，使敌人不能利用这一套东西来愚弄、欺骗和奴役我民众。号召人民反对种植鸦片，改种粮食，并反对把粮食缴存敌人仓库中。只有同时打击敌人这种政治阴谋，才能避免敌人的破坏，保障武装保卫春耕的胜利。

今年的春耕，各地已经□造成了一个高涨的热潮。人民对于春耕生产的情绪是提高了，土地在涨价，春耕准备工作也做得有某些成绩，如果能顺利播种，秋天的收获是有相当保证的。播种时期是整个春耕的重要关节，一切全都看这一关节做的怎样，每个人民还得加倍努力。武装保卫春耕是全体人民的责任，年轻的庄稼人要一手握锄头、一手执枪，捍卫自己的耕种，捍卫我们的根据地。我们一定要击退敌人的骚扰，避免敌人的破坏，一定要使我们的种子如期播种下去，并且到时发出芽，结出一粒粒黄金的果实，使根据地内人人丰衣足食。

（原载一九四一年四月十五日《新华日报》华北版第一版社论）

论临代会工作

最近晋冀豫边区全境动荡着生动热烈的民主气流,庄严隆重的临时参议会参议员的推选工作,正在着着向前推进,各区域各职业团体都纷纷的筹备召开临时代表会,大家以无比的热情埋首于这一巨大的民主政治的建设工程。各阶层人民的目光,也正注意于这一建设事业的推进,他们热切期待着各临时代表会能够推选出为他们所爱戴的参议员,而且他们时刻准备为此而贡献自己的努力。本报对于边区临时参议会与参议员之选举问题,过去已略陈刍荛,现在愿对临时代表会问题,再贡献若干意见,以为各界人士之参考。

一是临时代表会之任务与职权问题。按照"联办"推选办法之规定，以及客观上的实际情形，各地区各职业团体召开临时代表会之首要任务，当在于由此而产生各单位的参议员，共同组织边区临时参议会。因之，如何保证推举真正能够代表民意，且为广大人民所热烈拥护之人士当选为边区参议员，这诚然是值得各临时代表会所注意和努力的第一件大事。然而我们认为临时代表会之任务与职权却决不能局限于此，且也绝对不应仅仅以此为满足。以其对于边区临时参议会之关系来说，各临时代表会不仅负有推选参议员参加参议会之职责，而且还包含有代表人民向临时参议会提供议案的权利和义务。所以五日本报曾着重指出：参加临时代表会之代表，事先应多方征求人民意见，搜集提案，在临时代表会提出讨论通过，制成议案，托交当选之参议员向边区临时参议会正式提出。我们希望这一意见能够引起各界人士的深切注意。同时，各地临时代表会既经举行，集全县各界人士，名流士绅于一堂，实已具有全县临时民意机关之性质，县政当局理应乘此良机，向临时代表会征求其对县政工作之意见，以为今后全县建设之依据。而参加临时代表会之代表，于理也应代表全县公民，负责检查县政工作，并根据当地当时实际情况，决定应兴应革诸端，督促推动县政当局加以实行。其有关全边区，而必需经由"联办"讨论实行者，也可就此提交临时参议会。由此可见，各县临时代表会的职责也是十分重大的，因之各地各界人士对于临时代表会代表之推选，也应予以最大的注意和重视。

二是临时代表会的组织及其产生方法问题。我们共产党人是主张实行"三三制"政权的，无论执行机关或民意机关的组织，都希望能够符合"三三制"的原则。临时代表会虽系临时性质，在参议员选出后，边区参议会举行前，一般均应宣告结束，但各地共产党的组织，仍应争取和保证在临时代表会中，共产党员只占三分之一，其他各党各派和无党无派人士应占三分之二。因为唯有如此，临时代表会才能真正具有统一战线性质，反映和代表各党派各阶层人士的意见和要求。而其所推选出来的参议员，也才能真正为全体人民所热切拥护和赞同。按照"联办"的规定，各县临时代表会，系由各党各派各救国团体各推代表五人至十人，另又聘请代表十人至二十人联合组织而成。我们认为在聘请的二十个代表中，应多多欢迎当地素负声誉的士绅名流。没有组织教育界联合会或类似此类组织的县，以致无法推选代表者，则至少应聘请若干对于教育事业素多贡献的小学教员参加临时代表会。此外接近敌占区的县份，当应聘请若干敌占区爱国的绅商为临时代表会代表。同时，各党各派各救国团体参加临时代表会的代表，我们也希望能经由郑重的推选手续产生。各地县的共产党的组织，首先应该推选自己最优秀、最得力且为广大人民所信仰的党员为代表，以与各党各派各界人士协商推进临时代表会的工作。各救国团体的代表，应该不限于县级团体组织里的负责人，而应发动自己的会员，经过热烈的民主讨论，自下而上的推选若干村区级在广大民众中有威望的群众领袖为自己的代表。如辽县的刘二堂、榆社的王海林以及此次春耕生产中的许多劳动英雄，我们相信他们充分有被选为代表的资格。最近晋冀豫各救国团体正在进行各级组织的民主改选，这次临时代会代表的推选，实可与此相配合。总之，我们分外期待各地都能由广大民间涌现出许许多多与人民保持亲切关系、为人民所信仰的群众领袖当选为临时代表会的代表，使临时代表会真正能够团结各阶层的人民，具有雄厚的社会基础。

三是临时代表会的筹备问题。按照"联办"推选办法规定，各地各团体临时代表会之筹备，应组织筹备委员会负责办理。因之，各地筹备委员会便负有组织和推动政治动员工作，帮助和推动各团体推选代表，主持和召集临时代表会，推荐和审查各参议员候选人等重大任务。简言之，也即负有在临代会召开前一切宣传组织和准备工作的全般职责，这些工作都是目前刻不容缓急待着手进行的，其中尤以宣传工作更宜立即开始，以激起各地人民的推选运动的热潮。宣传工作必须以有相当能力的人士来负责领导，作出周密详细计划与布置。首先，便要确定宣传的中心内容，并须与目前的春耕工作和行将到来的村选运动，取得有机的联系。其次，应该动员各宣传机关团体一致行动起来，同时并应建立宣传鼓动的组织，如选择中心村镇设立宣传站宣传棚等，而目前普及各村的春耕宣传站也可加以利用。此外宣传工作的进行，当应划分一定的阶段与步骤，确定各个时期所不同内容，按部就班的来推进。各地共产党员在此时期尤应向各阶层各界人士宣传解释我党中央北方局对于晋冀豫边区目前建设的十五项主张，要求各党派各阶层人士，加以批评，提供意见。再者，筹备委员会还应鼓励和发动各团体或各个人以联名方式提出参议员候选人，推动和帮助他们进行竞选，而在最后则选择若干最得人民拥护之候选人提交临代会作最后的决定；但临待会代表尚有自由选举参议员之权，不一定受候选人名单之限制。总之，我们认为必先有充分的事先的筹备工作，才能产生健全的真能代表民意的临时代表会。

在整个临时参议会参议员的推选运动中，各地各团体的临时代表会工作是一个主要的中心环节，将来临时参议会的成功，便完全建筑于今日各地行将召开的临时代表会的基础上。我们热情预祝各地临时代表会的胜利开幕，并如期完成其光荣神圣的使命！

（原载一九四一年四月十七日《新华日报》华北版第一版社论）

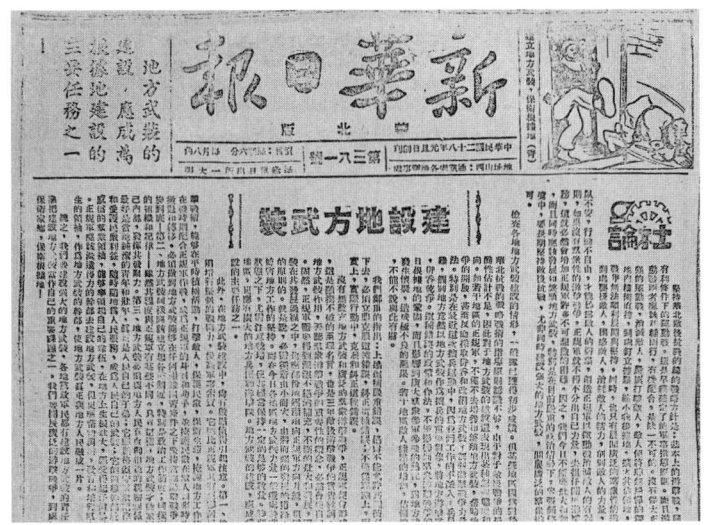

建设地方武装

　　坚持华北敌后抗战的总的战略方针是基本上的游击战，同时不放弃有利条件下的运动战，这是早经确定了的军事指导原则。而且游击战与运动战两者应该相辅而行、有机配合，是缺一不可的。没有强大正规军的坚强的运动战，消灭敌人，严厉打击敌人，敌人便将肆无忌惮的深入我根据地内横冲直撞，到处钉立据点，缩小我根据地，扩大其占领地，使我游击战争无法顺利展开与坚持。同时，也只有展开广泛的群众性的游击战争，到处袭扰敌人，困惑敌人，消耗敌人的精力，削弱敌人的力量，使敌人坐卧不安，行动不自由，才能暴露敌人的弱点，创造正规军以运动战消灭敌人的有利条件。否则，如果没有群众性的游击战争，正规军就不得不分出自己的力量，去担任开展游击战争的任务，这就必然会增加正规军许多不可想象的困难。因之，我们今日不仅要壮大和加强正规军，而且同时应该发展和繁殖地方武装，特别是在目前严重的政治情势下，紧张频繁的战争环境中，要长期坚持敌后抗战，尤非同时建设强大的地方武装，开展广泛的群众游击战争不可。

检查各地地方武装建设的情形，一般虽以获得初步成绩，但某些地区因为对于上述坚持华北抗战的战略战术的指导原则认识不够，由于对于敌后战争的长期性和残酷性估计不足，因此对于地方武装的建设还表现出某种忽视态度和不正确倾向。如若干地区的正规军，不仅不去培养和繁殖地方武装，帮助地方游击战争的开展，甚至反而采取并吞和改编地方武装，削弱游击战争力量的错误办法。特别是在最近这次扩兵运动中，因为我们工作的不深入，兵员动员的困难，个别地方竟然以地方武装作为扩兵的重要对象，将地方游击队连根拔去，并吞干净。这种错误的政策和作法，不仅影响到群众游击战争的发展和抗日根据地的巩固，而且影响到广大群众参军参战的热忱，对地方武装的建设发生怀疑，造成极不良的恶果。若干地区敌人据点的增加，占领地区的扩大，不能不说与此有关。

我们郑重的指出，上述这种严重错误，绝对不能允许其继续存在和发展下去，必须立即克服这种错误、纠正这种错误，不仅从理论上，而且要从事实上、实际行动中，克服和纠正这种错误。

没有无数支地方武装和广泛的群众游击战争，正规军便会形成裸体跳舞，这是颠扑不破的至理名言，也是三年敌后游击战争的宝贵教训。任何轻视地方武装作用、否认群众游击战争的重要性的观念，必然会使自己增加困难。固然，正规军需要得到源源不绝的补充，不断的壮大和发展，而且地方武装在其发展过程之中，也应部分地逐渐地向正规军方向升级，但这是有一定的原则的。就是说，必需循着由小而大，由弱而强的发展的道路，而且不能妨害地方工作的坚持。而在今日各地区地方武装力量一般还处于非常薄弱的状态之下，尤需注意栽培，使其经常保持一定的足够的数量。特别是在平原地区，更应有广大的地方兵团和游击队。地方武装的建设，应成为根据地建设的主要任务之一。

此外，在地方武装建设中，尚有数点值得引起注意。第一，地方武装必须培养坚强的战斗力，提高军事素质。它应比正规军具有更灵活更艺术的游击战术，能够在平时积极活动，打击敌人，保护民众，保卫生产，掩护地方工作的开展；而在战时则配合正规军作战，成为正规军的耳目和助手，并掩护民众在敌人到来时作有计划的撤退和转移。必须做到地方武装能够在任何艰难困苦条件之下坚持当地游击战争，与敌人周旋到底！第二，地方武装同样应该建立起各种制度，特别是政治工作制度；同样应该有严密的组织和纪律——虽然其程度与正规军有某些不同。只有这样，地方武装才能巩固和健全自己内部，发挥其战斗力。第三，地方武装必须与地方人民有血肉相亲的亲密关系，它的成员最好是当地纯洁的青年和壮年，真正是人民自己的子弟；它应严格遵守群众纪律，时刻关心和爱护民众利益，随时随地为人民服务，成为人民自己的武装；它的领导干部最好是当地有威信的群众领袖，能够率领起自己的队伍，在地方上生根壮大，经受得起任何暴风雨的吹打。正规军应该派遣得力的干部去建设地方武装，但更应帮助训练、教育和培养群众中自己产生的领袖，作为地方武装的干部，使地方武装真正与地方人民融成一片。

总之，我们要建设强大的地方武装，各地党政军民都有建设地方武装的责任，正规军尤应把建设地方武装当作自己的重要课题之一。我们要开展广泛的游击战争，到处打击敌人，保卫家乡，保卫根据地！

（原载一九四一年四月十九日《新华日报》华北版第一版社论）

悼念陈宗平同志

抗战四年，在争取祖国自由的疆场上，不知道有多少中华优秀儿女被日寇汉奸所屠杀毁灭，更不知道有多少无辜同胞为日寇汉奸所摧残杀戮，然而我们从不颓丧，从不流泪，依然一个踏着一个的血迹前进，而陈宗平同志的英勇牺牲，就是千万个殉国英雄中的一个！

宗平同志是中国共产党党员，我们共产党员为着完成历史使命，为着完成党所给予我们的任务，为着争取中华民族的解放，我们可以慷慨牺牲，我们可以从容就义！而宗平同志的死，也就是千万个无产阶级斗士中的一个！

宗平同志是死了,然而他的死是英勇的,宗平同志的死,在敌后新闻界中还是最光辉的第一个！当宗平同志深入敌占区采访，为敌寇所俘时，狡猾的日寇曾用尽千方万计，利诱、威胁，企图叫宗平同志偕赴高邑县城，但宗平同志在这生死瞬决的危难关头，毫不犹疑的决定了他应走的道路："宁死也不去！"表示了共产党人对民族国家一贯的崇高热爱，表示了革命战士忠贞不二的光明磊落的伟大气节，同时也向全国全世界控诉着砍他的头、挖他的心的日本帝国主义是多么野蛮残暴！

宗平同志的死，意义是伟大的，然而我们沉痛、我们悲伤，因为这不仅是抗战的损失、是我们中国共产党的损失，对于革命的新闻事业，将更是一个不可补偿的损失！正当日寇更益残暴，国内逆流横生，抗战更益艰难的时候，正当亲日派反共顽固派借反动统治的权力，到处摧残抗日新闻事业，大后方所有的进步报纸刊物，均遭封闭，民主气息荡然无存的时候，客观形势所要求于我们新闻战士的是何等迫切！民族国家需要我们向全世界控告日寇的残暴，需要我们向中外人士揭发亲日派反共顽固派的阴谋活动，需要我们挥动犀利的笔锋，吹起宏亮的号角，去发动与团结一切不愿做亡国奴的中国人民，一致起来，为制止抗战逆流、巩固团结、争取进步、坚持抗战、战胜日寇而奋斗！然而宗平同志就在这样艰难严重的形势下，和我们永别了！日寇汉奸从我们的手里夺去了这样一位新闻战士，这样一个共产党员，我们的确是沉痛无限的！

宗平同志在工作中，遗留给我们一个永恒不忘的印象，这就是他那一贯积极负责、勇敢热情的工作作风。他无论到任何艰难危险的地区去采访，从来没有表示过丝毫畏缩；无论环境如何恶劣，他总要想尽各种办法，战胜环境，克服困难，获得预期的工作成果。记得去年"百团大战"时，他赴前线采访，一天在高家山与敌遭遇，追击的子弹从他的身边穿过，他弃马滚入山沟，始得免于难……像这样"九死一生"的危险，宗平同志已不知经历过若干次了，但他抱负着自己坚定的政治立场，从未在任何敌人面前屈服！

宗平同志死了！他生前不畏艰险，坚决要完成任务的作风，是值得我们学习的！他临死时那种遇危不屈，慷慨牺牲的伟大气节，是值得我们学习的！而他死后所遗留下来的未竟之志，却正是我们后死者应该肩负起来的伟大任务。我们相信华北千万个共产党员、千万个革命的新闻战士，一定会踏着宗平同志的血迹，为完成宗平同志未竟之志而努力奋斗，直到抗战胜利，革命成功之日！

"一个战士倒下去，千万个战士会紧守在他底岗位上！"宗平同志，你安眠吧！

（原载一九四一年四月二十一日《新华日报》华北版第一版社论）

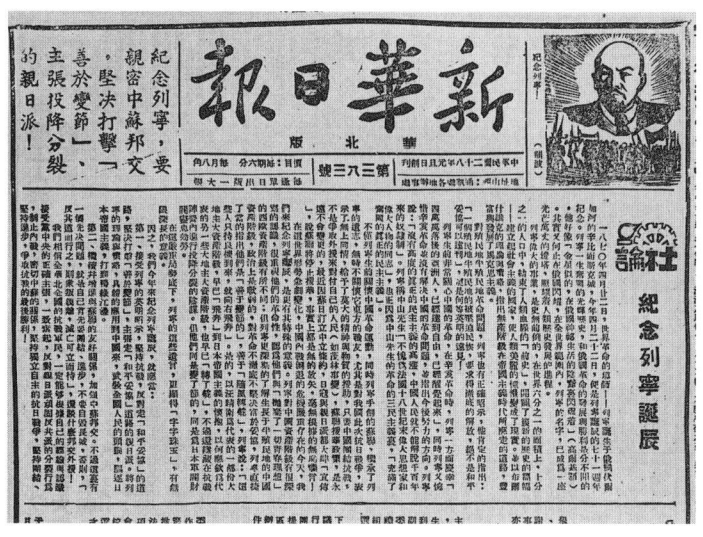

纪念列宁诞辰

一八七〇年四月廿二日，世界革命的导师——列宁诞生于俄国伏尔加河的辛比而斯克城，今年四月二十二日，便是列宁诞辰的七十一周年纪念。列宁一生奋斗的光辉历史，和俄国革命的发展与胜利是分不开的。他好像"金星似的，在俄国神秘生活的阴黯里闪耀着"（高尔基语）。其实又何止在俄国闪耀，在全世界范围内，列宁的名字已成为一座光芒万丈的灯塔，照耀着人类历史发展的进程。

列宁伟大的事业，是史无前例的，在世界六分之一的面积上、十分之一的人口中，结束了人类血腥的"前史"，开辟了簇新的历史的篇幅——建立起社会主义的国家，使人类美丽的憧憬变成了现实，并以布尔什维克的理论与策略，指出无产阶级在帝国主义时代所应走的道路，丰富与发展了马克思主义。

对殖民地半殖民地革命问题，列宁也有正确昭示，他肯定的指出："一个殖民地半殖民地的被压迫民族，要求得澈底的解放，绝不是和平妥协可以达到。"这是何等英明的远见！

列宁生前非常关心中国的革命，在辛亥革命时，列宁一方面庆幸"四万万落后的亚洲人，已经达到自由，已经醒觉起来"，同时列宁又惋惜辛亥革命并没有解决中国的革命问题，并指出今后努力的方向。列宁说："没有高度的真正的民主主义的高涨，中国人民就不能解脱千百年来的奴隶制。"列宁称中山先生"不愧为法国十八世纪末伟大思想家和伟大人物的同志"，也正因为中山先生的革命的三民主义里"充满了奋斗的真正的民主主义"。

不仅列宁生前关怀中国革命运动，同时列宁手创的苏联，继承了列宁的遗志，无时不关怀它东方的战友，尤其是对我国此次抗日战争，表示了无上同情，给予了莫大的精神与物质的援助，只要中国团结抗战，不是争取外援来对付自己的人民（如茂林事变），苏联援华政策，是永远不会变更的，最近因苏日订立中立条约，日寇与亲日派都大肆"宣传"，说苏联将停止援华，事实上都是无的放矢、毫无根据的无耻烂言！

在这世界形势急剧变化，中国内战倒退的危机严重存在的今天，我们来纪念列宁诞辰，是更有其特殊的意义。列宁对中国资产阶级有很深刻的认识，很重视他们的革命性，认为他们与"抛弃了一切青春理想"的西欧资产阶级有所不同。但列宁更深刻的了解生长于半殖民地的中国资产阶级，政治上是软弱的，对革命不澈底不坚决富于妥协，列宁直捷了当的指出他们是"善于变节的"、善于"随风转舵"。列宁说："这些人只待良机到来，就向右飞奔。"是的，以汪精卫为代表的一部分大地主大资产阶级，早已"飞奔"到日本帝国主义的怀抱，以何应钦为代表的另一些大地主大资产阶级，也早已"转了舵"，不过还隐藏在抗战阵营内进行投降分裂的阴谋。但他们同是变了节的，同是为日本军阀财阀尽忠效劳。

在这严重局势底下，列宁的这些遗言，更显得"字字珠玉"，有无限深长的意义。

因之，我们今年来纪念列宁诞辰，就应当：

第一，接受列宁的英明昭示，坚持抗战，反对走"和平妥协"的道路，坚决打击"善于变节"，主张走"和平妥协"道路的亲日派。将列宁的理论与策略，具体的应用到中国来，武装全国人民的头脑，驱逐日本帝国主义，打到鸭绿江边。

第二，继续并增进与苏联的友好关系，加强中苏邦交。不过这里有一个先决问题，就是自己首先要团结、进步，不要自毁长城，否则，"反其道而行之，则众叛亲离，灭亡可立而待"，还谈什么邦交外援！

我们相信全华北全国的抗战军民，一定能够根据自己的经验与认识接受党中央的正确主张，一致奋起，反对亲日派顽固反共派的分裂行为，制止内战，密切中苏的关系，坚持独立自主的抗日战争，坚持团结、坚持进步，争取抗战的最后胜利！

（原载一九四一年四月二十三日《新华日报》华北版第一版社论）

起来！肃清汉奸

入春以来，随着日寇游击式"清剿"与政治进攻的加紧，潜伏我抗日根据地内部的汉奸敌探以及特务奸细分子均异常蠢动。他们以各种各样方式阴谋破坏，配合日寇危害我根据地。除了一般探刺军情，造谣滋事以外，最近更大胆妄为的作了如下各种危害行动：（一）在重要村镇公开张贴反动标语，散发汉奸传单，欺惑民众；（二）由敌占区私运毒品入境，秘密贩卖，毒化人民，并经过买卖毒品关系，建立秘密的伪维持会与会门组织；（三）散放毒菌，制造春瘟，特别是毒害牲畜家禽，破坏春耕生产；（四）武装骚扰地方，行劫行旅客商，谋刺军政长官。一入暮昏，即在政府机关与驻军附近地区施放冷枪，暗箭伤人。而在边境地区，汉奸敌探更直接作为日寇的先遣爪牙，经常引领敌人袭击地方，杀害抗日军民，如此次晋冀豫区和西抗日县府之惨遭浩劫，数十政民干部之全部被牺牲，即系此辈"先遣队"的血腥罪谋之一。血的事实教训我们，如果我们对于已经潜入根据地内部的汉奸敌探不加肃清，那末，后患将会不堪设想。

汉奸敌探以及特务奸细分子的如此猖獗，决不是没有原因的，这说明我们抗日根据地的工作一定还存在着某些弱点，以致汉奸盗匪有可乘可隙。仔细检查起来，除奸工作始终是根据地各种工作的薄弱的一部门，而广大人民对于除奸工作的忽视，尤为除奸工作不易开展的基本原因。虽然个别县份对于站岗放哨工作，尚称严密，如黎城儿童团近数月中即曾捕获四百多汉奸毒犯及来历不明之嫌疑分子，这一方面证明了汉奸毒犯之活动确是为数可惊，而另一方面确实证明了严密的站岗放哨能起很大锄除作用。但一般地区的人民，对汉奸匪徒的警觉还是异常不够。若干地区甚至明明已经发现汉奸，但竟任令逍遥法外，不加追索，若且有抱"多一事不如少一事"的心理，故意熟视无睹。这就无形中助长了汉奸匪徒的凶焰，使他们更加肆无忌惮的为非作恶。因之，要肃清汉奸匪徒，首先便要纠正这种对于汉奸的放任观念。要知道，对于汉奸活动的放任，便等于容忍破坏根据地的罪恶，是万万要不得的。

除奸工作是一件艰苦的斗争事业。为了保护抗日人民，维持社会秩序，各级政府都应该建立系统的除奸工作。鉴于最近汉奸活动的加剧，各地军政当局尤需配合着发动一个除奸运动。除了作一般的侦查工作外，各县公安局似应加紧清查户口，登记户籍、检查行旅，而在某些环境复杂的地区，更应不时厉行临时的抗日戒严，施行搜索，使敌探汉奸无法溷迹。同时，除奸工作必须成为一个群众运动，没有民众的帮助，是任何事情都作不好的。在所有这些工作中，公安局应取得人民武装特别是地方民兵的帮助。公安局应该教育民众，在民众中揭发汉奸奸徒的罪恶，提高他们对除奸工作的认识，灌输他们初步一般的除奸常识，使人人都能自动识别汉奸，检举汉奸。公安局应该与广大人民发生密切联系，在人民中间建立除奸网，领导人民进行除奸工作，真心成为在除奸战线上的群众领袖，做到每个人民一发现形迹可疑分子都会自动向公安局报告，不使一个汉奸漏网。只有如此，除奸工作的胜利，才能得到保证。

我们要特别呼醒大家注意：我们是处在敌后，敌人无时无刻不在暗算我们，谋害我们！策动敌探汉奸进行奸细的破坏活动，这是敌人从内部来打击我们的一种最险毒的方式，因此我们决不能麻木不仁，而应紧张起来，警觉起来，严厉的回击这种阴谋进攻，肃清日寇的爪牙！

（原载一九四一年四月二十五日《新华日报》华北版第一版社论）

抗议非法摧残重庆《新华日报》的罪行

历史竟是这样嘲弄人们，在同是抗战的中国，我们中国共产党的机关报，遭受着完全不同的待遇。在敌后广大的原野最艰苦的战斗环境中，因为人民呼吸着民主自由的空气，到处灿烂地开遍了文化的花朵，本报便受到各方人士热情的爱护、军政机关切实的赞助，踏着坚定的步伐，胜利地担负起唤醒敌后民众、坚持敌后抗战的职责。而在战时首都，国际观瞻所系的国民政府所在地，却泛滥着黑暗的反动逆流，刽子手们以他们的刺刀和"朱笔"，恣意摧残文化，窒息舆论，于是重庆本报，便日夕转辗于宪警特务和检察官的刑具下，忍受着非人的虐待和迫害。然而，开山万里，竟然传来了凄切的呼援，敌后广大军民在读到这一篇声诉的时候,一定是和我们一样沉痛悲愤的。

重庆本报,自创刊到现在已经三年了。三年来在我党中央正确领导之下,主张团结抗战,传达人民意见,向全中国全世界作了有力的宣传。正因如此,我们才博得全国人民的一致拥护,国际正义人士的多方赞誉,也正因如此,我们为万恶敌人所仇恨、所咀咒、所追迫。为了坚持保卫武汉的工作,我们曾有十数个优秀的青年共产党员,在敌人飞机追逐狂炸下,将宝贵的生命献给了民族国家,献给了我党。在重庆大轰炸中,我们也经受过敌人狂暴的摧残,这一切都是我们甘心忍受的,因为从来没有一个被压迫民族,可以不付任何代价,而得到自己的自由与解放。可是,痛心和不幸的是,在坚持团结抗战的事业中,我们竟又遭受了从自己内部袭来的迫害。"我们不仅每天要遭受检查官之红笔的无理涂改,甚至我们的稿件不时要遭受检查官的利剪加以砍头斩腰。"这是何等沉痛的苦难!这种苦难,随着国内政治局面的日趋黑暗,是在一天天的加甚,最近已经达到了不堪设想的地步。

谁都知道,重庆本报是中国共产党全国性的机关报,是全国人民的忠实代表者,是抗战团结进步的喉舌,是各党各派合作御侮的重要标志之一。因此,投降顽固分子对于重庆本报的迫害,便是对于中国共产党和全国人民的迫害;对于重庆本报的摧残,便是对于抗战团结进步事业的摧残。国民党当局那种窒息重庆本报的非法罪行,证明他们是在蓄意破坏国共合作,向投降倒退的深渊飞奔。在新四军惨案发生以后,国民党当局曾一再强调地说,那是军纪问题,毫无政治党派性质搀杂其间,那是局部问题,绝不会牵动全局。然而现在重庆本报所遭受的压迫,把他们的西洋镜完全拆穿了,他们是在自己打自己的嘴巴!事实证明,投降顽固派所布置的正是全面的破裂和内战,对于重庆本报的迫害,正是投降内战的实际步骤之一。摧残重庆本报,正和新四军事件同样,决不是一件"普通"的"小事",而是全国政治生活上的一件大事!全国人民对于这一事件所发生的惊惶和疑虑,决不是没有理由的。

重庆本报所遭受的苦难，正是全国文化界舆论界共同的苦难，也正是全国人民精神生活上的苦难。事实告诉我们，今天全国进步的文化界舆论界，正在大受苦难，遭受迫害的远非本报一家，只是重庆本报所受的迫害和苦难，更令人难于容忍。今天国民党当局是正在以文化的绞刑吏自居，全国进步的书报被查禁，进步的杂志被停刊，进步的书店被封闭，社会上有声望有地位的名流学者或被绑失踪，或被迫出走。他们正企图以他们的血手，封塞住全国人民的耳目口舌，消灭人世间的精神生活；而在另一方面，他们却用人民身上压榨来的膏血，拼命发行反动的书报刊物，传布狂妄愚昧的愚民思想。汉奸性的刊物言论得到保障、得到津贴、得到鼓励，强迫各书店销售，像黑死病一样向人民廉价灌输。照理这种反动现象，应该只有在敌占区才能存在。因为敌人所执行的亡华政策，正是那种奴役中国人民的亡国思想。然而投降顽固派，为要进行他们投降妥协的思想准备，竟也依样画葫芦，帮凶敌人，消灭祖国的民族文化，杀灭中国人民的民族意识，为敌人扫清奴役中国人民的道路，这实际是背叛民族的罪行。

国民党当局摧残重庆本报的办法是十分险毒、十分残酷的。他们所用的策略是"让《新华日报》印，不让《新华日报》卖"。是"拴扣稿件，使任何意见都不能发表；压迫同业，使任何公论都不得伸张；威吓商店，使任何广告都不得送登新华；指使特务，使任何报贩都不得在街上叫卖新华，辱骂读者，使任何人都不敢购买新华；扣留邮件，使任何外埠读者都收不到新华；封闭分馆，使任何外埠订户都收不到新华；任何地方都不得订阅新华。这一切办法，就是要将《新华日报》窒死，比公开封闭《新华日报》还要来得毒辣"！这是中世纪最丑恶、最野蛮的凌迟处死的罪刑，是二十世纪四十年代所罕见的。的确，"世界上任何一国，都没有用这种方法对付合法报纸的"，恐怕希特勒墨索里尼见了都会自叹莫及。只有汪逆汉奸在上海才会以此种流氓的特务方式对待我们祖国的舆论界和文化界。

然而我们敢明告国民党当局：你们这种苦心，将会白费！真理是不会绝灭的，舆论是虐杀不了的，人民的耳目口舌是封塞不住的。今天全国人士已经学会了从无声之中听出有声，从无字之中读出有字。你们那种无法无天的罪行，正是亲手写给人民的最好笔迹："防民之口，甚于防川。"重庆本报愈是受到删削，禁售禁阅，而阅读本报的人愈多、拥护本报的人愈众，终有一天人民的愤怒的狂潮会冲破反动的舆论统制！

国民党当局对于重庆本报的压迫，我们是痛感切肤。我们以十二万分愤懑之情，抗议国民党当局非法窒死重庆本报的无耻罪行，同时吁请全华北文化界、舆论界及全体同胞一致起来，共作严正表示，援救重庆本报，制止此种罪行！

（原载一九四一年四月二十七日《新华日报》华北版第一版社论）